斂財小淘氣 3

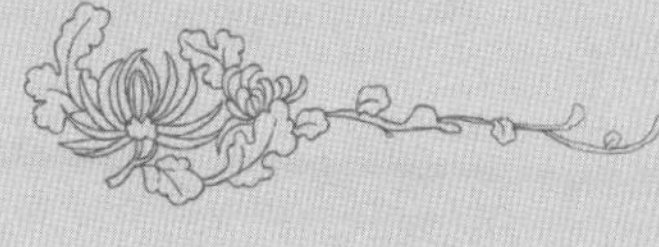

文創風 549

涼月如眉 著

目錄

第四十一章

上課時間到，今天上的第一堂是鄧夫子的練字。

這年代通信最普遍，女子們也互相傳傳詩詞歌賦之類，所以寫一筆漂亮的書法，是極有臉面的光彩事。別說男子練字勤快以圖考試時能讓考官留下深刻印象，就是閨閣中能認字的女子，也都能寫一手好看的小楷。

鄧夫子對陸鹿格外留心，特地佈置一篇簡單易學的入門素帖給她，筆劃少，容易上手。陸鹿對此很感激。「謝謝鄧先生，這個最適合我啦！」

其他女學員忍不住「噗哧」笑了。這等程度她們早在開蒙時期就學會了，陸鹿都這麼大了，才從入門開始學，連兒童都不如。

「規定時間內交五篇習冊，有污損、錯字，加倍罰練。」鄧夫子吩咐完功課後，巡視了一遍課堂。有夫子在，大家都老老實實的磨墨潤筆，一時只聽到「沙沙」落筆聲。

門外，有個小丫頭探頭探腦的張望。鄧夫子還沒看到，陸鹿眼尖發現是服侍兩個女先生的丫鬟，樣子看起來很焦慮。

「什麼事？」鄧夫子巡著課堂，轉過身來看到了。

小丫鬟忙站直身體，垂頭回。「曾先生請鄧先生過去一趟。」

「就來。」鄧夫子擺擺手，回頭板起臉，威嚴道：「好生練習，保持課堂肅靜，若有擾亂紀律者，板子侍候。」

「是，先生。」眾人齊聲答。

鄧夫子快步出門，課堂裡保持了一刻的安靜，慢慢的就開始竊竊私語了。三三兩兩的私語多了，匯聚成喧雜的噪音。

陸鹿充耳不聞，專心致志的握筆練習寫字。旁邊的陸明容扭過頭，眨巴著眼無辜道：「大姊姊，這些雜音太可惡了，妳可別生氣啊！」

「什麼雜音？」陸鹿放下筆側耳聽。

黃宛秋坐在左後側，正在跟另一個學員擠眉弄眼。「哎喲，我昨兒就聽婆子從外頭帶話進來，說街上流言傳得那叫一個不堪入耳……嘖嘖。」

「流言？什麼流言？」陸鹿瞪大黑白分明的眼睛，好奇問。

這女人臉皮不是一般的厚！黃宛秋一噎。

「呀，陸大姊姊，妳沒聽說嗎？」易建梅故作驚奇地反問。

陸鹿沈靜從容，笑容和氣道：「沒有。府裡在太太的治理下嚴謹有度，外頭那些亂七八糟不堪入耳的流言，是斷斷不會傳入我們這些未出閣姑娘家耳朵裡的。對不對，明容妹妹？」

被反將一軍的陸明容此時臉色相當不好，但她能怎麼辦？

「是呀是呀！我、我們在內宅怎麼能聽到外頭流言呢？」

陸鹿若有所思地歪頭補充一句。「我記得太太還說，府裡誰敢嚼舌，就要看看她舌頭是什麼做的？對了，黃姑娘，妳是住在我們陸府後牆那一帶吧？妳是聽哪位婆子從外頭帶這些不堪入耳的話進來的？」

「我、呃？」黃宛秋啞口無言。她家雖是做生意的，手頭也有幾個錢，可為了進益城陸府開辦的私學，她暫寄住在周大總管單獨另置的一處院子。雖然衣食用度還是由黃家出，但婆子、丫頭卻是使喚陸府的。

「說呀，我滿想聽的。」陸鹿支起下巴，笑咪咪地催促。

「沒、沒有。我開玩笑的。外頭的流言，我哪可能聽到呢？」黃宛秋怕了，連忙改口。

陸鹿「哦」一聲轉向易建梅。「一剪沒，妳八卦又嘴碎，一定聽到一些流言蜚語了吧？趁著先生不在，說來給大家聽聽？」

「我才沒有！妳別亂編排人。」易建梅對這個外號相當氣憤，臉一下就脹得通紅。

「吶，有誰知道呀？說出來嘛，小心憋出內傷哦。」陸鹿環視一眼課堂，慢條斯理問。目光所到之處，大夥兒都把頭壓低，生怕被她點到名。

外頭流言都傳成什麼樣了？她們這些小姑娘家家的沒聽到完整版，好歹也略知一二，私底下怎麼議論是一回事，若是學堂上眾目睽睽時大言不慚說出來，有失身分，也丟臉面。偏流言女主角渾然無知，坦蕩無畏，還步步緊逼，她們縱然想看她出醜鬧笑話，只怕也不能急在這一時了。

課堂寂靜，雜音頓消。陸明容雙手在書几之下死死絞著帕子，力量之猛，青筋都爆出來了。可惡！明明想讓她被大夥兒的唾沫噴死的，明明想讓她無地自容的，怎麼反而被她掌握主控權呢？好不容易出這麼一個令她難堪的話題，這樣錯失，真不甘心。

陸明容不死心的攛掇。

「大姊姊，其實不妨聽聽黃家妹妹說些什麼也好呀？」陸明容不死心的攛掇。

陸鹿笑容不變，轉向黃宛秋。「黃姑娘，我家明容妹妹想聽妳那些不堪入耳的外頭流言。不過呢，課堂裡都是未出閣的姑娘們，先生又佈置了練字，不如，妳們兩個躲到角落裡去口耳相傳吧？」

「妳說什麼？」黃宛秋瞪她一眼，又剜一眼陸明容。

「呶，大夥兒都聽到了。明容妹妹對這不堪入耳的流言有極大興趣，我這做姊姊的也不好阻攔呀。黃姑娘妳就行行好，發發善心單獨講給她聽吧？免得她心癢癢的上不好課。」

陸明容神情氣惱，手抓向鎮紙想扔過去砸她。

「大姊姊，妳不要亂說。我是、我是以為……」

「以為什麼？」陸鹿一記眼刀過去，眸色冷沈。「妳再亂潑污水，我撕爛妳的臭嘴！」

陸明容被嚇到了，臉色發白。

「喲，這陸大老爺府上嫡姊庶妹可真像是冤家哦。」楊明珠陰陽怪氣的開口。

陸鹿噙著冷笑。「不是冤家不聚頭嘛。在座各位都互為冤家，今日才會聚頭嘛。」

「哼，說得倒比唱得好聽。」楊明珠心裡正堵著氣，無處發洩。

「哦，不如妳唱一支小曲聽聽？」陸鹿已經做好今天要揍人的準備了。

楊明珠斜瞪她。「妳不就仗著一個嫡字？」

「對呀。我就仗著一個嫡字怎麼樣？」

「妳、妳踐什麼呀？妳以為妳十拿九穩會嫁進段府？」

陸鹿氣笑了。「我就踐怎麼啦？總比妳想倒貼不成，在這裡自怨自憐做怨婦，不對，做瘋狗亂咬人強。」

「什麼？」楊明珠的痛腳一下讓她踩到，惱羞成怒，驀地起身雙手握拳瞪著陸鹿。

陸鹿也緩緩起身，不鹹不淡掃一眼同學們，好心提示。「把自個兒筆墨收拾好，及時閃避，若被殃及無辜，我可不負責，畢竟事先提醒了。」

陸明姝慌了，忙跳到兩人中間勸。「大姊姊、明珠姊姊，別鬧了。讓鄧先生知道，妳們都要受罰的。」

「罰就罰！我早就不想忍她了。」楊明珠破罐子破摔，一腔羞憤之火，今日不發出來會憋死！陸度已經向程府提親，她的美夢破滅了。

楊姨娘根本無法左右陸翊和石氏的決定。而她原來還打算悄悄去向陸度表明心跡，試圖挽回局面，可陸度完全不理她，一絲一毫的機會都不給她，無論她派出多少婆子、丫頭遞信，人家壓根兒視做無物。

楊家倒是極力想把她嫁進來，無奈這年代從來只有男方主動請媒人提親，沒有女方家上趕著求男方娶自個兒的。楊明珠也不小了，可能今年入冬後就再也不會來陸府學堂。所以，罰就罰，開除就開除，她才不怕！

「巧了，我也不想忍妳了。」陸鹿活動下手腕。

黃宛秋和易建梅跳過去，焦急扯著她勸。「明珠，算了算了。」

「是呀，忍一時風平浪靜！明珠，何必呢？」

「哼！」楊明珠冷笑，她心裡的苦楚，只有自己明白。

只有陸明容又驚又喜。哎呀，楊明珠夠朋友，肯出頭挑事！好，一會兒就把她喜歡的那支簪子送給她……不過，她打得過嗎？

陸鹿也回她一記冷笑。「哼哼。」

最著急的是陸明姝，她一看這架勢，勸不住，只好扭頭。「我去告先生。」

「回來！」陸鹿挺看不上陸明姝這態度。出點啥事只要解決不了，就告先生去，一點擔當也沒有，是好人，卻也是個墨守成規的迂腐人。

「大姊姊，這不像話。」陸明姝急得跳腳，又勸楊明珠。「明珠姊姊，妳也別鬧了。大家消消氣，以和為貴。」

「切。」楊明珠撇嘴不屑。

陸鹿也滿臉鄙夷。「我只認同物以稀為貴！」

沒錯沒錯，快點打起來吧！其他事不關己的女學員們都收好文房四寶，也找好躲避的角落，興奮又緊張的等著看好戲呢。

「二姊姊，妳也說句話吧？」陸明姝尋求陸明容的支援。

陸明容委屈小聲道：「我一個庶妹，哪敢攔阻嫡大姊姊？」

喲，還更火上添油呀！陸鹿斜睃她一眼，打定主意，一會兒得順手給她幾個巴掌抽腫她的臉。

當事雙方都怒目而立，比大眼瞪大眼，誰也不肯認輸。陸鹿自然是不肯先出手，免得落人話柄。雖然打架夠不體面，但事後若追究起來，她也好少領一項罰不是？

「哎喲，楊魚眼，妳忍得好辛苦呀！」不出手，但可以出言挑釁呀。

「鄉下來的野丫頭，妳說什麼呢？」

「妳實在不配明珠這名，死氣沈沈一臉怨婦模樣，改名叫魚眼吧？死魚眼、翻白眼那類。」陸鹿有的是損詞贈送。

原來，一剪沒這外號還不太刻薄啊！易建梅忽然有些慶幸。

「啊～～我跟妳拚了！」忍耐到一定極限，終於崩潰爆發了。楊明珠面容扭曲，暴突雙目，尖聲大叫，手裡抄起桌上長方形紙鎮砸向陸鹿。

紙鎮砸過去同時，她也連人撲上前去撕咬。沒辦法，女人打架通常就是咬、抓、撕、扯還自配哭泣叫嚷雜音助陣。

靈活地閃過紙鎮，陸鹿抬起腳就踹。這種無招式的女人打架路數，她太熟悉了！別說前世常見，就是在鄉莊裡她也圍觀過村裡悍婦們扯頭髮扯衣服打群架呢。

「哎喲！」楊明珠還沒近身，就讓她一腳準確的踢中下腹，頓時就抱著肚子嚷疼。

陸鹿不手軟不放鬆，拿出痛打落水狗的身手，疾步跳上前一個右勾拳擊中她下巴。楊明珠身體傾倒，頭朝後仰。陸鹿仍不放過，迅速的揪扯起她的頭髮，滿面戾氣兼之惡狠狠的重重往桌上磕。

「咚咚咚！」連著幾個響頭，楊明珠原來的怒火滿腔已被驚痛代替，她當即就哭出聲來。「放手、放手！啊，疼疼疼……嗚嗚嗚……救命！」

額頭的血浸染了桌几，空曠的課堂響徹楊明珠淒慘的痛叫。

陸鹿馬步扎得結實，渾然忘我的扯著她的頭髮一下又一下的重砸，嘴裡還唸：「不是要跟我拚命嗎？起來拚呀！不自量力的死丫頭。老虎不發威，妳當我病貓啊！」

嗯，這一刻她很有母老虎附身的風采。這一刻她是一個人在戰鬥！實力懸殊，勝負分明，占盡上風！可說是威風八面，震懾力爆表！

「哎呀？」躲角落看好戲的女孩子們壓根兒沒想到陸鹿的優勢是壓倒性的，交手半個回合，就把以往盛氣凌人的楊明珠按著頭揍得嗷嗷慘叫。

慘叫太過尖利，叫得女孩子們也嚇著了，於是誰也不敢上前，還互相縮了縮身。有的還情不自禁的護住頭，個個面帶驚惶之色。

離得近的陸明容和易建梅幾個也被震懾住，驚疑錯愕後，慶幸著自己沒衝動上去作死。

「啊！」這聲尖叫出自陸明容，她花容失色，失控的嚷：「打死人啦！」

這句鬼叫提醒了陸鹿，她鬆開楊明珠的頭髮，回身反手就是一巴掌抽在陸明容臉上。

「啊呀?!」陸明容眼冒金星，站立不穩轉了半圈，給打傻了！

陸鹿不罷休，對著她左右開弓，連環巴掌打得惡狠狠的，嘴裡還要唸：「叫呀？叫呀？妳不是喜歡尖叫嗎？妳給我繼續叫呀，叫魂啊！」

早就想揍陸明容了，一直沒找到適合的機會。正好今天反正已經揍了楊明珠，一個也是揍，兩個也是揍，湊個雙數。

陸明容被她揍得眼淚都出來了，神志也有點模糊，只有臉上火辣辣的疼最真實，怎麼這麼疼呢？她從小嬌生慣養，細皮嫩肉的，哪曾經歷這陣仗，嘴裡「嘶嘶」呼著冷氣。

「好疼！疼！嗚嗚嗚……」陸明容腿一軟，跌坐地上。

「大姊姊，別打了！別再打了！」陸明姝從震驚中醒過來，衝上前抱著陸鹿的腰求道。

呼！手好疼！陸鹿罷手，卻齜著牙甩著雙手苦著臉叫。「哎喲喂，手好麻！」

旁邊楊明珠已經血流滿桌，哭得喘不過氣來，臉色青白慘灰，翻著白眼，嚇得易建梅和黃宛秋顧不得害怕陸鹿再發威，奔上前扶起她，喚道：「明珠，妳還好吧？妳忍著點兒。」

「來人啊，還不快去請大夫？」

「快，去請先生來。」

「嗚嗚嗚……我要告爹爹去！妳竟然打我！」陸明容護著臉，口齒不清的控訴。

陸鹿手又作勢揚起，嚇得陸明容直覺反射的躲了躲。

「去呀，現在就去呀。正好帶著傷，現成的證據。」陸鹿還出主意，獰笑著說。「要是等妳的豬頭臉消腫了，妳可就告不成嘍。」

好傢伙，一語如冷水灌頂，反倒提醒了陸明容，她二話不說忍著臉痛，以前所未有的速度爬起來衝出學堂。學堂這麼吵，自然也驚動各家姑娘們帶來的小丫頭。

「啊，二姑娘，妳……」外頭傳來陸明容的丫頭小沫的驚叫，隨後就被其他噪音掩蓋。

「發生什麼事啦？我家姑娘呢？」

「小姐，妳沒事吧？」

「三姑娘，妳還好嗎？」

亂哄哄的丫頭聲音都湧擠到學堂來，隨後便是更驚天動地的刺耳尖叫。「明珠姑娘，妳怎麼啦？啊！快來人呀！」

「哎呀，梅姑娘，妳流血了？」

「來人啊，打死人啦！」

清靜的學堂頓時熱鬧得像菜市場，充斥著尖叫哭泣吵鬧大喊……

春草個子不算小，卻奮力擠進課堂，著急喚：「大姑娘，妳沒事吧？」

「我在這裡。」陸鹿早就尋了個靠窗位置，安安穩穩的坐著搓揉手腕呢，旁邊陸明姝面色陰沈，不發一語的盯著亂糟糟的課堂中心。

春草鬆口氣，驚喜撲上前。「姑娘，妳沒事就好。」

「有事。我手好痠又累又痛，來，幫我揉揉。」陸鹿坦然地伸手。

春草忙接過，嘀咕。「這練字是辛苦，姑娘就該早些在家裡多練練才是。」

「大姊姊不是練字辛苦，是打架打疼了手。」陸明姝回過神，淡淡道。

「啊？」春草吃驚。「姑娘，妳打架了？打誰？」

「楊明珠和陸明容。痛快！終於英雌有用武之地了。」陸鹿還很得意。

陸明姝斜她一眼。「妳是痛快了，看妳惹的這堆爛攤子，怎麼收場？」

「自有人收。」陸鹿一臉無所謂。

「都給我閉嘴！」門外傳來母獅子吼，是鄧夫子，原來她還有這麼一副大嗓門啊！

曾夫子也到了。不過，她好像生病了，臉色煞白，眼窩陷下去，由一個小丫頭扶著手臂，眼神犀利的掃視著課堂。

鄧夫子吼聲如雷，震住了這幫哭泣慌神的小姑娘們。「吵吵鬧鬧的成何體統？虧妳們還是讀書識字的姑娘家家！」

「說，怎麼回事？」

楊明珠已經讓掐人中緩過氣來，正疼得臉部扭曲，哭得特淒厲，聽聞先生到了，推開扶持她的人，連滾帶爬，滿臉血痕的衝過去，抱著鄧夫子的腿就尖聲哭叫。「先生，妳要給我作主啊！我、我平白無故的被陸鹿打了！嗚嗚嗚……好疼！」

分開圍在一起吵嚷的人群，鄧夫子和曾夫子發現衝過來那披頭散髮、流血不止的人竟然是學生楊明珠。再一聽說詞，不約而同張大嘴，目光鎖定正在讓春草按摩放鬆的陸鹿。

「嗚嗚嗚……」易建梅和黃宛秋放聲大哭，帶著她們各自的小丫頭都齊聲掩面哭上了，課堂又陷入此起彼伏的噪音中。

曾夫子顯然很煩躁，面色不好的喝斥。「哭什麼哭？都給我住口！」

哭聲又停了，只是仍間歇出現弱弱的抽泣。

楊明珠趴伏在地，哀哀泣哭。「鄧先生、曾先生，是她，是陸鹿打我的！她好狠的心呀，揪著我的頭髮就對著桌子撞，嗚嗚嗚，我不活了！」這次出糗出大了，估計這學堂，楊明珠是再也不會來，心裡留下陰影了。

鄧夫子撫撫額，問：「參與打架的還有誰？」

眾人面面相覷，然後黃宛秋思路清晰地想起來。「還打了陸二姑娘，不過……」掃視一圈，陸明容不在，那就是跑回內宅告狀去了吧？

「去請大夫！妳們兩個到書房來。其他人，繼續留在課堂，不許離開。」曾夫子言簡意賅的下達指令。

學員都流血了，請大夫是必須的。當然，目前看來是無性命之憂，那就盡快展開調查，第一時間記錄當事人雙方口供也是重要的，力求還原真相，防止事後受人教唆添油加醋。

書房內，兩位先生坐上首。曾夫子扶扶腰，臉色蒼白的坐下，有氣無力地看向生龍活虎的陸鹿。「妳跪下。」

「那她呢？」陸鹿手一指由丫頭扶著的楊明珠。

曾夫子嘴角一抽。「楊同學受傷，免跪。」

「我也受傷了，內傷！」陸鹿捂著心口，皺著眉表情痛苦。

怎麼會有這麼厚顏無恥、當眾扯謊的女人？楊明珠不可思議地瞪著她。兩位女夫子也氣怔了，指著陸鹿半晌說不出話來。

「先生，別計較這些形式了，還是快些釐清事情的來龍去脈比較重要。要不我先說？」下跪是形式？難道不該遵守？鄧夫子無語地盯著她。

「不行，我先說。」楊明珠怕她添油加醋，搶著發言。

「好，妳急就妳先。」陸鹿好脾氣似地笑咪咪做個「請」的手勢，然後籠著袖子一邊聽。

楊明珠未語淚先流，抽抽鼻子向兩先生施一禮，可憐巴巴道：「先生請聽，我、我是為陸二姑娘打抱不平……」

她前半部分敘述倒沒太大的問題，後半部分就隱去自己的挑釁言詞，直接說到陸鹿給她起了個新外號叫「楊魚眼」的根源上，然後士可殺不可辱的生氣了，這才動手打起來。

「哦？」兩位先生心裡大致有數了。不過，為公平起見，還是要聽聽另一當事人的說法。「陸鹿，該妳說了。」

「是，先生。」陸鹿捋捋袖子，踏前一步施一禮，微笑。「事情起因是這樣的……」她口才比楊明珠好多了，記性又好，思路清晰，把兩人對話一字不漏還原，連面部表情也模仿到位，讓兩位先生如身臨其境，感受到當時課堂爭執的因果關係。

末了，陸鹿悠然添補一句。「原本只是口角，是楊明珠先動手的，我只是自衛還擊。」

「妳胡說！」楊明珠本來臉色就難看，聽她說完後更是死灰一片。她聽明白了，陸鹿這是要撇清責任。因為忍不住氣惱，先動手的確實是她。

「哦，哪一句？請指出來。」陸鹿吊起眼睛斜視她。

楊明珠渾身發抖，大意！太大意了！原本有七分理的，現在是她先動手，就剩下三分理了，而且在陸鹿胡攪蠻纏之下，最終可能無理。

「明珠，先動手的是不是妳？」

「是……不是！她、她先罵人的！」

陸鹿不屑嗤笑。「妳好像嘴也沒閒著？本來就是一場口角，妳非得先動手變成一場打架，怎麼，自不量力打輸了不承認妳先挑釁動手的啦？」

「妳妳妳，就算我先動手怎麼啦？妳非要下這樣的死手？」楊明珠指指額頭。

「我要下死手，妳還能活蹦亂跳站這裡大呼小叫？楊明珠，妳蠢死的吧？」陸鹿挖苦笑。

「為了栽贓，妳故意弄得這麼血淋淋的，好博取同情是吧？」

「妳這臭丫頭！」楊明珠聽不下去了，掙起身不顧場合，撲上前抓她。一定要抓花她那張嬉皮笑臉！

陸鹿敏捷地縱身跳開。「吶，兩位先生都看到了，她又故態復萌變瘋狗咬人啦！」

楊明珠哇一聲，坐在地上大哭起來。「陸鹿，妳這不要臉的死丫頭，我跟妳沒完！」

「吶，先生，她還在威脅我哦～～怎麼辦？以後我要是磕著碰著，是不是可以懷疑是楊明珠暗中害我？」陸鹿故作驚怕之色。

兩位先生的內心想必已崩潰，表情僵硬。

楊明珠卻一下收聲，陰惻惻的目光如淬毒一般剜著得理不饒人的陸鹿。她後悔了，真的。她現在後悔了！不該招惹這鄉下野丫頭，最起碼不該明著招惹。這下好了，自己受傷出糗，便宜也沒占到，還被她倒打一耙。而陸明容呢？鬼影子都不見一個！

「閉嘴！」鄧夫子按按眉心，向小丫頭。「去，請明姝姑娘、易建梅與黃宛秋過來。」

有兩人是楊明珠的朋友，但她卻不開心。事發經過全都交代清楚了，這兩個人過來很可能還會胡亂編排幫她開脫，兩位先生豈是好糊弄的，萬一適得其反呢？

果不其然，易建梅與黃宛秋的證詞對楊明珠很有利，話裡話外都在擠兌陸鹿，把她形容成一個粗野無禮的鄉下村姑——也就是說，楊明珠先動手打人是沒錯，鄉里村姑就該打！

陸明姝倒是實事求是，所說跟陸鹿沒什麼出入，只不過，她相當憨實，提到陸明容也被甩巴掌的事。

第四十二章

聽完前因後果，鄧夫子已經面無表情了。

「來人，先扶明珠回去看大夫。」曾夫子也找不到形容詞，只好先放楊明珠回去看傷。

「我不回去！」楊明珠不樂意，她繼續賴坐地上哭鬧。「今日要是不給我一個說法，我就不走了。」

「我們會依學堂的規矩，處罰鬧事雙方。」

「不行，我今天沒看到這個臭丫頭受罰就不回去了。」楊明珠大哭嚷著。「我不能被她白白打了，我、我現在就要討個公道，不然……」

陸鹿輕笑打斷。「不然，妳就死在這裡對吧？死沒那麼容易滴~~不過呢，妳要是再不上藥包紮妳那血污花拉的臉，到時破了相，就更加沒人要妳啦！」

「啊？」楊明珠臉色一變，情不自禁就捂住額頭。破相？真的會嗎？痛是痛了點，難道……

「反正我家度哥哥妳是肖想不上了，不破相也沒妳分。不過，妳在學堂打架，這會兒潑婦名聲傳開，要是又破了相，只怕在這益城妳也嫁不出去，只能嫁給鄉下土財主家的癡傻小子了。」陸鹿連損帶嚇。

這回，楊明珠徹底安靜下來！這個……是相當有可能的！

「啊！」又是驚天尖叫，楊明珠暴跳竄起，指著陸鹿丟下一句。「等著瞧！」

看著楊明珠腳不沾地、慌慌張張的告辭暫時先回去，陸明姝等人神情糾結。就這麼走了？苦主就這麼走了，那這後續怎麼辦？

幸好鄧夫子完全明瞭事情原委，所以著手安排了下。先是警告學員及她們隨身所帶丫頭務必守口如瓶，不得擅議今天發生的事，再送信給陸靖和龐氏。

最後，讓陸鹿在書房，頂著書本罰站一個小時。對這個結果，陸鹿可以接受。誰叫她打贏了呢？不管對錯，人都是同情弱者的。哪怕打輸方是王八蛋蠢貨，只要輸了，總有人聖母同情心氾濫，毫無原則的同情。

所以，兩位先生適當的當著大家的面罰罰她，也算是為她減輕輿論壓力。

鄧夫子重新回課堂去了。

曾夫子坐椅上看著沒事人一樣的陸鹿，端起茶盅抿了口，無聲笑了。「妳的膽子還真是比天還大！」

這是誇獎吧？陸鹿耳朵一動。「謝謝曾先生誇獎。」

「長記性沒有？下次還敢不敢啦？」

「長了，還敢。」陸鹿賴皮笑。

曾夫子正眼打量她，眼神意味不明。「看來，陸府後宅，管教不嚴啊！」

陸鹿否認。「哪兒的話。太太治家有方，把後宅妾室、婆子、丫頭們管得可服貼了。」

「呵。」曾夫子又給氣樂了。

「哦，曾先生是指對子女的管教呀？」陸鹿挑眉反應過來，嘻嘻笑。「確實不嚴，看陸明容兩姊妹就是證明。」

「哦，妳呢？妳可是陸大姑娘。」

「我不算，我在鄉間長大，無拘無束野慣了，沒有管教。」

敢於承認，也算個優點。曾夫子雖然挺不認同她口無遮攔的舉止，但至少天真坦誠，自然不做作，只皺皺眉頭嘆口氣。「妳這脾氣，只怕要改改了。」

「改哪兒呀？」陸鹿虛心請問。

「改妳那說話隨便的習慣。」

「改成沒嘴的葫蘆，八竿子打不出一個屁的啞巴？」陸鹿相當不以為然。

對牛彈琴！曾夫子重重垂頭。「就妳這沒把門的嘴，還有衝動暴躁的脾氣，一旦入段府，遲早吃虧。」曾夫子不得不說出良心話，不順耳但真實。

陸鹿卻大吃一驚，轉頭，頭頂上書本掉了下來，她忙接住，忍不住問：「曾先生，妳聽誰說的，我會入段府？」

「這不明擺著的事嗎？」

「沒有呀，明面上沒擺呢！外頭流言可不能信呀，謠言止於智者，曾先生可是智者，聽信謠言要不得！」陸鹿一本正經的闢謠。

曾先生表情很精彩，瞪著她又是半晌說不出話來。騙鬼呢！這還叫沒擺明面上？外頭議論得熱火朝天，她這是掩耳盜鈴吧？

「這麼說寶安寺之行，段世子贈送手爐是假的？」

「真的。」

「贈送袖劍是假的？」

「真的……哎？」陸鹿眼眸一亮，望向曾夫子。「什麼袖劍？」

曾夫子只靜靜看著她。陸鹿卻重新審視她，內心興起翻江倒海的波瀾。

今天她穿一件寬大的素袍，沒繫上腰繩，顯不出平時的婀娜多姿，還時不時撫撫右臂，神態總帶絲不舒服，眉頭時不時蹙一下。將目光定格在她手指上，手指修長白皙，骨節卻不算好看，虎口有薄繭……

「曾先生，我確實有把別人送的袖劍，不過，跟段世子無關。」陸鹿想了想，開口辯解。

「哦？無關？」曾夫子似笑非笑。

「嗯，是我從一個奸細身上搜到的，女奸細！」

曾夫子搖頭笑嘆。「陸大姑娘，明人面前不說暗話。」

「哪句是暗話？請先生指正。」

「妳那點三腳貓功夫，怎麼可能從奸細身上搜到袖劍？」

陸鹿仰頭瞇眼。「三腳貓？曾先生，為人師表可不要打誑語哦。不是親眼所見，還是不要妄下斷語為好。」

「我當然是……」曾夫子猛然意識到什麼，果斷閉嘴。

陸鹿嘴角一勾，也不罰站了，而是走到她面前，歪頭笑問：「曾先生親眼看到啦？」

「我不懂妳說什麼。」曾夫子騰地起身，板著臉命令。「繼續罰站。」

陸鹿卻握著手上的書本，出其不意的砸向她右臂。

曾先生單手扣住她的手腕，眸光冰冷。「陸鹿，妳好大膽子，竟然打師長？」

陸鹿恍若未聞，騰出一隻手劈向她右臂，仍讓曾先生給閃開了。

「混帳，欠收拾！」曾夫子忽然出口成髒。

陸鹿卻淡定道。「原來曾先生不但文采好，武學上還有一定的造詣啊。」

曾夫子錯愕地瞅定她。陸鹿出手如電，一把攫住她的手掌，反轉過來攤開在眼前。手瘦而薄，掌心有繭，而食指與中指之間的繭尤其厚。

「妳幹麼？」曾夫子惱羞成怒地抽回手。

陸鹿若有所思地上下睃她一眼，歪頭道：「妳練的是暗器吧？」

「妳、妳說什麼？」曾夫子大驚失色。

陸鹿支起下巴，疑問：「難道是……」

「不是。」曾夫子快速否認。

「哦？我還以為，在寶安寺暗中幫我的人是曾先生呢。」陸鹿語出驚人。

曾夫子向後一退，坐回椅上，神情可以用震撼來形容。

「咦？這麼說，我天馬行空、靈感乍現的猜測是真的？」陸鹿嘴角帶著淺笑戲問。

曾夫子目光閃了閃，捋捋頭髮，從容答：「妳猜錯了。」

陸鹿遲疑了下，心念轉了兩轉。可能曾夫子有什麼難言之隱吧？有些事打聽太多，總歸不是好事！何況，她現在最要緊的是明哲保身，而不是打破砂鍋問到底。

「好吧，就當我猜錯了吧～～」陸鹿聳聳肩，掩下好奇心，重新乖乖的罰站去了。

她這麼乾脆就放棄追問，曾夫子有點不適應。「陸大姑娘，妳、妳是怎麼會……」

「哦，曾先生是奇怪我怎麼會用劍是吧？無師自通，危險來臨時身體自然而然的條件反應爆發罷了。」陸鹿想了想，又添加一句。「我還挺想正式拜師學藝呢！」

「是嗎？」曾夫子心思微動。據觀察，陸鹿確實是根好苗子，只不過……有些野性未馴，太有主見，不好掌控。

「姑娘，不好啦！」春草突兀地闖進來叫嚷。

陸鹿笑咪咪調侃。「我這不好好的嗎？」

春草匆匆向臉色黑下來的曾夫子施一禮，急急道：「奴婢得了信，二姑娘不是去內宅跟太太告狀，而是直接去外書房。」

「那又怎樣？」陸鹿眼珠一轉。陸靖說不定更惱火呢！在這節骨眼添亂。

春草嘆氣。「老爺、老爺發好大一通脾氣……說一會兒就會派人來押姑娘過去呢。」

「去就去嘛，能把我怎樣？」

陸鹿抖抖腿。跪祠堂還是禁食禁足，她都試過了，這次罰什麼呢？最壞最壞不過發配鄉莊，那豈不是正如了我的意？嘿嘿！

曾夫子詫異。「陸大老爺發脾氣了？還說了什麼沒有？」

春草搖頭，她也只是得到一個外院粗使婆子送的口信，語焉不詳地沒說太仔細就匆匆回了。說到這裡，春草就有點佩服陸鹿的先見之明了。

因為陸鹿曾給夏紋派下任務，儘量接近、收買各處的雜使婆子們，能收多少是多少，錢不是問題，衣服等小物件都隨夏紋支取，結交的也不局限於一等、二等下人，粗使的、沒什麼人搭理的都儘量交好。

按陸鹿的說法是，雞鳴狗盜之輩，關鍵時刻說不定能派上大用場！看，這不，外院一點有關陸大姑娘的訊息，馬上就傳了過來，夏紋這些日子的結交計劃還真的見效了！

「好吧，那我再去解釋一遍好啦。」陸鹿撣撣衣襬，輕鬆隨意地向曾夫子告辭。

「陸大姑娘，令尊的脾氣可不若學堂師長……」曾夫子不由提醒。

「我知道。我爹可能不會給我解釋機會，就先幾板子砸過來……嗯，我領教過了。多謝曾先生，還有鄧先生的寬宏大量、公正公平，陸鹿都感恩銘記在心，改天有條件的情況下再回報吧。」

曾夫子眸光一滯。這謝詞怎麼聽著彆扭！什麼叫有條件的情況下回報？

外書房很快有人來請，卻不是陸靖的隨身小廝，也不是總管婆子，而是陸應。

辭別梨香閣，踏上去前院的路。陸應神色怪異的看看陸鹿，倒無多話。

反而是陸鹿，沒話找話問。「序弟，你今天沒去學堂？」

「我是陸應。」

「哦，你是老大呀。不好意思，你們雙胞胎長得太像了。」陸鹿重新笑問。「阿應，你們這些天不用去學堂了吧？」
「嗯。」
四下張望一番，陸鹿欠身低聲問：「咱家貴人走了沒有？」
陸應皺眉。「大姊姊，我不知道。」
「你都不知道？我不信。你可是陸府嫡長子，這麼大的事，你也參與了，怎麼會不知道後續呢？」
陸應望天無奈。「我真不知道。」
那就換話題。陸鹿又小聲打聽。「陸明容跟爹爹說了什麼？」
「這個……」陸應實在拿她沒辦法，不得不透露一點。「其實二姊說什麼不重要。大姊，現在最要緊的是楊家來人興師問罪了。」
「什麼？楊明珠家來人了？這麼快？」陸鹿沒想到楊家把狀告到陸靖這裡來了。
「嗯，大姊姊，好自為之。」陸應言盡於此，只能幫到這裡了。
陸鹿扯著他。「你說爹會怎麼罰我？」
「妳怕了？」
「有一點點。怕爹爹不給我開口解釋的機會，就偏聽楊家的一面說詞，萬一當場要打死我給人洩憤呢？一般有些老糊塗就愛幹這種親者痛、仇者快的破事。」
陸應臉上肌肉劇烈抽了抽，眼神直直看著她。這短短一句說詞，槽點太多，他不知從何吐起。

「唉！可憐我這沒親娘的孩子……」陸鹿掩袖抹眼角，吸吸鼻子。

「大姊姊？」陸應的臉也皺得快哭了。

「阿應，你可要幫我說句公道話！姊就指望你了。」陸鹿大打同情牌，能拉一個同盟是一個。

陸應嘆氣。「放心吧，爹不會把妳怎麼樣，至少這幾天。」

哎呀，重要資訊！陸鹿眼珠轉了幾轉。也就是說，陸靖生氣歸生氣，但不會對她動用家法，因為三皇子還在府裡的原因？這幾天是安全的，那過後呢？

看來跑路計劃要提前，不能坐以挨打！

「謝謝。」陸鹿搓搓臉，抿抿頭髮，迅速調整狀態。

接收到陸鹿淡定自若的笑意，陸應是無奈又無語。他也忍不住了，終於開口問：「大姊，妳在鄉莊一直是大門不出、二門不邁的，哪裡學來這些伎倆的？」

「你說的伎倆是指什麼？」

「膽大、打架、頂替、恫嚇、花樣偷懶、牙尖嘴利等等。」陸應順口就報出好幾項。

陸鹿訕笑。「嘿嘿，沒有的事。除了膽大，其他我都沒沾邊好吧？」

「是嗎？」陸應心裡又加兩條——狡辯、睜眼說瞎話！

「是。阿應呀，雖然姊姊我從小沒跟你在一起生活，舉止是跟你們這些長年生活在城裡的少爺、小姐不同，但也不能隨意誣陷呀！姊姊可是努力融合，儘量蛻變成一名合格的陸府嫡小姐，你不要打擊我的積極哦。」

陸應望天，秋高氣不爽，陰雲連綿。話不投機半句多，算了！不是一個母親的姊弟，還是保持距離的好！

陸應再無多話，一聲不響的把她帶到外院，書房的側堂。

陸靖獨自負手站在窗邊望景。

「爹爹。」陸鹿乖乖行禮。

陸靖緩緩轉身看著她，臉色沈肅，眼光透著絲複雜情緒。這個嫡女的言行舉止半點不像元配劉氏，難道真是在鄉莊學得這一身臭毛病？

「爹？」陸鹿抬眼，怯怯又喊一聲。

陸靖閉眼，很快睜開，揉揉眉心，走到她面前問：「說說妳大鬧學堂的原因，不許添油加醋，不許隱瞞，否則家法侍候。」

「是，爹。」陸鹿鬆口氣，能讓她訴說原委就很難得了，至少還講點道理，不是一進門就扔東西。

陸鹿嫻熟的把前因後果又敘述了一遍，她口齒流利，加上向師長打報告時已在腦海中整理過濾出過程，再多說一遍，異常順暢不打磕絆。

書堂很安靜，能聽到窗外秋風呼嘯掃樹梢的沙沙聲。

「……事情就是這樣的。」陸鹿收尾，垂頭等候發落。

陸靖好半晌沒作聲。他心不在焉聽著陸鹿講述，心神卻分散到三皇子的囑咐上。「令嬡英勇可嘉，於女子中難得可貴，巾幗之姿有男兒膽氣，可喜可賀！」

「殿下過獎。」陸靖惶恐不安。

「嗯……令嬡可及笄了？」三皇子若有所思問。

「回殿下，還差十天，小女才及笄。」

三皇子輕聲「哦」一下，手裡把玩著玉球，稍加沈吟，緩緩道：「陳國公世子年貌與令嬡相當，若兩家聯姻，不失為一段良緣。」

「這……」陸靖大為驚愕。陳國公？京城國公之一，雖然有點沒落，卻仍是一等一的權貴世家呀！跟國公府聯姻，他從前可壓根兒沒想過。

「怎麼，令嬡已許人不成？」三皇子笑吟吟反問。但他瞧著面上帶笑，眼神卻十分不善。外頭流言傳得飛起，陸鹿跟段勉的八卦緋聞在益城可是無人不曉。

三皇子怎麼可能允許陸靖嫡長女嫁入段府？那豈不是把益城首富陸府活生生推入敵對陣營？這種對己不利的事，是不可能在他眼皮子底下發生的。

「回殿下，小女年小，正待許人家。」陸靖抹把額汗。他想起來了，這個陳國公是堅定的三皇子派，難怪三皇子熱心作媒。只不過……

「小女鄉莊長大，性子粗野，舉止失禮，恐高攀不起國公府世子……」

陸靖也想打聽明白，這給國公府世子是做妾還是娶妻呢？

「呵呵，陸先生多慮了！令嬡天真質樸、自然率真，與陳國公世子乃天作之合、良緣佳侶，必成一段佳話。」天作之合、良緣佳侶……這是指明媒正娶的意思吧？

陸靖的心漸漸落下。事到如今，已經無法挽回，只能投靠三皇子到底了。與陳國公聯姻，又是迎娶進門，光宗耀祖的好事啊！不容得他拒絕。

「如此，草民多謝殿下成全。」

這哪裡是成全，明明是拉攏手段之一。陸府的嫡女嫁陳國公府，更加鞏固雙方關係，真正一條藤上的螞蚱了，一榮俱榮，一損俱損，誰也別想獨善其身！

至於，三皇子為什麼不收陸鹿入自己府上。一來，他的身分高貴，商女不配，皇家妾室也很講究的。二來，就算收做妾室，看陸鹿的性子必定是個跳脫的，她一向行事出格，這類女子恐怕不安於內宅，也不會好好為他做事，反而不美。三來，與段勉傳過緋聞，名聲方面總歸是個污點，怕被人利用，只能放棄！

……陸鹿說完了，抬眼看到陸靖在出神，便小聲喊：「爹爹。」

「哦？哦！」陸靖恍然回神，正正神色，慢條斯理道：「我知道了。」

然後呢？陸鹿惴惴等後續。誰知陸靖深深嘆口氣，話鋒一轉說：「再過九天，就是妳的及笄日了。」

陸鹿心算了算，好像是滿十五歲的生日快到了！

「沒錯，怎麼啦？」難道要大肆操辦？豈不是可以收很多禮物？陸鹿美滋滋想著。

「這是咱們府裡第一個及笄年，妳是嫡女，更要做好表率帶頭的作用。」陸靖艱難的找著藉口，看著陸鹿迷糊的眼，他索性攤開說：「明天，送妳去城郊別院暫住，好好學學成年之禮，方不至於在及笄日上鬧出笑話。」

「啊？」陸鹿愣眼。

「就這樣了，妳不去也得去，由不得妳反對。」陸靖怕她再打滾撒賴，直接大手一揮。

「哦？」陸鹿怔怔。打架的事不追究了？就這麼輕輕放過了？詭異！太詭異了！

「妳先回園去準備準備。」

「呃……要待多久？」陸鹿好奇問。

陸靖掃她一眼，鎮定得不像話。「七、八天的樣子。」

「好的，多謝爹爹。」陸鹿安心了。去郊外暫避風頭也滿好的，尤其是現在這節骨眼上。更何況，去了郊外，也方便她行事，簡直是瞌睡有人送枕頭——太及時了！

「明天一早就出發！在這期間，不許出竹園。」陸靖特意加重一句。

陸鹿轉轉念頭，恭敬斂容。「是，爹爹。」

不出才好，省得陸明容挑唆著易姨娘來鬧她！也省得二叔那邊楊姨娘來找她要說法！清靜！至於楊家來人怎麼打發，府裡怎麼議論指點她，這些細節都不在她擔心範圍之內，陸靖輕輕放過，還怕他壓不下去嗎？

告辭回後院，一路上陸鹿明顯感到婆子、丫頭投向她的目光帶著戒備好奇和猜忌。陸鹿沒將這些放在心上，還是照規矩去見了龐氏。

龐氏忙得焦頭爛額——都什麼時候了，還添亂！這幫不省事的嫡女庶女們，早知這麼煩人，前些年就該一個個掐死乾淨！好不容易，把搗著臉哭得肝腸寸斷的陸明容讓人送回明園請大夫去，這不，陸鹿又撞了上來。

「太太，大姑娘來了。」多順打起內室的簾子報。

龐氏歪歪身子，將肘支在榻几上，等著。

「母親。」陸鹿快步進屋，面上帶著笑容見禮。

龐氏鼻哼一聲。「鹿姐，妳好大本事！」

「母親何出此言？」陸鹿無辜反問。

「咱們府裡自開辦私學以來，從來不曾像今日這般胡鬧出格過，妳可真是開了先例。」龐氏話裡都是嘲弄。

陸鹿卻只淺淺笑了笑，沒理她的嘲笑，反而恭敬道：「多謝爹爹、母親的溺愛縱容，陸鹿才敢如此肆意自衛，不然，被人欺到頭上而不還手，更是咱們府裡沒有的先例。」

「妳……」龐氏氣得臉快綠了。這像什麼話？難不成她行為出格、舉止粗俗，全是長輩慣出來的？

「適才爹爹說，讓我準備準備，明日出城去郊外別院洗心革面，重新學習禮節，坐等九日後府上第一個嫡女及笄日。母親，妳說，這是不是也算格外破例？」

「什麼？」龐氏訝異。陸靖這個決定，她還不知情，只怕是臨時起意，沒來得及跟她通聲氣的。

正這麼想著，外頭就報。「應少爺來了！」

陸應大步進來，先對龐氏見禮，又向陸鹿微施一禮。

「應兒，過來坐。」龐氏先頭的不快一掃而空，欣喜的招呼陸應坐旁邊。

陸應依言站過去，沒坐，反而看向陸鹿，微微笑。「恭喜大姊姊。」

「喜從何來？」陸鹿裝不懂。

「姊姊的及笄日，父親已特意交代下去，大肆操辦，可不是喜事一件？」

「哦。」陸鹿抿抿嘴。

真有這麼回事？龐氏一聽，看向嫡女的眼神不由得發生變化。

「既然明日就要出發，鹿姐，妳先回園子裡著手準備去吧。」龐氏要好好問問陸應，便輕飄飄打發陸鹿出去。

陸鹿自然巴不得，微福身後便告辭出屋。

她才出門，龐氏就有些急切地拉著陸應問：「應兒，到底老爺是什麼意思？」

陸應努努嘴，示意屋裡侍候的婆子、丫頭都退出內室。

「出什麼事了？」龐氏提心吊膽地小聲問。

「母親，父親的意思是這樣的……」陸應附耳悄悄把陸靖的話轉述一遍。

龐氏的臉色先是一愣，繼而一喜，最後卻迷茫了。

「怎麼？這丫頭的婚事，貴人真要插手？」好大的面子啊！這個嫡女真是走了狗屎運吧？

「唉！」陸應嘆氣。「形勢比人強。」

「那二姑娘跟楊家丫頭被打的事……」難道也不了了之？

陸應攤手。「據孩兒所知，本是口角之爭，楊家那位小姐先動手的，大姊姊下手雖重了點，倒也沒多大的錯。至於二姊姊，純粹是在旁煽風點火，讓大姊姊氣得甩她幾巴掌。」

龐氏便默然不語了。她也是打小姑娘過來的，自然知道女人家的口角有時能噎死人。陸鹿那個火爆脾氣，沒先動手就算克制了。「我知道了。一會兒叫人備些禮去楊家一趟。」賠罪樣子還是得做足的，得罪楊府不足為患，可陸翊的面子也要賣幾分。畢竟是楊姨娘的姪女，抬頭不見低頭見，石氏那邊以後走動時，也好維持臉面。

陸應點頭，安撫楊府自然得由龐氏出面，本來就是小姑娘打架，當家主母理應出頭打點。

「這及笄日真要大肆操辦？」這點，龐氏沒想通。

「是，爹爹的意思，估計也是那位貴人的意思。」陸應謹慎的不帶出三皇子的名諱，怕隔牆有耳。

「明白了！」龐氏唉聲嘆氣，轉過話頭。「送她去別院暫避風頭也好，畢竟外頭流言到底傳得沸沸揚揚，總歸於她名聲不利，恐怕攀結國公府這門親事受阻。」

陸應起身笑說：「母親放心，外頭流言很快就會平息，母親只管照應後宅便是。」

龐氏便放下心來。

第四十三章

竹園，靜悄悄。陸府夠大，但女人們的嘴巴堪比廣播電臺，陸鹿在學堂打人的事，多多少少傳到竹園諸人耳中，驚是驚了點，但也沒起多大水花。

竹園服侍的婆子、丫頭早就見識過陸鹿喊打喊殺的手段，聽聞鬧出這麼一檔事，驚訝程度比其他院子小多了，只是看到她晃悠悠的回來，眾人還是大氣不敢出，小心侍候著，是以竹園很安靜。

衛嬤嬤接進陸鹿，嘴裡又開始念叨。「我的大姑娘呀，妳怎麼又闖禍了？好好的，怎麼就跟楊家小姐打上了？」

「她先動手的，難道我還不能還手嗎？」陸鹿振振有詞。

「再怎麼不對，動動嘴就行了，怎麼就動上手呢？姑娘，妳瞧瞧妳這小身板，萬一打不過，豈不吃虧？」

陸鹿嘻嘻笑。「打之前我會先掂量對手，若是打不過，我就不去招惹了。」

屋子裡的下人們一陣無語。

「對了，收拾行李，明天搬家。」

「去哪兒呀？姑娘，可是老爺、太太罰妳了？」衛嬤嬤驚著了。

「嗯，老爺親自罰我，搬出益城，去郊外別院避避風頭。明兒就走，妳們快點收拾。」

衛嬤嬤拍著巴掌哭喪著臉，嚷道：「我的天啊！老爺這是要趕姑娘出門呀？姑娘呀，可不能就這麼出府呀，這出去就回不來了！不行，我找太太去！不能這麼辦啊！」

「衛嬤嬤，妳別嚎了。」陸鹿攔下她，擰起眉頭勸：「事情沒妳想的那麼嚴重，老爺這是為我好，先出城避避風頭，等我及笄日再接回來。就幾天而已，妳這麼一去鬧，這不是給老爺、太太添堵嗎？回頭又該罵我了。」

「啊？」衛嬤嬤一聽，面色陰轉晴，拉著她，喜問：「真的只是暫避風頭，姑娘及笄日再接回來？」

「比真金都真。」陸鹿安撫了句，朝春草、夏紋吩咐。「動作快點，別帶太多行李。」

「知道啦。」

「那個，小青，妳過來。」

小青恭敬地上前問：「姑娘可是要帶奴婢同去？」

「自然可以。現在，妳去外頭把小懷叫過來，我有些話要叮囑他。」

「是。」小青滿心歡喜去了。

衛嬤嬤又有些不開心了，碎碎唸道：「姑娘有什麼叮囑，讓下人去吩咐就好，這成天把外頭小廝叫進園子總歸不妥當，若讓那些愛嚼舌的傳開出去，對姑娘名聲不好。」

「哎喲，一個未成年的小廝也嚼舌，這府裡長舌婦可真的閒得無聊。這麼愛嚼舌，就把她們的舌頭拔下來，好好讓她們嚼嚼去。」陸鹿惡狠狠威脅道：「小語，妳說對吧？」

二等丫頭小語像被蠍子螫一下似的驚跳，忙不迭點頭。「是、是，姑娘說得對。」

「哪句？再說一遍。」陸鹿存心考驗她。

小語乾巴巴的重複。「愛嚼舌的拔下舌頭讓她們好好嚼嚼去。」

「嗯，乖！」陸鹿很滿意，拍拍她的頭誇一句。小語被拍得全身繃緊，噤若寒蟬。很快，隨時恭候的小懷就被找過來，陸鹿便撣撣衣襟出去重點吩咐。

竹園一派平和寧靜，明園卻再次鬧翻天。

陸明容撲倒在床上哭得上氣不接下氣，一眾婆子、丫頭都束手無策。還是陸明妍敢挨近她，忿忿勸道：「姊姊，妳先別哭了，這事鬧這麼大，爹爹必定會重重罰她的。」

「重罰有什麼用？我的面子全丟光了，嗚嗚嗚……」陸明容氣恨恨地咆哮。

陸明妍被噎一下，嘆氣。「誰也沒料到她才上學又鬧事，不然，我也不請假了，我就不信咱們三個打不贏她一個。」

「妳懂什麼呀？她……那個野丫頭……」陸明容想起學堂那慘烈的一幕就心有餘悸，捂著臉哇哇哭得更傷心了。

易姨娘手裡托著藥膏進園子，老遠就聽到陸明容的哭聲，眉心也攢了攢。

「姨娘來了！」丫頭打起簾子報。

陸明妍鬆口氣，起身道：「姨娘來得正好，快勸勸姊姊。」

「勸什麼？先讓她哭個夠。」易姨娘把手裡藥膏交給小丫頭。「和著溫水，兌開，抹在二姑娘臉上消消腫。」

陸明容原本吸吸鼻子轉過身，聽她這麼一說，又掩上帕子哭起來。「姨娘也是來看我笑話的嗎？」

「大夫的藥不管用，我這裡有上好的消腫藥，趁早抹上。」易姨娘在這明園說一不二，又是對著自家女兒，自然快人快語。

「腫可以消，我這心裡的恨怎麼消？」陸明容猛吸鼻子，拿細紙擤把鼻涕，不甘心問道。

易姨娘嘆口氣，坐床沿，幫陸明容撫撫頭髮，和顏道：「來日方長，妳急什麼？這次她闖下這麼大的禍，楊家也來討公道，且看老爺、太太怎麼處罰，咱先按兵不動。」

「若是……若是老爺、太太輕罰她呢？」陸明容扯著易姨娘袖子緊張問。

易姨娘拿眼掃一圈屋裡，都是心腹；又抬抬下巴，示意婆子去外邊巡視一圈。

確定隔牆無耳後，易姨娘才絞著帕子，目光陰狠，低聲說：「妳放心，這回，無論如何也不能讓她僥倖躲過。」

陸明妍湊過來，壓低聲音興奮問：「姨娘，妳是說上次那個計劃？究竟是什麼？一定能把她整死嗎？」

易姨娘慈愛的撫著陸明妍的頭，微笑。「死？太便宜她了。妍兒，妳別管是什麼計劃，總之，這幾天妳少跟她在一塊兒，免得咱們動起手腳來，不小心連累到妳。」

「哦？姨娘是說要對她下手了？」

易姨娘面帶冷笑。「別看她防得緊，百密一疏，總要讓她欠的帳連本帶利還回來！」

陸明容先前隱約聽錢嬤嬤提過，也猜到這幾天錢嬤嬤和藍嬤嬤兩個出門比較頻繁大概是在辦這件事。她抹抹眼淚，恨恨道：「她的及笄禮只差幾天，可不能讓她風光了。」

「姨娘曉得。」易姨娘拍拍她的手，安慰道：「這次一定要叫她出個大醜。」

錢嬤嬤與藍嬤嬤對視一眼，笑容奸詐地小聲回道：「姨娘放心，都準備妥當了，只是最後該便宜誰，老奴不敢拿主意。」

陸明妍有些不明所以，迷糊不解地聽著。

「不如，周大總管的外侄如何？」陸明容綻顏壞笑道。「黃宛秋也恨死陸鹿了，倒不如便宜她表哥。」

易姨娘皺眉頭，按按眉角。「周總管外侄如今在府裡當何差事？」

錢嬤嬤忙回。「老奴聽說，這位總管外侄如今在銀庫當差，只因相貌醜陋，如今二十好幾，還沒討婆娘。偏他心氣高，府裡粗使丫頭看不上，誓要尋個模樣可人的。」

藍嬤嬤奉上熱茶，也跟著彙報資訊。「雖是管事外侄，卻因銀庫當差是門肥差，家底頗寬裕，又是獨子，老兩口便隨他去，親事才拖延至今。老奴還聽到一個笑話，年前，他還託人向太太屋裡王嬤嬤打聽，大約是想討如意這丫頭吧。」

「啐，真是癩蛤蟆想吃天鵝肉！就憑他，還想打太太屋裡一等丫頭的主意，可真是豬油蒙了心。」易姨娘啐了一口，面浮不屑之色。別說太太屋裡，就是她使喚的兩個一等丫頭，也斷然不會輕易許嫁給下人。

「可不是呢！讓王嬤嬤背地裡好好數落一通，要不怎麼說周管事娘子巴結著王嬤嬤呢，就怕這事捅到太太耳中。」

錢嬤嬤笑著附和。「若讓太太曉得，這小子的差事只怕不保。」

「嗯。」易姨娘點點頭。「就他了。這麼個混帳小子，倒也配得上她。」

「是，姨娘說得對。」錢嬤嬤和藍嬤嬤也滿意點頭。萬事俱備，只欠東風。

「明容，妳是怎麼知道這小子的？」易姨娘回過神來，盤問陸明容。

陸明容撇撇嘴，不屑道：「我哪裡去曉得這混帳小子。還不是黃宛秋念叨說她姨婆為銀庫當差的兒子快愁白了頭……我也就隨口問了問。」

「以後這種事，妳姑娘家少打聽。」易姨娘教導說。「若讓些長舌婦聽了去，又得到太太跟前上我眼藥了。」

「姨娘放心，我以後不會了。」陸明容乖乖聽訓。

安撫好陸明容，易姨娘又跟兩個嬤嬤悄聲嘀咕幾句，這時，外面丫頭帶來了個消息令她們震駭不已。

「送她去郊外別院？及笄禮府裡要大辦一場？」易姨娘有些想不通，怔怔不語。

這算什麼？陸明容和陸明妍也錯愕了。

「那，老爺、太太還說什麼沒有？」

帶回消息的丫頭搖頭。「沒有。後來應大少爺跟太太說事，屋裡一概不留人。之後，太太便把管事娘子召了去，說要準備大姑娘的及笄禮。」

「楊家的人呢？」

「老爺打發回去了。」

「大姑娘呢？」

「回竹園收拾行李，說是明天就上路。」

「啊？明天就走？」易姨娘眉頭皺得更緊，這太出乎意料之外了，完全打亂她們的計劃啊！明面上看好像是罰陸鹿發配郊外別院，其實這是保護她吧？明罰暗護！玩一手偷梁換柱。只不過，陸靖為何會突然這麼護短起來？

「姨娘，這可怎麼辦？就這麼便宜了她去，我、我真是不甘心呀！」陸明容臉部扭曲，眼淚又快掉下來了。憑什麼呀！就這麼放過陸鹿？那她白挨打了？

還有楊明珠，平時咋咋呼呼的，怎麼關鍵時刻也這麼沒用?!鬧呀，大鬧陸府呀，堵門鬧呀！鬧得街知巷聞，讓益城人看看陸家大小姐是怎麼樣的潑婦！

「別急，別慌！」易姨娘縱然心亂如麻，面上還算鎮定。

錢嬤嬤眼眸一瞇，壓低聲音問：「不如今晚……」她做個手勢。

「不妥，太倉促。」易姨娘走兩步，忽然一頓身形，喜笑顏開道：「當真糊塗了。」

「哦？姨娘想到好辦法了？」

易姨娘手指點點她們，嘴角彎翹道：「哎，都讓這突如其來的消息攪糊塗了。其實呀，遣她出益城，離咱們遠遠的，那更好呢。」

陸明容也反應過來，喜道：「若是在別院發生點什麼事，咱們就更沒嫌疑了！」

「還是我家容兒聰明機靈。」易姨娘顯然跟陸明容想一塊兒去了。

錢嬤嬤幾個互視一眼，恍然大悟。「對呀！府裡總歸人多眼雜，難保不入太太的眼線，若是郊外別院，那……」那做起手腳來簡直是輕而易舉！

陸明容心中怨憤終於徹底一掃而空，撬著嘴得意的笑。陸明妍聽著有些不解，可看到生母、姊姊都這麼開心，也有種大仇將報的快感，跟著開懷一笑。

不知危險將至的陸鹿神清氣爽的站在竹園庭廊下，掌心握著手爐望秋空發呆。是過了及笄禮才溜呢？還是在郊外別院這段時間就開溜？

衛嬤嬤從園外打聽一番進來，喜孜孜地向發呆的陸鹿說：「果然是要熱鬧風光的操辦姑娘的及笄禮。聽說，太太還下帖子去請燕城的姑太太做正賓。」

「姑太太？」陸鹿模糊想起陸靖還有個妹妹嫁在燕城喬家。這位姑母單名一個端，知書識禮，嫁得不錯。喬昭詳是燕城名門大戶，當年低娶陸端時還受到一些非議。

只不過，陸鹿對這位姑母的印象極其淺淡。根源在於，她前世也僅見過這姑母一面，就只在出嫁那天見過，陸端是在場中唯一面無喜色的長輩。

「姑母要來？甚好！」陸鹿也想見見這位近親長輩。

衛嬤嬤喜得合不攏嘴。「姑娘，老奴打聽過了，這位姑太太如今可是五品夫人，官家封賜的。她來當正賓，這臉面可掙足了！」

「哦。」陸鹿不在意臉面，只在意跑路順不順利。她轉轉念頭：那開溜日子得推遲到及笄禮過後去了！也不急，讓毛賊四人組多練練車技，嗯，就這麼決定了。

入夜，掌燈時分，陸明姝派人送來口信，大意是叫陸鹿放心，楊家人的情緒已平穩，不會再來找她麻煩了。還帶到陸度的問候。

陸鹿笑了。她又不擔心，放什麼心啊？該操心的是陸靖和陸翊吧？

陸翊要安撫楊姨娘，陸靖則因為三皇子在府裡潛隱著，肯定大事要化小，小事化了。就算不滿意想要秋後算帳，也得送走這尊真佛再找她麻煩吧？

夜已深，春草進內室要移燈而出。

「春草，妳先去休息吧，我再看會兒書。」陸鹿隨手拿起一冊新書。

春草翻翻眼，閒閒指出。「姑娘，書拿反了。」

「哦？」陸鹿哂笑著把書翻轉，擺手。「我自己滅燈，妳歇著去。」

「奴婢陪著姑娘。」春草早有準備，把針線活搬過來，坐在杌凳上。

陸鹿挑挑眉。「隨妳。」然後，繼續托腮胡思亂想。

四下安靜，外頭的風聲隱隱呼嘯吹進來，燈滅了滅，就聽到春草打個哈欠嘀咕。「好睏啊！」然後頭一歪，趴在膝上。

「咦？春草……」陸鹿腦中警鈴大響，接著窗戶外傳來輕叩聲。

陸鹿順手抄起鎮紙石，小心急問：「誰？」

「我。」

段勉？聲音略耳熟，陸鹿稍轉心思，眼睛一下睜圓。

她將春草扶上桌趴好，煞氣騰騰的摸到後窗下，四下一望，卻不見人。「嗖」屋簷之上敏捷的跳下一道修長身影，把陸鹿嚇得叫出聲，幸而聲音才冒出一半就讓人摀住嘴。乾燥而寬厚帶繭的手堵住她的驚呼。

「噓——」段勉在她耳邊輕聲道：「小聲點。」

「嗚嗚。」陸鹿怒目瞪他。

「我有話跟妳說，去咱們原先待過的那間雜屋。」段勉嘴裡熱氣吹拂在陸鹿耳後根，癢癢的。

也好，這裡不是說話的地方。陸鹿點點頭。

段勉意猶未盡，緩慢的拿開摀她嘴的手，低聲問：「妳就這麼跑出來？」

「什麼？」陸鹿大口呼吸著新鮮冷空氣，不懂他為什麼這麼問。

段勉忽然往後一扯，將身上披著的厚厚裘衣罩上她。「夜涼風寒，小心凍著。」

秋夜寒冷，孤月疏星。陸鹿半側頭看他一眼，五官模糊不清，只有那雙眼睛晶亮。「謝謝。」

段勉狀似隨意的刮刮她小巧的鼻子，悶笑。「還記得路嗎？」

陸鹿反射性地躲開，面無表情。「嗯，記得，跟我來。」前頭大步開路。

啐，雖然天冷，也不是可以隨便「凍手凍腳」的，段世子！

秋夜深寒，小徑黑不可見。陸鹿身為後世獨行女盜，最起碼的認路本領沒丟，附著靈魂帶過來。很快，二人來到當初的小雜屋，開鎖、掩門、點燈，一氣呵成。

段勉有備而來，點上燈，小心罩上罩子，轉頭看著漠然的陸鹿。又袖著手，歪歪扭扭站沒站樣，神色拒人千里之外。

「給妳。」他從懷中取出一個精緻小巧的匣子。

陸鹿出來得匆忙，沒帶手爐，只能習慣性的袖著手，等著段勉說事。忽見他沒頭沒腦地給了個東西，詫異反問：「什麼？」

「看看就知道了。」

「哦。」陸鹿接過，看一眼。嗯，好漂亮的匣子，還帶上鎖了，晃了晃，裡頭有東西。「鑰匙呢？」

段勉難得促狹笑。「妳不是開鎖能手嗎？妳要能開了鎖，裡頭東西都歸妳。」

「那你先透露一下，裡頭是什麼？要是不值錢，我可懶得費心思打開。」陸鹿狡猾笑。

「是妳喜歡的。」段勉賣個關子。

陸鹿覷他一眼，面帶輕鬆的笑意，難道想整她？惡作劇？癟癟嘴，陸鹿將小人之心擺在明面上。「要是打開我不喜歡，罰你賠錢！」

「好。」段勉哭笑不得，撐額微嘆。還真是財迷本色不改啊！一介富商小姐動不動錢呀錢的，俗不俗氣？

陸鹿才不管俗還是雅，垂頭認真專注的盯著鎖瞧一陣子，很快就明白，這太簡單了。段勉難道是故意逗她的？抬眸望去，段勉雙手背負身後，老神在在，嘴角噙絲笑意望著她。

陸鹿腦子裡忽然湧出一個可能，但很快就甩頭拋掉，伸手向他。「借用工具。」

「硬纏絲？」

「對呀，不然，我怎麼撬鎖？」

段勉變戲法一樣掌心多出一截堅硬細絲遞過去，陸鹿不客氣接過，三下五除二，稍加擺弄就把鎖撬開了。忙不迭打開，差點閃瞎眼。

匣裡放著一堆晶瑩潤亮的上好珍珠，還有一支步搖，正是寶安寺顧瑤哄她去看的禮物。她再次訝然，抬眼問：「你清理好了？真的給我？」

「嗯。妳不是喜歡嗎？」

「沒錯，我是喜歡，但是……」禮物有點貴重，就這樣收下不太好吧？

段勉湊上前，伸手從匣子裡挑出一對珍珠耳環道：「這是京城最好的玉石坊裡最新的款式，可不是顧瑤送妳的。」

「你挑的？」陸鹿震驚了。

段勉臉有點燙，眼神閃躲了下，輕聲。「嗯。」

「唉！」陸鹿嘆氣，戀戀不捨看一眼匣子裡的寶貝們，合上，雙手呈前，誠懇道：「多謝段世子，但是我不能收。」

段勉神色不變，冷靜問：「不喜歡？」

「喜歡，但不能收。」

「為什麼？」

「這還用問為什麼？」陸鹿瞪眼苦笑。「我為什麼要收下你無故送來的貴重禮物？」

段勉語塞了小剎那，霸道說：「沒為什麼，我想送。」

「可我不想收。」陸鹿跟他槓上了。
段勉臉色微變，淡淡道：「我送出去的東西從來沒有收回的，妳不要，丟掉好了。」
「你丟呀。」陸鹿遞過去。段勉接過，看也不看，順手就往地上一扔，匣子立刻摔落地上，幸好匣子是掩緊的，不然珍珠就滾得滿地都是了。
「哎呀，你真丟呀?!」陸鹿心疼死了。這麼多顆飽滿的珍珠，隨便拿出一顆都能值不少錢呢！他怎麼眼也不眨的真扔了？
段勉無所謂，他從小家境優渥，錢財對他來說真是身外之物。至於珍珠、首飾之類的，更是不會多看一眼，所以，丟就丟了！
「怕了你啦。」陸鹿愛財，只好撿起匣子，嘟嘴嚷：「我收下還不行嗎？」
早收下不就結了，浪費時間！段勉面色緩和，勾唇淺笑。
拂掉灰塵，陸鹿抱緊匣子，問：「還有事嗎？」
「有。」段勉乾脆答。
「快點說。」
段勉斟酌了下用詞，緩緩問：「三殿下跟妳說什麼呢？」
「你怎麼知道？」話一問出口，陸鹿就咬咬舌尖。
段勉輕輕笑。「我當然知道。」
「你們的眼線布得可真深呀！」陸鹿語氣尖酸，一舉一動盡在別人眼中，很不是滋味。
段勉掩下心裡的驚訝，不承認也不否認，只揚揚眉向她道：「說。」

「呃……沒說什麼，就是隨便聊聊天。」陸鹿垂眸，漫不經心。

段勉定定盯著她敷衍的神態，好久沒說話。靜默良久，雜屋的燈幽幽漸暗。

段勉走過去撥亮了燈芯，開口道：「陸姑娘，實不相瞞，令尊暗中與三殿下密使林公子接洽，並且還在我逗留益城時設下圈套伏擊我，原本罪無可恕，不過，鑑於令尊益城首富的身分，還有他實際上舉棋不定的立場，放他一馬，甚至，我們曾經想把他拉攏過來為二殿下所用。」

「你……」陸鹿霍然抬眼。這等機密事，幹麼要說給她聽？她不要聽！

段勉擺手不給她機會說話，繼續道：「只是，事務紛雜，還沒等我們行動，三殿下就親臨益城，還下榻貴宅。推測，令尊這次不會再當牆頭草了吧？他是鐵下心投效三殿下了對吧？」

陸鹿輕吐口氣，悶悶道：「是呀，你們遲遲不給甜頭，也不來接洽，陸府惶惶終日，搖擺不定，承蒙三殿下看得起，親自過問親自拉攏，面子掙足，當然就投靠三皇子嘍。」

「唉！」段勉微微嘆氣，輕聲說：「我們不是不接洽，而是……」

他怎麼好對著陸鹿說，二皇子一派以為段府跟陸府的親事板上釘釘，所以就沒那麼主動周旋呢？他們還等著陸府上京逼婚，然後兩家聯姻，自動升為隊友呢？誰也沒想到，陸府還沒上京逼婚，寶安寺就出了事，然後三皇子又秘密出現在益城，計劃全都亂了！亂得很！

煩躁的搔搔頭，段勉又嘆氣，道：「所以，陸姑娘若想保全陸府，就看妳的了。」

「我？我有這麼關鍵？」陸鹿睜大眼，不是很明白。

段勉稍加沈吟，循循善誘道：「令尊投向三皇子，若妳能為二皇子所用，平衡雙方關係，豈不兩全？」

「哦？」陸鹿反應過來，皮笑肉不笑道：「就是說，讓陸府兩邊押寶。三皇子贏，陸府不吃虧，是功臣之一；二皇子贏，因為有我充當暗樁，所以能抵消父兄站錯隊的過失，不會連累太深。是這意思吧？」

段勉鎮定自若，淡淡道：「沒錯，妳悟性很強。」

「強你的頭！」陸鹿翻他一個白眼，冷笑。「自古以來，兩邊討好的牆頭草從來沒好下場。這買賣聽起來誘人，實則就是個陷阱。」

段勉不怒反笑，低頭看著她，淡笑問：「好，我不逼妳，不過……如果，我想知道真相，妳會不會告訴我？」

陸鹿垂臉望一眼手裡匣子，還是搖頭。「不會。」就是拿人手短也不說！

「哦。」段勉也不知在想什麼，隨口輕應。

陸鹿不淡定了，小心翼翼問：「段世子，如果，我是說假如二皇子一派爭贏了皇位，會不會禍及陸府？」

段勉的漆黑眼眸瞅著她，浮出笑意。「會。所以，如果妳在中間達到平衡作用的話，也許府上可以避過這場禍。」

「那算了！」陸鹿仍是拒絕。她只想獨善其身，才不願為陸府搭上自己的美好前程！

第四十四章

段勉訝異。「妳真不管陸府死活？」

「反正我隔年就要嫁出去了，陸府死活跟我關係不大吧？我從小養在鄉莊，跟益城家人真沒多深感情。」陸鹿實話實說，也不想繞彎子，反正她說的話再出格，段勉也不會大驚小怪。

「呵。」段勉聽了，不由失笑。「嫁出去就沒事？」

「不是說嫁出去的女兒潑出去的水嗎？」陸鹿聽過這句古代名言。

段勉無語，不知說什麼好。她竟然油鹽不進，那就改變一下策略。「對了，寶安寺抓到的和國人……」

「停！」陸鹿緊急叫停，壓低聲音認真說：「段世子，我不想聽。」

「哎？」段勉愣了。

「我真不想聽這些，跟我沒關係，而且我也不懂。」陸鹿急於撇清，連連搖頭。「麻煩你不要跟我一個閨閣女子說這些機密事。」

段勉話到嘴邊又嚥下。按理說，確實不該向她透露，但是……她前期不是摻進來了嗎？而且還表現出相當大興趣，又提供不少新思路，他以為可以引為同道中人呢。

屋中再次冷場。陸鹿意志堅決，再也不摻入朝堂之爭的破事了！免得越陷越深，到時想抽身就難於上青天嘍！

「妳怎麼啦？」段勉關切問。

「沒什麼呀，我，就是突然覺得這些朝堂大事，你不該跟我說。」

段勉沈吟稍許道：「寶安寺之變跟朝堂的確扯上關係，但更多是針對我們段府來的。」

「那跟我就更沒關係了。」陸鹿笑。

段勉垂眼，幽幽道：「益城流言，妳聽過沒有？」

「沒有。府裡太太吩咐過，外頭亂七八糟的流言蜚語不許瞎傳，誰亂嚼舌，就割下她的舌頭讓她好生嚼嚼。」陸鹿睜眼說瞎話，她從陸度那裡早就聽到好幾個版本了。

段勉看她一眼，煩悶地扯扯袖子。此地不宜久留！再說，明天還要趕路呢。

陸鹿晃晃頭，笑。「呃，段世子，沒什麼事，我先回去了。」

「陸姑娘……」段勉手伸到一半又縮回來。

「請說。」陸鹿站得有些累了，背靠著門壁，活動活動腳。

「妳……」段勉垂眸低眉，吞吐道：「妳。」

陸鹿縮縮頭，儘量離他遠點，一聲不吭。

「顧瑤她被送回顧家了。」段勉忽然來這麼一句，陸鹿莫名其妙地抬眼。「她的行徑，我祖母和母親都知道了。」

「哦。」關她什麼事？陸鹿不想知道啊。

「她不會再有機會為難妳了。」

陸鹿怔怔，眨眨眼。「嗯？」

她這種態度，令段勉更心煩意亂，他將手撐在陸鹿左肩上方，嘆氣。「陸姑娘……」

咦？這不就是傳說中的「壁咚」嗎？哎唷喂呀，她竟然被壁咚了！還是在大晚上，一間發霉的雜屋角落，想想特麼真醉人！

「……怎麼樣？」段勉聲音清洌低沈。

「什麼？」陸鹿完全沒聽清，茫然地抬眼問。

段勉黑眸一黯，她方才迷糊的表情，他還以為是害羞、反應遲鈍呢。搞半天，人家壓根兒沒聽到自己說什麼。啐，白說了！

「算了，沒什麼。」段勉低垂眼，悶悶的。

陸鹿看清他眼裡的失落，歪頭打量半晌。段勉迎上她好奇的目光，坦然與她凝視。

「段勉，我可以問你一件嚴肅的事嗎？」陸鹿覺得有事還是攤開說比較好。

「妳問。」段勉輕輕抿唇。

「你不是最討厭女人接近你嗎？為什麼我離你這麼近，你不躲開？」

段勉神色一僵，半晌，他微笑。「因為妳目的單純，我不需要躲開。」

「我什麼目的？我對你沒目的！」陸鹿忙申明。

段勉笑回。「妳沒目的，只是見錢眼開對吧？」

「切！」陸鹿面皮一熱，白他一眼。

「呵呵，我也很好奇，益城首富之女動不動以財開道，妳很缺錢嗎？」

「缺！」陸鹿嘻嘻笑，而後斂正表情，認真問：「那我再問你一個很鄭重的問題。」

「好。」

陸鹿仰起頭，盯著他，一字一頓問：「你是不是有點喜歡我？」

段勉頭皮一炸，臉皮的熱度就飛紅到耳後根去了。他鬆開撐在陸鹿身側的手，後退一步，神色羞惱。「胡說八道。」

「哦，沒有呀？那我就放心了。」陸鹿俏皮的拍拍心口，輕鬆呼氣。

段勉的臉色更難看了，直勾勾剜著她。

陸鹿垂眼撫摸著手中匣子，又說：「不好意思，真的是我想多了，段世子不要介意。」

「我介意。」段勉突然反著來。

陸鹿稍怔，慢慢抬眼，與他視線相碰。

「不是妳想多了，而是形勢如此。」段勉淡淡添加一句。「有時，流言可殺人！」

「是的，人言可畏。」陸鹿同意。

「所以……妳沒想多，但……」段勉沒說下去。

陸鹿在腦中過濾了一遍他吞吞吐吐的話，雙眸驀地睜圓，驚訝問：「你的意思是，你們段府真的會娶我？」

段勉不語。

「可是，咱們不是說好了，外頭流言你負責撲滅嗎？而且我再三申明過……」

段勉勾唇，漠然笑。「菊園的流言是停止了，可現在外頭傳的是寶安寺的流言。形勢比人強，如果我們段府不作為，妳的名聲就全完了。」

「這麼說，你們段家是為了顧全我陸鹿的名聲，打算捏著鼻子默許這門親事嘍？」陸鹿原地轉一圈，撐腰吐氣，翻白眼。

「沒那麼難。」段勉有些想笑。捏著鼻子？不至於！他很樂見其成的。

「這事沒得商量！不可能！我不同意。」陸鹿豎起手掌，態度嚴肅。

段勉挑挑眉，靜靜看著她。

「府裡也不會同意的！至少現在不會了。」陸鹿很肯定。

段勉心平氣和接一句。「拭目以待吧。」

「難道你……在暗中促成？」陸鹿試探問。

「沒有。」

「我就說嘛，你一個厭女症世子怎麼會……呵呵，算了，點到為止。段世子，沒其他事，我先回去了。」陸鹿打個哈哈，真不願再跟段勉糾纏下去。

段勉在她轉身同時，幽幽問：「妳是怕我，還是厭我？」

腳步一頓，陸鹿轉身，搖搖手指笑吟吟。「錯，兩樣都不是。」

「那是什麼？」

「我不想跟你有過多糾纏。」陸鹿看著他真誠道：「段世子，以後不要大晚上來找我了，好嗎？反正，你也不喜歡我不是？」

段勉沒出聲，烏黑眸光瞅定她。

「咱們不要再有交集了！你走你的陽關道，我過我的獨木橋，如何？」

段勉還是一聲不吭，眸光複雜不明。

「就這樣吧！再見，不對，再也不見。」陸鹿輕輕揮揮手，坦然一笑。轉身開門。

「陸姑娘，我們還會見面！」段勉冷不丁冒出一句。

陸鹿頭也沒回，快步疾走，身影很快消失在黑夜中。

段勉佇立良久，眉眼搭拉下來，忽然一拳擊在牆上，震得手骨生疼。這點疼令他瞬間清醒過來，他仰面長吐口氣，頗為憤憤不平。「妳說不要有交集就不要？為什麼躲我？」

他是誰呀？齊國赫赫有名的段勉！西寧侯世子，從小錦衣玉食、文武雙全，深受天子重用，邊關屢立戰功，贏取無數少女芳心的段世子，憑什麼她一個商女大咧咧的強調以後不要跟他見面了？她憑什麼？

段勉既生氣又懊惱，懊惱自己沒承認喜歡她，不過到底少年都有好勝心，一次次被人削了臉面，就算是心儀的女子也惱怒了。

他在雜屋再待了小半會兒，才躍出陸府高牆。

摸黑回到屋裡的陸鹿心頭焦灼。不行，得趕緊收拾行李跑路去，形勢越來越不受自個兒控制了！幸好，明天就出益城了，毛賊四人組想必車技也練習得差不多了吧？最起碼駕車應不成問題吧？

陸鹿就這麼心神不寧的度過一夜。第二天，闔府都知道老爺、太太要把大姑娘送到郊外別院去，而且時間緊迫，不容拖延。

請完早安後，匆匆擺飯。因為陸靖在內宅用早飯，眾人都乖乖不語，就連最多嘴的陸明妍都低頭扒飯，不敢造次。陸明容藉口病了，沒有出席。

早飯後，陸靖特意叮囑了陸鹿幾句，說的都是冠冕堂皇那一套，陸鹿心不在焉的應付著。忽然有一句落入耳中。「請了一位宮中榮休的嬤嬤教導舉止，可要好生學著。」

「宮中？」陸鹿訝異。

龐氏親自奉茶遞給陸靖，笑說：「這位嬤嬤雖年紀大了點，在宮裡卻是服侍過多位貴妃娘娘的。」

「呃？母親，這樣的嬤嬤按理來說，很搶手吧？怎麼會來教導我呢？」

陸靖眼神一滯。當然是託三皇子的福嘍，不然，這樣放出宮的嬤嬤怎麼可能輪到他們富商人家請？早被權貴世家請去教導小姐們了。

龐氏解釋道：「是搶手，咱們府裡託人三請四請，好話說了幾籮筐才請來的，鹿姐，妳萬不可掉以輕心，她可比不得學堂夫子們，最嚴謹認真，容不得一絲差錯。」

「是，母親。」陸鹿隱隱頭疼，眼光瞄到陸明妍，便笑道：「只單為女兒一個請這麼一位嬤嬤，未免太過破費。不如，兩位妹妹也一起去郊外別院沾沾光吧？」

「我才不去呢！」陸明妍白她一眼，嘀咕。

陸靖咳一聲，威嚴說：「不急，妳兩位妹妹也是要跟著學的，妳為長姊，先開始。」

「哦，明白了。」口頭答應著，但陸鹿想不明白，好好的請什麼宮裡嬤嬤教導禮儀？她又沒有要嫁去宮中，平常人家，曾夫子教的那些也足夠了。

直到一行人浩浩蕩蕩出了陸府門，陸鹿還抱著手爐坐在馬車裡沈思。

這事絕對有貓膩！到底這是什麼信號呢？她確實一籌莫展，百思不得其解。

入夜，秋寒。段勉身不由己又來到陸府高牆之外。

王平和鄧葉相當無奈的跟隨護衛著。自家主子著什麼魔了？好好的馬不停蹄從京城趕到益城，跟知府碰面後，諸事交付完畢，不說急事趕路回京，總歸早點安歇才是，偏生他精神勁頭十足，入夜便騎馬直奔陸府而來。眼下看來，這位陸大姑娘十有八九要成為他們的女主人了！

段勉「嗖」一聲飛身入內，輕車熟路的拐向竹園。

明天要回京了，好長一段日子不能來益城，臨走時和她話別一番，不為過吧？畢竟，外界流言傳成那個鬼樣子，她也只能嫁入段府才能保全名聲吧？

踩著輕快腳步，段勉很快就來到竹園。此時，月正當空，清寒映輝，兩個婆子提著燈籠相伴著從斜對面走來，段勉連忙閃進陰影中。

「快點快點，賭局開始了。」

「喲，老嫂子，妳可小聲點。這讓巡夜婆子聽見了，可不扒了我們的皮？」

「怕什麼？今日這裡巡夜的不來了。」

「哦？大姑娘才走第一天就不來巡夜了？這些懶婆子，好意思成天罵我們偷懶？呸！」

「噓！小聲點。這竹園偏僻，大姑娘又派了留守的婆子，誰有工夫繞路巡這裡？」

「也是。以大姑娘那凶悍性子，誰敢趁她不在時來竹園搗亂不成？」

「哈哈，那倒是。我聽說，大姑娘把那楊家姑娘打得跟豬頭似的……」

「還順手甩了二姑娘幾巴掌呢！嘖嘖，我活了快四十來歲，從沒見過千金小姐是這樣的行事作派。」

「可不是……」兩個婆子邊嬉笑邊走，很快就轉過假山一角，隱入黑夜。

她不在？她去哪兒了？她跟人打架了？為什麼？陰影中的段勉緩緩走出，望向漆黑無燈的竹園。

陸府是有他們的眼線，但僅限於陸靖及幾位少爺的行蹤動向。後宅娘兒們之間的破事，眼線是不上報的，畢竟，誰也沒耐心打聽別人家內宅隱秘的八卦秘聞。

可，偏偏陸府二皇子派的眼線，忽然就連夜接收到上峰要聽陸府後宅八卦秘聞的命令。

好吧！打聽陸大姑娘的去向？還挺簡單。這位大姑娘如今在陸府是名人，她的事闔府皆知，瞞也瞞不住，訓練有素的眼線很快把情報送交出去。

段勉在寒夜裡就著微弱火光，掃視一眼新鮮出爐的情報，臉上怒氣一層一層轉濃。

「該死！」他惡狠狠地揉碎紙條。

遠遠街巷有犬吠，秋風捲起地上的枯枝敗葉打轉。王平和鄧葉兩個大氣不敢出，小心的戒備著，同時偷眼覷到微弱月光下世子爺鐵青的臉色，同時打個激靈。好久沒在世子爺面上看到這般失態模樣了……

「走。」段勉撩袍跨步上馬。

「世子爺，去哪兒？」王平小心翼翼多問一句。

是呀？去哪兒？段勉勒馬原地打了個轉，望向夜空。

夜已深，城門早就關了，除非特殊緊急事態並持有手令，方能讓守城士兵臨時開城門。他縱然想現在去找那個令他氣得牙癢癢的女人，可沒有軍令，出不去！

但就這麼轉回去，他又做不到，滿心喜悅來道別，誰知對方一聲不響挪了窩。挪就挪吧，至少跟他說一聲呀！明明昨晚還在一塊兒說話，偏她一個字不提，存心瞞他是吧？

氣惱的揮揮馬鞭，段勉胸口堵著一股悶氣無處發洩。好不容易有個不怎麼討厭的女人，偏這個女人卻迴避他、討厭他！難道是他以前對女人太冷漠的報應？

「出城！」段勉勒轉馬頭，就要拍馬往城門去。

「世子爺……」天啊，世子爺莫不是讓寒風吹發燒了？出城？怎麼出？

王平和鄧葉兩個急忙攔阻。「世子爺，萬萬不可。」

「世子爺，沒有手令，怎能出城？」

段勉冷靜一笑。「益城的城牆能擋得住我？」

「呃？」王平和鄧葉同時語塞。段勉的身手有多好，他們最清楚，格鬥武器方面不用多說，就是江湖人士所善的輕功也是卓絕出眾的。尋常高門大牆從沒擋過他，只是，城牆比不得院牆，哪能隨便翻呢？

「世子爺，你連夜出城為哪般呀？明天下午還要進宮見皇上呢。」王平又問又勸。

段勉噎了下，他能說自己方才衝動想出城僅僅是因為陸鹿嗎？當然不能！

「知道了。」益城向玉京城出發，以他們快馬程度，明天下午鐵定趕得上，可如果出城見陸鹿，這麼一耽擱，就未必趕得上。

段勉壓下惱惱，撥轉馬頭。

突然，陸府傳來緊急敲梆子的聲音，伴著急切呼叫。「有刺客！」

原本黑沈沈寂靜入眠的陸府好像被驚醒似的，火光陡然增多。

段勉再次勒緊馬頭，側耳聽了聽，蹙起劍眉自語。「是前院。」

「世子爺，小的去瞧瞧吧？」鄧葉自告奮勇地請命。

「去吧，小心行蹤。」

「是，小的明白。」鄧葉提提氣，俐落的躍身而起，眨眼消失在牆頭。

段勉驅馬掩在夜色樹蔭下，望著陸府沈思。據報，三皇子先前已悄然離開益城轉回京城，而在益城的這段時間，大半都隱在陸府深處。

「呼……」段勉疲乏的按按眉心，這些天的兩城奔波，他體力有些透支了。今晚，全仗著想見到陸鹿的心思，才不顧疲勞趕過來，誰知那丫頭竟然走了！

王平忽說：「世子爺，鄧葉去得有點久了。」

「嗯。」段勉也回過神來。鄧葉只是去旁觀，算算時間，他該回來覆命了。再稍等了片刻，段勉果斷拴好馬，叮囑王平。「你留下接應。」

「世子爺，不可涉險。」王平嚇壞了，忙請命道：「讓小的先去探路。」

段勉一擺手。「不必多言。」笑話，不過是陸府，又不是和國內境。他堂堂段參將龍潭虎穴都敢闖，怎麼會把陸府當作險地？留下王平是軍中習慣，總得有人接應斷後。

目送著段勉縱身入陸府高牆，王平暗暗憂心嘆氣，合掌向天祈求。「千萬別出岔子。」

陸府的後院，段勉有些許熟悉，可前院就未必了。

前院已經火光滿天，人聲鼎沸，陸府護院們緊張的四處搜查，大狼狗也牽出來，聞著地面撒腿狂奔。廊簷下，陸靖披著黑色大裘指著一排聽令的管家大聲訓斥，而遠遠，陸翊府上也驚動了，好像也在加緊嚴防，配合搜查。

段勉挑了一處最高最隱秘的屋角蹲著，往下觀察了半晌。地面上，最開始還在喊著「抓刺客」，但沒片刻，在陸應、陸序嚴厲糾正下變成「搜盜賊」。

前院水洩不通，人頭攢動，後院的燈也被點亮，不少粗使婆子打著燈籠巡查。

盜賊？怎麼可能？段勉怔了。如果是先頭喊的刺客，那麼要行刺誰？顯然不可能是陸靖；一介商人，何苦要潛入府裡行刺，外頭應酬時多的是機會。

他四下張望，一雙漆黑厲眸俯瞰目力所及的整個陸府。

不對勁！東南角靜得出奇！這麼一鬧，整個陸府都驚醒了，就連後宅都加緊防護，隔壁的陸翊府上也都燈火通明的，偏生東南角詭異得安靜。

段勉身隨心動，剛要躍掠過去探探究竟，便聽一名府丁喜嚷：「找到了！在這裡！來人啊！」

大狼狗「汪汪汪」叫得格外歡騰。

隨著雜亂的腳步，段勉小心的在屋頂之上穿梭，儘量不讓地面火眼金睛的護衛發現。這會兒火光沖天，屋頂上行走也極有可能會暴露行蹤。

「世子爺！」屋頂橫角輕輕有人喚。

「鄧葉？」

悄悄趴伏在橫台的竟然是去而未歸的鄧葉！段勉打量他一眼，小聲問：「你沒事吧？」

「小的沒事。不過，世子爺……」鄧葉指指底下，道：「刺客還在陸府。」

「哦？」段勉一掃地面。

只見方才叫嚷著「找到了」的地方圍起許多人，然後就是「啊」的轟然一聲。居高臨下俯視，一覽無遺，陸府護衛小心包圍的角落有一件黑色的夜行衣——僅僅是件黑色夜行衣捲成人的造型而已——難怪大狼狗會追尋至此，也難怪府丁會認錯！

「世子爺……」鄧葉一指東南角，壓低聲音報：「那邊有古怪！小的剛潛進來時，那邊是有亮燈的。」現在卻是漆黑一片，寂靜無聲。

段勉問：「可知刺客去向？」

鄧葉搖頭。「小的無能，沒追蹤到。」

可以理解。鄧葉跳進來打探時，府裡已驚起，刺客肯定行動更悄無聲息才對，鄧葉就算冷眼旁觀，也未必能發現偌大陸府中一名倉皇刺客。

「走。」段勉稍加沈吟，便作出決定。

鄧葉以為是要出府了，誰知段勉身形一轉，飛速掠過重重屋簷，向陸府東南角去。越近，段勉也看清了。東南角並不荒蕪，還修建了好幾座精緻樓閣。處處花木扶疏、樹高葉茂，儼然小小桃源。

一般大戶人家有這類精緻閣樓、美景庭院並不稀奇，但怪異的是一個看守的都沒有，並且一盞燈都沒有亮。不可能！如果有刺客被發現，闔府搜捕，按常理東南角如此美景佳地，更會是嚴加保護地帶，怎麼也得分派人手加強這裡的防守吧？偏偏陸府沒有！

「世子爺，當心。」鄧葉悄聲提醒。

段勉哪需他警示，他早就敏銳的嗅出這一帶有極強的煞氣籠罩。

秋風拂過，樹梢嘩啦嘩啦響，樓閣黑漆漆的，在月色下清冷獨屹。靜默片刻，段勉眼尖的發現閣樓有身影移動。再注目，確定不是樹葉映窗，而是融入夜色的人影。

鄧葉也發現了，他輕抽口氣，剛想說話，就被段勉豎手制止，繼續隱伏。

沒等多久，他想要的答案就出現了。角落花叢中傳來激烈打鬥聲，借著淡淡月光，他看見有不少動作麻利的身影迅速向那邊掠動。

「過去看看。」段勉嘴角微翹，似乎並不覺得多意外。

這裡秋意深深，樹更高大，花叢錯落有致，小徑四通八達，粉牆覆著碧綠瓦。

乒乒乓乓的打鬥沒持續多久，便歸於平靜。孤月下，數名精壯黑衣男子扭押著一名褐衣人，蒙巾被扯下來，露出堅毅的臉，眼神格外明亮。

「劫人！」段勉簡潔下令。

鄧葉領會，靴中抽出短刀，飛身撲下。

縱然殺出另一人，黑衣男子們也沒多驚慌，從容的分派出三、四人攔截，其他的繼續押著被點了穴、封了要害的褐衣刺客走向黑暗深處。

該段勉出場了。他將臉蒙上，大鵬展翅般凌空撲下，頓時場面失控。黑衣人想到刺客有同夥，但沒想到後來的武功這麼高、動作這麼凶狠，又因為分散行動，一時亂了陣腳。

鄧葉對付三、四人沒問題，他的主要目的就是分散兵力，給段勉減輕壓力。

但人算不如天算，這裡打鬥激烈，似乎引來更多黑衣人增援。

段勉沒想到此處黑衣人這麼多，而且個個都武藝不俗，一時難以取勝，看來，別說想劫人，就連脫身都有點困難，只能速戰速決。

念頭一轉，段勉抽空從懷裡摸出一物，朝地上猛地一摜。「嘭」一聲，那物爆開來，一股淺黃色煙霧緩緩隨風飄散。

「小心，有毒！」為首的黑衣人脫口嚷。

黑衣人稍微一怔，反射性地捂鼻，也有那反應快的立即屏住呼吸。

段勉撮唇打個短哨，他眼明手快，趁著這刹那混亂，搶過褐衣人，扯著腰帶一提，躍上樹枝。鄧葉聽到呼哨，心領神會地瞅準機會奪路而遁。

黑衣人自然不敢怠慢，急促叫喊。「追！一個也不能放跑。」

手裡提著一個人，段勉腳下功夫未見遲疑，嘴裡又發出一聲悠長呼嘯。

第四十五章

東南角牆頭之下，段勉看到王平急急趕到。他躍下牆頭，向王平低語幾句，然後將動彈不得的褐衣人一口氣提上自己座騎，一夾馬腹，眨眼消失在夜色中。

王平催動自己座騎往相反方向疾奔，鄧葉則向另外一條岔路隱去。三條不同的道路都傳來馬蹄聲響，黑衣人也不含糊，兵分三路，跟緊蹄聲追到底。

段勉在三坊交岔路口跳下座騎，一手提著褐衣人，一手拍拍座騎，道：「夥計，速度不變，半個時辰，老地方會合。」

座騎嘶鳴一聲，聽懂了，撒開四蹄奔入黑夜中。段勉則閃身入巷，他手裡扶著一個跟他差不多高的成年人，行動不見吃力，只是他感覺怪怪的——這名褐衣人個子不矮，身形也並不削瘦，體重卻有些輕。

他側耳聽了聽動靜，估計黑衣人追著他的座騎去了，心稍安，這才得空借著月色打量手邊的人。這一看，他大吃一驚。褐衣人五官有點扭曲，眼神雖銳利，但神情卻呆呆木木。

段勉出手解了他的封穴，輕聲問：「你潛入陸府行刺何人？」

「呵呵。」一得了空隙，對方長長呼氣，卻只望著他冷笑。

段勉聞聲，眼睛瞪大。「妳、妳是女人？」

褐衣人目光微閃，拒不回答。這下，段勉不好辦了，他盯著對方良久，忽然笑。「這麼說，妳臉上這張只是偽裝的面皮，並不是妳真正的樣貌？難怪看起來古怪！」

褐衣人瞳孔放大，身體繃緊。

托著下巴又掃她一眼，段勉眉目舒展。「有個地方適合妳。」

帶著她幾經穿梭，最後停在一處花燈閃耀的後院。這是座青樓，如果陸鹿在，她會認出這裡就是前些天被段勉擄來開鎖的房間。

段勉重新封了褐衣人穴道，請來某個埋伏在青樓當眼線的婆子替褐衣人檢查，他則倚在樓外負手望月。

一刻鐘後，婆子出門，悄聲報。「回世子爺，的確是個女人。」

「嗯。」

婆子猶疑不決，似乎還有話說。

段勉輕皺眉頭。「還有事？」

「老身估算，她年紀該有四十多歲，是長年練武之輩，但神情氣度卻不像是江湖人。」

「好！」段勉讚許一聲，從懷裡摸出一錠銀子拋去。「知道了。」

「謝世子爺。」婆子捧著銀子，這才歡天喜地去了。

段勉沒馬上進去，而是在樓欄又等待片刻。算算時間，鄧葉和王平也該圓滿撤回了。

屋內，燃著明燭，有極淺的薰香縈繞。段勉坐在椅上端杯喝水，王平和鄧葉則分立兩邊，好奇的注視著對面椅上穩坐的那名婦人。她年紀四十多歲，面容沈靜、雙眸淡然，膚色略白，此時已恢復真貌，身著褐衣短打。
「妳到底是誰？」鄧葉再問。
「呵呵，段世子，姓名如浮雲，我已是階下囚，要殺要剮悉聽尊便。」
段勉放下茶杯，淡然道：「妳不肯透露來歷，我不勉強。不過，我跟妳無怨無仇，為什麼妳認定我會殺妳？」
婦人不語，垂眸，面容平靜無波。
「我問妳最後一個問題，妳今晚潛入陸府，是為了陸府東南角所住之人？」
婦人仍靜默不語，眼光直瞅著地面。
段勉顯然也失去耐心，他冷笑一聲。「看樣子，妳對在下抱有很大的怨氣，大約也不肯受我恩惠吧？鄧葉，送她回陸府。就當今晚什麼事也沒發生。」
「是，世子爺。」鄧葉聽令。
婦人悚然一驚。交由陸府，秘密能不暴露嗎？她果斷出聲了。「等等。」
段勉面無表情瞧她一眼。
「段世子，你不能把我交出去！」
「理由？」
婦人咬牙，看著他一字一頓。「陸鹿！陸家嫡大小姐。」
果然，段勉稍稍動容，似笑非笑反問：「說具體點。」
她遲疑了下，眼珠轉轉道：「我、我是為陸大姑娘而去。」

「哦？」段勉更不解了，起身負手上下打量她兩圈。「為陸大姑娘？」

「是。」婦人再次下定決心似的，豁出去低聲道：「陸府東南角文秀館所住之人，乃是當今三皇子。」

這一點，段勉並不意外，他故意揚揚眉問：「三殿下？妳確定？」

「確定！」

「他一直居住陸府？」

婦人有些遲疑，但仍再次點頭。「據我所知，這兩天一直在陸府潛居。」

段勉點點頭，側頭平靜問：「與陸大姑娘何干？」

「三皇子在益城特使林公子死之前，最後一個見到的人就是陸大姑娘。我怕三皇子對她不利，所以才夜探文秀館。」

「什麼？」段勉神色一變，逼近她疾問：「妳說林特使最後一個見到的人是陸大姑娘？」

婦人肯定點頭。「沒錯。」

「妳從何得知？」

婦人垂眸沈吟，這件事在陸府知道的人並不多，僅限兩位老爺、幾位少爺和心腹們，但這足夠了，她早就在兩府投了些餌。「是府裡少爺們的心腹小廝，無意中說溜嘴。」

「呵。」段勉才不信。少爺們的心腹小廝會無意中說溜嘴？那根本不叫心腹好嗎？一定是這女人不知用什麼法子收買人，或者本來就是她埋的眼線，但這不重要了。

段勉平撫下情緒，板正臉色問：「那妳為什麼推定三皇子會對陸姑娘不利？這明明是好事！很可能殿下還會嘉獎陸姑娘智勇雙全呢？」

這個問題難倒婦人了，這原本就是胡扯的藉口，指望段勉看在陸鹿面上放過她。

王平冷笑著譏諷道：「這位大姊，妳這胡說八道的功力，可比妳那拳腳功夫可厲害多了。」

鄧葉嚇唬道：「竟然把咱們好心當驢肝肺，不如還是送給三殿下去審問。想必大刑的滋味妳沒嘗過，想試試吧？」

婦人一愣，無語。

段勉卻擺擺手，和顏悅色問：「妳是竹園的人？陸大姑娘知道妳身手不錯嗎？」

婦人張張嘴，仍是沒出聲。段勉卻自己接腔。「一定不知道。不然，她怎麼可能放任妳？」

他摸摸下巴，眸光一閃，淡笑。「既是陸姑娘的舊識，那就轉交陸大姑娘發落好了。」

「啊？」婦人、王平和鄧葉都脫口驚呼。

段勉按按眉心。明天要進宮，而陸鹿又在城郊，怎麼轉交呢？

「段世子……」婦人有些氣急。「你不能把我交給陸大姑娘！」

「哦？為什麼？」

「因為，我……她……」婦人急於找託詞，但越急越編不出來。

「妳不是說今晚夜探文秀館是為陸大姑娘嗎？妳不是說，怕三殿下對陸大姑娘不利嗎？

怎麼，妳不敢見她？」段勉冷下臉色，又添加一句。「還是，妳從頭到尾都在撒謊？」

屋內陷入短暫的平靜。半晌，婦人重重嘆氣。「好，我招。世子還記得，八年前的巫蠱案嗎？」

段勉心頭一凜，當年他雖年小，卻記憶深刻。這件巫蠱案牽連甚廣，受連累的權貴世家頗多，好些人家至今都沒恢復元氣。段家幸虧有老夫人庇護，也沒站錯隊，才得以倖存。

「步軍統領游大人，世子爺可記得？」

「記得。他被定謀逆，當斬，兒子流放邊疆，女兒充入掖庭獄，家產沒收充公。」

「呵呵！世子好記憶。的確如此。」

段勉觀她神情轉悲，不由問：「妳是游家後人？」

「不是。我只是游小姐身邊的教養僕婦，我姓鄧。」

鄧葉不由望過來，失口嘀咕一句。「竟然與我同姓？」

「接著說。」段勉大致猜出劇情了，不過，還想聽她親口述說。

鄧姓婦人整理下思緒，嘆氣。「游家公子據聞在流放途中皆死於非命；兩位游小姐……聽說一死一逃。」

「逃？」段勉到底年小，並不知這段公案後續發展。

「是，年紀最小的游小姐逃出掖庭獄，隱居民間。」頓了頓，她鎮定自若補充。「是我安排的。」

段勉擺擺手。「這不歸我管，妳放心接著說。」

抓掖庭逃犯這事，自有官府去操心，段勉雖身居官職，卻不想捲入。何況，八年前的巫蠱案，他私心覺得有點牽連過大，好些世家很冤。

「是，原本我力勸游小姐遠走他鄉，不理是非，但自從查知巫蠱案細節後，游小姐便存了報仇的念頭，一刻沒忘……」

「游家小姐現居何處？」

鄧姓婦人漠然回。「這個問題我拒絕回答。」

段勉挑挑眉，不多言，垂眸沈思，臉色平靜。「那就只好先委屈妳了。」

鄧姓婦人垂臉，抿抿嘴，好像在想對策，但眼下這形勢，只能聽任段勉處置了。

且說陸鹿搬了新家，第一晚認床，久久不能入睡，索性開始健身。別的施展不開，加強臂力總是可以的。春草對她的反常舉動麻木了，搭著毛巾候在旁邊縱她胡鬧。

「呼～～」滿頭大汗爬起的陸鹿接過毛巾擦擦汗。

「姑娘，要不要洗沐？」

「要。備有熱水嗎？」

「有，隨時都備著。」

陸鹿望一眼窗外，嘻嘻笑。「喲，這新家倒是比益城府上好太多。」

春草喚上小語、小青等人，笑道：「可不是，這郊外別院就認姑娘為主，她們哪敢怠慢？」

「嗯，春草，妳這話說對了。」陸鹿又呼口氣。「益城主子太多，我這號根本排不上，受排擠冷落是必然的。」

春草輕輕扇了下自己的嘴，內疚道：「姑娘，奴婢不是故意的。」

「沒妳的事。我自己感慨一下。」陸鹿沈吟了下，考慮要不要對春草說出真相。

熱水很快備齊，陸鹿坐在浴桶中還在思考。有個心腹之人出出主意也好，單打獨鬥難免出紕漏。何況，離跑路不差幾天了。

出浴換上小襖衣，陸鹿懶懶散散臥榻上，揮手令其他人退出內室，試探的問春草。「春草，妳聽說過江南沒有？」

春草整理桌面，續上熱茶，歪頭想了下。「聽過呀。」

「想不想去看看？」

春草笑。「哪裡容得奴婢想不想？何況江南離咱們京城太遠，聽人說，光坐馬車，若是順利也得月餘呢。」

「這路程倒是個問題。不過，春草呀，我若是想去江南瞧瞧，妳不反對吧？」陸鹿笑嘻嘻地撐在床榻上問。

春草明顯愣了下，小心翼翼答：「姑娘去哪兒，奴婢自然是跟去服侍的。」

「那麼，春草，我們年前就下江南如何？」

「年前？」春草錯愕，心裡盤算了下。沒幾個月了呀，這一去一回，來得及嗎？

「對呀，咱們索性在江南過年，如何？」

「這如何使得？姑娘，聽奴婢一言……」春草臉色都變了。

陸鹿一聽。完蛋，又得長篇大論說教了！

「算了算了，我就那麼開玩笑一說，妳別當真啊。」陸鹿立即堵死她餘下的話，打個哈欠。「好睏，我歇了。」

「呃？」春草這才起個開頭，餘下的話堵在嗓子眼，不吐不快呀。

陸鹿沒管她感受，擺手。「妳也早點歇吧。明天聽說要來個厲害的教習嬤嬤，讓大夥兒打起精神來。」

「是，姑娘。」春草不得不嘟著嘴退出。

陸鹿鑽進被窩，把路上想不通的問題又從腦海中過濾一遍，再次確認了——跑路為上！越快越好！

第二天，陸鹿黑眼圈嚴重，氣色也不佳，讓夏紋好一通忙碌，上粉掩了半天，才堪堪掩去疲倦之色。

這座陸府在郊外的別院相當精緻。三進院，花木扶疏，別院原本有留守下人管理打點，人數不多，加上看門的還不到五十人，陸鹿一群嘩啦啦湧入三十來號人，也並不顯得擁擠。

一眾僕役昨天就見過了，陸鹿不管事，交由衛嬤嬤全權打理。來得匆忙，昨天沒好好觀賞這別院景緻，陸鹿今天想先逛熟這院子，再等著傳說中的教習嬤嬤。

羅嬤嬤今年五十有餘，一頭濃密的銀白頭髮，臉長又方，皺紋不算多，嘴角兩邊的八字紋有些明顯，眼神犀利老辣，一看就是經歷過大風大浪的婦人。穿著打扮整潔莊重，腰板挺得筆直，手裡握著一枝沉香楞。

陸鹿手裡握著手爐，神色平靜的看她走近。

四目相對，各自飛快的把對方從頭掃到腳，有了大致的初步印象。

按理來說，羅嬤嬤是教習，擔當夫子一職，所以陸鹿該先見禮，可按禮來說，陸鹿是主，羅嬤嬤是客，怎麼也得客先行禮見主吧？但，羅嬤嬤年紀長，又是宮裡出來的，明面上是陸府花重金請來，實際上卻是受三皇子委託而來。

於是，兩個都不動，較著勁。

衛嬤嬤一見這氣氛要壞事，連忙上前打圓場。「這位是羅嬤嬤吧？早聽說大老爺請了位教習嬤嬤來教導大姑娘，這是大姑娘的榮幸。姑娘……」她使眼色給繃著臉的陸鹿。

陸鹿衝擺著架子的羅嬤嬤微笑，然後向廊下僕從抬下巴。「還不快來見過羅嬤嬤。」

啥意思？指使著這幫賤役拜見？羅嬤嬤眼角帶著寒星瞥她一眼。

別院僕從閒散慣了，哪知道這些彎彎繞繞，稀稀落落上前對羅嬤嬤行禮。

「陸大姑娘是吧？久仰。」羅嬤嬤也賞臉開口了。

「是我。以後，請羅嬤嬤多指點。」陸鹿微笑。

羅嬤嬤毫不客氣，拄著楞，由自己帶來的兩個小丫頭扶著徑直去堂上坐了客位。

「奉茶。」衛嬤嬤趕緊嚷。

羅嬤嬤等到茶上手，慢條斯理抿一口，指衛嬤嬤問：「院子可準備好了？」

「哦，您老歇息的院子已備妥。」

「我是指大姑娘練習的院子。」

衛嬤嬤怔了怔，陸鹿也好奇。「練習要院子做什麼？兩間屋子足矣！」

「兩間怎麼夠？衣食住行，言語舉動，眉眼高低，女紅奇技，這些都要練起來。」

「啊？」陸鹿失態怪叫一聲。「這麼多？」

羅嬤嬤神情不悅。「聲音不夠悅耳，聲調太高，要改。」

「我……」去你媽三個字沒爆出來，陸鹿也算給她面子了。

「嗯？還敢頂嘴？」

陸鹿嘴一抽，皮笑肉不笑問：「不敢，我不明白，幹麼非要學這些？我又不用進宮。」

衛嬤嬤唬一大跳。「姑娘休得胡說。」

誰知，羅嬤嬤卻鄙視道：「以妳的資質，進宮絕無可能。」

「哦，那我就放心了。」陸鹿舒展笑臉。

羅嬤嬤臉色這才一滯，瞪向她。陸鹿又笑嘻嘻問：「不是進宮，羅嬤嬤教導這些毫無意義，不如將就湊合，用兩間書房代替課堂就行了。」

羅嬤嬤定定瞅向她，冷笑。「難怪都說陸府嫡長女鄉間養大，沒規沒矩、目無尊長，果然欠調教；也難怪陸大老爺會重金委託老身跑這一趟差事。」

「嘿嘿，您老辛苦了。」

羅嬤嬤拄枴而起，向衛嬤嬤道：「趕緊收拾出來，未時一刻正式開始。」

「什麼？」陸鹿又是怪叫。自然，又遭來羅嬤嬤嚴厲的眼神警告。媽的，大嗓門怎麼啦？非得把好好女孩家調教得跟蚊子嗡嗡叫似的才行？什麼破規矩！

衛嬤嬤雖然從小跟在陸鹿身邊，在這別院也算有點實權了，掌管著這一院的下人，比在益城威風多了。可打從一見這羅嬤嬤，就心驚腳軟，忍不住唯她話是從，樂顛顛的按照她的指示安排去了。

未時一刻？陸鹿掐指一算，那就是下午一點。怎麼辦？給她個下馬威試試？她坐在暖閣撐下巴，思忖著怎麼樣先殺殺這個羅婆子的氣勢。

夏紋悄悄上前，小聲道：「姑娘，小懷來了，在院外角落等著。」

「叫他進來。」

夏紋回頭看一眼，大多是從益城帶過來的丫頭、婆子們，可也有幾個原本在別院的粗使打掃婆子。

「沒事，去吧。」陸鹿不怕這些人打小報告。

夏紋輕手輕腳去了，很快把小懷帶到偏廳。

「小懷，有什麼好消息？」陸鹿喜孜孜問。

小懷哭喪著臉，著急道：「回大姑娘，是壞消息。」

「說來聽聽。」陸鹿好久沒接收到壞消息了，毫不在意，還順手拈塊糕點入口。

小懷四下張望，謹慎又小心地回報。「姑娘，孟大郎那邊出事了！」

「呀？啥事？」陸鹿這一驚非同小可。

小懷噝噝喉，壓低聲。「老三狗剩讓官府的人抓走了！」

「啊？」陸鹿差點蹦起。

「為啥？」

「偷東西，人贓並獲。昨天酉時進去的。」小懷抹抹額汗，繼續彙報。「孟大郎快急死了，這不，大清早託了毛小，哦，不對，米昭來送信……」

這幫小毛賊，狗改不了吃屎呀？陸鹿趴在桌上，咬牙切齒。明明好吃好喝養著他們，只求他們學會駕車，然後學點自保自衛的拳腳，為什麼還要幹老本行呢？手癢犯賤呀？

「毛小四呢？」

小懷苦著臉。「還在莊子外頭。」米昭是外男，就算年紀小，他也不敢把人放進來。

陸鹿沒精打采的垂頭半晌，才揉揉眉心，說：「小懷，備車。」

「姑娘，妳這是要……」小懷嚇一跳。

「回益城！」這事不解決，鐵定連累陸鹿，只怕還會把她的跑路計劃暴露出來。

「回、回、回益城？」小懷結巴了。

拍拍額頭，陸鹿重新下指示。「備輛小馬車，府裡有吧？」

「好像有。」小懷也不大確定。

「去找輛最普通的馬車，不要多好多舒適，最要緊是車輕馬快，能儘快趕回益城就行。還有，不許提我，只說是府裡丫頭回益城取我落下的重要物件。」

「小的懂了。」小懷一聽就明白這位大姑娘不打算光明正大回益城，而是打著某位丫頭的名義潛回，便低頭領命而去。

陸鹿攏起雙手，眼珠轉轉，把春草和夏紋叫進廳來。

須臾，廊下階前聽差的丫頭、婆子都聽到門扉緊閉的屋內傳出驚惶的尖叫。「什麼……嗚嗚」然後嘴被堵上似的，餘下含糊不清的音節。聽音辨人，好像是大姑娘身邊的春草！

一輛不起眼的馬車奔馳在坑坑窪窪的土路上，帶起黃土滾滾。陸鹿雙手死死抓著車窗架，防止被顛出車外。

車是最普通最粗糙的一輛，套的馬也脾氣暴躁，車夫又謹遵吩咐，把車趕得跟賽車似的，以至於車輪吱嘎吱嘎亂響，車身晃蕩得快要散架了。

毛小四拿了雞毛當令箭還在死命催。「快點，快點……」

晚了，只怕來不及了，一旦投放大牢，狗剩小命恐怕不保。最難受的是陸鹿，她開始撞著頭了，等她反應過來兩手攀著窗格時，馬車已瘋狂飛駛，令她頭暈目眩。

她覺得有些糗。暈車？從來沒有過的現象，沒想到在古代讓她碰上了。張張嘴，剛想讓車夫把馬車趕慢點，聽到毛小四尖利的嗓子，只好嚥下胃部的不舒服，暫且忍忍。

別院離益城不遠，以他們這種速度，一個半時辰就到了。

陸鹿感覺馬車放緩速度，有氣無力喊一聲。「小懷，到哪裡了？」

「回姑娘，剛進益城。」

「去常府。」

小懷在外頭一怔，毛小四尖嗓嚷起來。「怎麼不去衙門了？」

陸鹿唰的拉開車簾，頭髮有點亂，臉色蒼白，盯著毛小四。「想救狗剩就得聽我的吩咐。否則，你另請高明去。」

毛小四雙目冒火，張嘴欲言。

小懷扯他一下，冷冷道：「再多嘴，扔你下去。」

不審時度勢，毛小四只好閉嘴。陸鹿又拉上車簾，頭抵在車壁上緩緩平撫胸口堵的氣。不能向陸府求助，她能有什麼法子撈人？只能試試常芳文的人情門路。雖說常小姐不方便出面，但常克文總不會坐視不管吧？

馬車很快轉到常府側門。陸鹿跳下馬車，急急跑到角落扶牆乾嘔，好在早餐吃得清淡，讓秋風這麼一吹，神清氣爽了點，嘔得不多。

小懷湊上前問：「姑娘，要不要……」

「你去，以陸三小姐的名義遞帖子給常小姐。」陸鹿抹抹嘴，有氣無力吩咐。

小懷點頭，又小心問：「那姑娘要……」

「不礙事，風吹吹就好了。」

毛小四性子急，跳上前又催。「陸大小姐，妳倒是快想想辦法呀！」

「我不正在想嗎？」陸鹿撫撫心口，不耐煩問：「孟大郎和李虎呢？」

「在衙門那邊打聽消息。」

「去，把他們叫回來。」

毛小四猶豫了下。

「還不快去！」陸鹿火了，高聲嚷。

「哦。」毛小四嘟嘟嘴，不情不願應一聲。

這位陸大小姐能不能撈出三哥呀？她一路疾駛趕回益城的舉動，雖然暖人心，但方向不對吧？急巴巴趕到常府是什麼意思？求知府老爺？太明顯了吧？

毛小四滿懷一肚子疑問飛快的跑去了。

陸鹿搓搓臉。她現在不好以陸大小姐的名義拜訪常府，不然很快會讓陸靖知道，再追究下來，她吃不了兜著走。最好的辦法是常芳文念在她救過小白的分上，請她進府私下接待，人不知鬼不覺的把這件事辦成。

街角到處都是代人寫帖子的攤子，小懷很快就把事情辦成打轉回來，拐進常府街口，迎面卻看見陸度騎著馬、帶著貼身小廝侍墨過來。

「糟了！」小懷暗叫不妙。側門外，大小姐還等著呢。估計因為馬車太顛晃，她這會兒只怕正坐在臺階下歇息。

他猜得沒錯，陸鹿胃不舒服，嘔吐後，也沒力氣再爬到馬車內歇息，乾脆就在側門旁邊揀塊乾淨石階坐下。

聽到馬蹄聲，陸鹿也懶得起身，反正來常府拜訪的都是男人們，不一定認得她，何況她現在衣著打扮皆樸素，哪裡像個富家小姐？不會引人多看兩眼的。

第四十六章

「少爺，你稍等。」侍墨跳下馬背，搶先去投拜帖。

陸度？陸鹿渾不在意的抬眼，瞬間呆滯。她飛快的以袖掩面，避過上臺階的侍墨。

「咦？妳是……」陸度勒住馬，翻身下來，卻看到常府側門臺階下有一團小小的身影，好像似曾相識。陸鹿哪敢出聲，掩面慢慢起身準備躲出去。

「等等。」陸度越看，怎麼這個身影越像陸鹿呢？這個時刻，她不是應該在郊外別院嗎？

陸鹿不敢出聲，更不敢放下袖子，當然也不會如他意待在原地，挪著步子蹭向一邊。

侍墨向常府的門房遞上名帖後，回身看到有名女子矯揉造作的遮著臉想逃避。侍墨可不像陸度那麼有風度，他跨前一步追上。「喂，叫妳呢？」

陸鹿不聽，繼續躲。

「站住！」侍墨怒了，叫：「鬼鬼祟祟的，妳到底是誰？」說著，伸手去逮她的肩頭。

陸鹿歪身避開他的爪子，心急如焚。

「姊姊，妳在哪裡呀？姊……」忽然有個著急的身影衝出來。

陸度沈吟著轉頭，眼色一驚。

只見一個滿臉污爛疙瘩的少年跑過來，懷裡還揣著兩個饅頭，向陸度問：「公子，你可見到我姊姊……啊？姊，妳怎麼一錯眼就不見了？」他忽然眼尖的發現陸鹿，丟開陸度就奔了去。

「咦喲！」侍墨看他一臉爛污，嫌惡地捂著鼻子躲開。

陸鹿聽出小懷的聲音，心裡一喜，卻又憂。陸度是見過小懷的……

及至小懷奔過來，巧妙地擋住陸度的視線，他一邊拉著陸鹿的衣角，一邊低聲。「姑娘，快走。」

陸鹿稍稍放下衣袖，只露出眼睛一看小懷的扮相，大驚之下脫口叫出。「啊？」隨即閉嘴、低著頭，疾疾跟著小懷躲開去。

弟弟是這副尊容，姊姊想必也是張爛臉吧？侍墨放下捂鼻的手，厭惡地瞅著姊弟倆背影。「難怪要遮著爛臉，算她識相。少爺，你沒嚇著吧？」

「啊？」侍墨愣了愣。

若有所思的陸度盯著陸鹿匆匆的背影，喃喃自語。「怎麼看著眼熟呢……」

陸度剛要舉步追去，常府外院管事碰巧迎出來。「原來是陸大少爺，有失遠迎，請請請。」

頓了頓，陸度只好放棄跟上去探個究竟的念頭，整整衣襟，肅目拱手。「有勞。」

呼！安全！陸鹿用袖子順便抹額汗，並且讚許地拍拍小懷的肩。「不錯，臨機應變的反應相當不錯！小懷，事成後有賞。」

「多謝大姑娘，您別罰小的就成。」小懷也拿起袖子胡亂抹臉上，很快那些爛污就被擦掉大半。

陸鹿奇怪。「為什麼罰你？哦？你是說你喊姊姊的事？」

小懷苦著臉點頭。他也是沒辦法才靈機一動認親的，可不是他故意佔便宜。

「噯，你本來就比我小吧，如此不得已的場合叫聲姊姊，也在情理之中。」

「可是妳、妳是……」嫡大小姐被一個名不見經傳的小廝當面喚姊姊，這主僕不分、尊卑錯亂，讓人知道，小懷還不得去掉半條命？

「沒事，天知地知，你知我知。何況，你這是為了幫我情急之下的對策，我不會怪罪。」陸鹿為了打消他的擔憂，又大姊姊般拍拍他。「小懷，你不要有心理負擔。」

小懷這才真心實意地感激拱手。「多謝姑娘。」

怎麼就那麼不湊巧，偏遇著陸度來訪呢？陸鹿轉過頭看著常府側門方向，著急輕嘆。

「唉！倒楣，喝涼水都塞牙。」

「姑娘，現在怎麼辦？」小懷還揣著拜帖呢，這下不能送進去了。

「唉——」又是一聲長長嘆息。

陸鹿回益城沒多久，又是商戶嫡女，根本不認識什麼實權人物，也沒多少人脈可用。而且現在做的這件事，又跟她的跑路計劃有至關重要的聯繫，越發不能讓不相干的人知道。

她憂心如焚，揪著頭髮團團轉。狗剩一定要救，不然將失信於毛賊四人組，也不利於她建立威信。如果失去他們的信任，計劃不能展開，她將困死於益城，乖乖等著被陸靖作為籌碼交換利益。

「常府還有另外的後門吧？」

小懷點頭。「有，還有專供下人出入的小門。」

「去那邊碰運氣。」

一般講究的人家，都留有專門供下人出入的便道，等級分明，不容錯亂。正繞著牆轉移路線，忽聽側門嘩嘩大開的聲音。然後，便有當值的僕從移開門檻，再有小廝跳出來打前哨，趕走門外不相干的路人們，免得擋了府裡主子出行的道。

陸鹿帶著小懷閃避一旁，翹首張望，卻是一喜。看這馬車精緻程度，是小姐們乘坐的，不禁摩拳擦掌。「小懷，機會來了！」

小懷悄聲提醒。「姑娘，有家丁看著呢。」

馬車緩緩向門外駛來，兩旁家丁虎視眈眈，人數還不少。

「要不，你去碰瓷吧？」陸鹿瞧這架勢，根本不可能闖過去攔車，便出餿主意。

小懷迷糊。「什麼是碰瓷？」

「就是……」陸鹿剛要解釋，就見馬車後頭蹦蹦跳跳追過來一團白白的影子。

小白狗歡快的撒野狂奔，小丫頭們急急叫。「小白，回來。」

陸鹿雙手擊掌，大喜。「成了。」

她攏手圈在嘴邊成喇叭，舌尖碰口腔上顎發出清脆的「嘖嘖」逗狗聲。小白原本都讓家丁給捉住了，正在肆無忌憚的亂叫，忽然聽到不同尋常的聲音，連忙看過來。

「汪汪！」牠劇烈的掙扎——看到老熟人了！

陸鹿見狀，向側門內揮手招呼。「嗨，小白。」精緻馬車恰好慢慢駛過她身邊，厚厚車簾一挑，露出常芳文的臉及驚喜喊聲。「陸姊姊？」

常芳文本來要去拜謝陸鹿。去別人家作客，自然不方便把寵物狗帶上，但被寵溺慣的小白自然不答應，趁著看守的丫頭不注意，一溜煙的就找了過來。也正應了「機緣巧合」這四字，剛好讓陸鹿與常芳文平和的碰面，小懷也不用去碰瓷攔車了。

「什麼？有急事相求？妳只管說。」常芳文自從寶安寺救狗一事，早就把陸鹿引為閨中好友了。

陸鹿為難的咬唇，看看四周。

「妳們先出去。」常芳文屏退服侍的下人，拉著陸鹿誠懇地道：「陸姊姊，妳不要跟我客氣。放心，只要我能辦到的，一定不負妳所望。」

陸鹿皺眉嘆氣，說：「其實，這件事說難不難，說容易不容易。」

「妳說，我聽著。」常芳文這幾天一直在找適當時機要去陸府答謝陸鹿，這會兒聽聞她有事相求，自然責無旁貸。

「我有個拐彎抹角的熟人，他有點事被官差抓了，想通融見一面，但礙於身分，不能光明正大去，所以想請常府……」

常芳文一聽涉及公務，就有點不好辦了。她一向只管吃喝玩樂，父兄輩操持的外頭正經事，她一概不聞不問，當然，她也不懂。

陸鹿察言觀色，小心陪笑。「不是什麼大罪，小小的犯錯而已。他託到我這裡，我不能不管，但又因身分，不能正式出面。常小姐若是為難，那我就先告辭了。」

「妳坐。」常芳文按下她，臉色嚴肅地認真問：「陸姊姊，妳說，我該怎麼幫忙？」

從官衙撈人這事，後宅千金小姐哪裡會呢？但是，公子少爺們會呀。

陸鹿搓搓手，擠出一絲不好意思。「這事，若常公子出面，便能更好更快地解決。」

「對哦，我哥出面，那最穩妥了。」常芳文也雙手一拍，喜道。

「常小姐，我有個不情之請，能不能讓我當面跟常公子詳說？」

這樣不好吧？常芳文難以覺察的皺皺眉頭，但看陸鹿焦急的神情，應該無關風月，何況，依外頭的流言，她遲早會進段家門吧？那就通融一次。

「來人！」常芳文喚來自己身邊的心腹丫頭。「去把我二哥請過來。就說，有十萬火急的事，一定要快點過來。」

「是，小姐。」

陸鹿心頭提著的大石稍稍落下，又掐指算算。毛小四應該把孟大郎和李虎帶過來了吧？撈人歸撈人，陸鹿還是公私分明的。狗剩手癢被抓，到底是怎麼回事？毛小四沒說清楚，她卻不能不問明白，畢竟她不問，常克文也會問，與其被動，不如主動攤開說清，這樣心裡也好有個底。

正在外院書房接待陸度的常克文接到小妹十萬火急的邀請，一臉無奈。他太清楚這個小妹了。能有什麼急事？無非是小白又跑得沒影，或者又跟哪個姊姊賭氣要他去做評判了。

常克文沒把常芳文的話放心裡，繼續跟陸度說話。

沒想到，打發走一個丫頭，很快第二波邀請又來了。常克文又給打發走，結果還沒坐穩，常芳文親自跑來，提著裙子老遠就嚷：「哥哥……」

這下，陸度坐不住了——主人家是變相趕客吧？

常克文又窘又惱，向陸度表示歉意後，迎出去正好趕上常芳文跨進門檻來。「什麼事？」

「哥哥，快走。」常芳文一見他，就拖著他要出門。

「妹妹，我這裡有客人……」

「讓客人稍等嘛。哥，我的事十萬火急，快、快點……」

常克文哭笑不得，自然不能讓妹妹拖著走，他反手扣住常芳文。「別胡鬧！」

「我沒鬧。是陸姊姊有很重要的事要拜託哥哥。」常芳文口沒遮攔，一下就說出來意。

「陸大姑娘？」常克文這才一愣。

常芳文還很認真點頭。「嗯，難道你以為是陸二姑娘？」

被晾在書房的陸度對常芳文天真幼稚舉動不以為然。小姑娘嘛，被家人寵慣了，在家為所欲為、任性驕縱是正常的。

陸姑娘？不過，他耳朵尖，外頭的喧鬧飄來一句。陸度微怔，聚精會神再聽，果然又聽到了重點。這，放眼整座益城，能讓常府公子、小姐議論的陸姓人家……恐怕只有富商陸府吧？

「陸大姑娘，她……她現在？」常克文有點不敢相信。

「哥，別磨蹭了，快點跟我來。」常芳文性子也直率，拽著常克文就走。

「兩位稍等。」陸度從容走出來，向常芳文拱手施禮。「常小姐，不好意思，請恕陸某冒昧。」

常芳文瞪圓眼睛，稍稍看他一眼，就扭身還禮。原來哥哥真的在見客呀？常芳文對著常克文吐吐舌頭。

常克文擠眼齜牙的無奈瞪她，轉向陸度陪禮。「陸兄，小妹她……」

「常公子，在下無意偷聽，可否請問兩位方才所說陸大姑娘可是我家鹿姐？」

常克文面露訕訕，常芳文卻有些不知輕重，堆起笑，天真點頭。「是呀，就是貴府陸大姑娘嘛。」

「哦。」陸度直直腰，抬起臉。

陸鹿正在心神不寧的踱步轉圈。計算著時辰，趕不回別院倒是小事，只怕狗剩要被投放大牢生不如死了，怎麼辦？她設想完美的計劃難道就這麼胎死腹中，付諸流水嗎？佛祖菩薩上帝保佑，快出奇跡吧！阿門！

祈禱完，門外便傳來急促的腳步，陸鹿心一喜——奇跡來了？

「陸姊姊……」常芳文笑嘻嘻掀簾入內。

陸鹿趕緊迎上，而後笑容一僵。沒眼花吧？陸度?!他怎麼也來了？

陸度黑沈著臉，神情嚴厲，目光犀利的鎖定訕訕的陸鹿。

「大、大哥？」陸鹿嗓門帶顫。

知府常公子去衙門撈人太小兒科了！何況，只是一個小毛賊，還在舉證階段，是以，這中間過程相當簡單到可以忽略不提。

但是……陸鹿一點也不輕鬆。

益城酒樓雅座，空間安靜，閒人止步。陸鹿垂眸凝神，正在腹內盤算著怎麼圓謊。一個謊言被戳破，就要填無數個謊言去彌補。還要面面俱到，難度係數相當相當高。

雅座內，陸度冷眼盯著小懷、孟大郎、李虎及毛小四。

「鹿姐，妳越發長能耐了呀？」陸度開口譏諷。

「嘿，我的能耐一直是隨著年紀見長。」陸鹿順口調侃。

陸度面色一黑，瞅一眼面生的毛賊三人組，也不多廢話。趁著常克文去衙門交涉，趕緊審問。「說，怎麼回事？」

孟大郎三人哪裡敢開口，縮在一角，只把眼光望向陸鹿。他們此時也安下心來。陸大小姐求到常公子面前去，想必狗剩沒什麼大礙。

「哦，是這麼回事。」陸鹿淡定開口。「我呢，原來在鄉下見過他們，沒想到回城後，又偶遇幾次。知道他們是無父無母的孤兒，便動了惻隱之心，讓人時不時的去周濟一番。當然，大哥放心，我都是託小懷送米送糧慰問的……」

說到這裡，小懷機靈的站出來作證。「是，大姑娘一向是差遣小的去幫助他們。」

陸度鼻哼一聲。

「他們生活在益城底層，也不認識什麼人，所以這次出意外，第一個就想到向我求助。大哥，你不覺得這很正常嗎？」陸鹿舌粲蓮花地瞎扯。「我雖然只是閨閣女子，自然也不能坐視不管吧？於是，就急急忙忙冒著風險從別院趕過來。思來想去，這事若求老爺、太太，不大妥當，不但會引發連鎖效應，還不一定能把人快速撈出來。最後，只好孤注一擲，來求助常公子。」

呼，圓回來了！藉口完美！陸鹿面上一派輕鬆。

「是嗎？」陸度可不是那麼好糊弄的。不過，在揭穿她的謊言之前，他還得詢問一番。

「妳跟小懷在常府側門唱的那一齣戲，就為躲開我？」

小懷撲通就跪下了。

陸鹿大大方方坦承。「是。就怕大哥哥起疑糾纏，耽誤救人。對不起，大哥，若非事情緊急，我也絕不會出此下策，請原諒。」她起身，鄭重施禮賠罪。

「大少爺，小的也實在是沒有辦法的辦法，你要罰就罰小的吧！」小懷攬過錯去。

陸度先看向陸鹿。「妳倒敢做敢當！」

「君子坦蕩蕩嘛。」陸鹿神態平和沈靜。

陸度又轉向小懷，眼光深沈。這小子不是大伯放在鹿姐身邊的眼線嗎？是反水了，還是從一開始就一心二用？

「小懷，你忠心為主，可圈可點，原該獎，但你以下犯上……」思索少頃，陸度擺手。

「功過相抵，起來吧。」

「謝、謝謝大少爺！」小懷抹把汗，心頭大石放回原位。有大少爺這一句功過相抵，他就知足了！他從來都曉得自己的身分，情急之下跟大姑娘姊弟相稱，那也是為世俗所不允許的。大姑娘不計較，現在大少爺也都寬赦了，那他就如得了道護身符。

插曲完畢，轉正題。陸度目光再度投向毛賊三人，這三人都齊齊打個寒顫。這位少爺，據說是陸府庶長少爺，看起來很斯文，但眼神怎就那麼凌厲呢？毛賊三人組抖了抖身體，繼續縮在角落不發一語。

陸鹿悄悄遞一個意味不明的眼神，然後上前扯著陸度開始撒嬌。「大哥，有什麼話你問我就好了。他們呀，沒見過什麼世面，也沒近距離接觸過你這樣的富家少爺，膽小、嘴笨、心慌，所以……」

「問妳是吧？好呀，我就多嘴問一句，他們在益城住哪裡？以偷盜為生？」

「當然不是！」陸鹿急忙否認。

陸度似笑非笑，挑眉反問：「妳方才向常公子說明，那個什麼狗剩可是因為偷東西讓官差抓了的？」

「這個嘛，未必。」陸鹿狡辯道：「也許是有人看他們不順眼，故意栽贓呢？他們如今住得好好的，衣食無憂，又正在學辦事，怎麼可能去幹偷雞摸狗的勾當？想來另有隱情吧。」

「沒錯，沒錯。」話說到這分上，孟大郎不得不挺身而出加入辯護，向陸鹿感激拱手。「多謝陸大姑娘維護我們兄弟名聲。我們四人雖然沒什麼別的本事，但多虧陸大姑娘周濟終於能夠填飽肚子，是以，偷雞摸狗的勾當，絕對不會沾手，方不負陸大姑娘提攜之恩。」

陸鹿笑得有些冷。「恩不恩的不提。你們自己知道好歹就行。」

李虎也點頭。「陸大姑娘，我可以保證，老三他絕對不是那不識抬舉的人。」

「就是就是。昨天我跟三哥一起在街上逛，他還扶一位老婆婆呢。」毛小四作證，狗剩改邪歸正，順手牽羊這種事，他們都沒有再犯。

陸鹿嘴角一抽。得，小毛賊都成了上進少年了？

陸度搓搓臉，支起肘，微笑。「噢？那麼，你們現居何處，以何為生？」

這個嘛……毛賊三人通通看向陸鹿。他們全都聽從這位陸大姑娘安排，當時說得很清楚，要保密。現在爆出來，是他們親口招供呢，還是讓這位口齒伶俐的陸大姑娘編謊言繼續騙人？

「小懷，說給大哥聽。」陸鹿一擺頭。

小懷便上前半步，向陸度恭敬交代。「他們居平成坊二十號，目前在拜師學駕車，等出師後好謀個車夫的活計自食其力。」

這位陸大姑娘身邊的小廝簡直靈泛透了！孟大郎和李虎對視一眼，眼中有讚賞之意。

只有毛小四很納悶。車夫？陸大姑娘不是這個意思吧？他耿直的張嘴想反駁，讓李虎眼明手快的扯下胳膊。

還別說，這個藉口圓滑得不能再圓滑，一點破綻都沒有。陸度當下就信了七、八分，他望向陸鹿，斂起神色，認真道：「鹿姐，是我錯怪妳了。」

「算了，一家人何必說兩家話。」陸鹿很大度的不計較。

「不過……」陸度到底見多識廣，這三個半大小子眼神可不單純，一點都不像是鄉莊出來討生計的淳樸娃。

陸鹿心尖一跳，就怕陸度刨根問底。她裝作沒聽到，轉向小懷使喚。「還不去外頭打探著？」

「是，小的這就去。」

「怎麼還沒來？」陸鹿自顧自起身在窗前晃了晃，自言自語，然後轉頭問陸度。「大哥，常公子不會是出師不利吧？」

這一點，陸度就要笑她了。「妳安心等著吧。知府公子親自去撈人，妳還愁不利？」

「嘿嘿。」陸鹿摸摸鼻子哂笑。

「對了，妳怎麼會想向常公子求助？」

「哦，我在寶安寺幫過常小姐，想著憑這個人情，說不準常家小姐、公子會賣我個面子呢，就死馬當活馬的試試嘍。」

陸度更好奇了，不由追問：「哎，常小姐還在寶安寺欠妳人情？怎麼流言裡沒這一條？」

「這事呢，其實真是小事一樁，就是幾個女孩子之間的口角爭執。我呢，也算是舉手之勞，自然引不起閒人們的八卦興趣。」

既是女孩子之間的口角之爭，那陸度也興趣不大。他沒有追問下去，正好，常克文也帶著傷痕累累的狗剩悄悄過來。

雖然平時常公子上街那是左擁右護的好不威風，可他撇開自家老爹去衙門私自撈人這事，還得低調進行，只帶著兩個心腹，花了小半會工夫，常克文便將還沒來得及過堂打板子的狗剩提出來。

事發突然，加之今天衙堂有別的凶案要審，是以狗剩還在押審階段——雖然如此，卻也已讓人狠揍幾頓——沒辦法，他無權無勢又是小人物，衙門官差抓人沒油水可撈，可不就拿他出氣。

看著狗剩一身傷痕，毛賊四人組顧不得感謝常克文，一擁而上抱成一團，哭得痛心疾首，和陸鹿一起認真而嚴肅的向常克文行大禮致謝。尤其是陸鹿，非常鄭重，就差跪謝了。

「舉手之勞，不足掛齒。免了這等大禮吧。」常克文溫和一笑。

陸鹿認真斟茶，親手奉上，再三道：「常公子，我以茶代酒，敬謝一杯，萬勿推辭。」

常克文望她笑了下，也就不客氣接過，一飲而盡。「如此，恭敬不如從命。」

「你們四個，別嚎了，過來謝恩公。」陸鹿回頭低聲喚。

孟大郎等人抹抹眼角，聽話的乖乖上前齊齊跪下，叩謝常克文。一行人跪得乾脆、叩得響亮，這陣勢著實把常克文嚇一跳。

又續上四杯茶，陸鹿誠懇道：「常公子，你當得起他們如此大禮相謝。」

「其實這點小事，真不算什麼。」常克文說得輕描淡寫。

「公子一向手眼通天，在這益城說一不二。可正因為你是如此高高在上的人物，卻為著一個底層小民如此費心，更值得他們推心置腹的感恩。」陸鹿勾著淺笑轉向孟大郎四人。「大恩也不多言謝。你們各敬常公子一杯清茶。」

「是，陸姑娘。」

「記住，你們的恩人是常公子，感恩就要圖報，這是最起碼的做人原則。」

「是，明白。多謝陸姑娘教誨，多謝常公子。」

毛賊四人組鄭重恭敬的執意敬謝常克文。在這個抱頭痛哭、闔家歡慶、誠摯感恩的時刻，只有陸鹿露出若有所思的神態。事件過程曲折，結果圓滿感人。按理說，該見好就收、各歸各位了，但……起因呢？

陸鹿想知道，源頭不明不白，她心裡就跟卡著根魚刺似的，不問不快。原本，她想等人撈出來，把陸度和常克文好好打發走，再細細盤問狗剩，可是，事與願違。

第四十七章

陸度直接看著傷痕累累的狗剩，冷冷道：「輪到你了！」

「小的……」狗剩哆哆嗦嗦的捂著臉就要開口。

「慢著。」陸鹿跳上前，笑嘻嘻向陸度道：「大哥哥，天色近午，大夥兒肚子都餓了吧？不如，先吃飯，肚子飽了再慢慢說事，如何？」

陸度奇怪地反問：「妳還有心思吃飯？還不趕回別院去？」

「我？」陸鹿望望天色，神色自若地笑道：「自然是要回別院的，只不過，多虧常公子無私地伸出援手，做為東道主，怎麼也不能扔下客人不管吧？」

「妳是東道主，那我是什麼？」陸度好笑。

「咳咳……」陸鹿見他笑得意味不明，皮繃緊了點，忙點頭。「那就大哥哥是東道主，我做陪賓總行了吧？」

「嗯，既然我是東道主，這裡沒妳事了，妳趕緊回去吧，常公子我來招待就行了。」陸度慢條斯理。

怎麼能放任毛賊四人組跟陸度待一塊兒呢？陸鹿聽了，就有些著急。她眼珠轉轉，轉向孟大郎一行人。「這裡暫時沒你們什麼事，先扶著狗剩去看大夫吧！」

「哦。」

陸度鼻哼一聲。「就這麼走了？」

毛賊四人組走也不是，留也不是。

「大哥哥，別耽誤狗剩看大夫，天大的事，先吃飯再說吧。夥計，上菜呀！」陸鹿極力阻攔陸度盤問狗剩。

她越這樣，陸度越要弄個明白。兩兄妹僵持不下，常克文一邊輕輕笑了，道：「陸兄，陸姑娘說得對，這位……小兄弟外傷頗多，還是先去上藥為佳。」

「就是就是。」陸鹿猛點頭，同時向常克文遞送一個感激的眼神。

知府公子都這麼打圓場了，陸度也不好堅持。來日方長，知道了這四人形貌，還怕益城找不到人嗎？「去吧。侍墨，拿我名帖去寶金堂找劉老先生。」

侍墨領命而去。陸鹿嘴歪了歪。讓心腹小廝跟去，這是司馬昭之心呀？

於是，她向小懷道：「小懷，你陪著去，有什麼花費方面的算我帳上。嗯，還有……」使個眼色，加重語氣。「禍從口出，注意點別再惹麻煩了。」

「小的明白。」小懷心裡確實明白。

這是大姑娘要自己找個恰當的時機警告毛賊四人組，不要亂說話，尤其是不要對侍墨亂說話，免得透露出大姑娘雇傭他們練趕車的真正用意來。

陸度望向小懷的眼神閃了閃。這小廝不是陸靖派去盯陸鹿的嗎？看來，對陸鹿的指令是領會得很吶！他忠心的，只怕是陸鹿而不是陸靖吧？

常克文笑吟吟的看著這兩兄妹明爭暗鬥，自己閒閒的斟杯茶，慢悠悠開口說：「其實，在衙門內，在下略微過問了一下這件偷盜案。」

「呀？常公子，你打聽過了？」陸鹿大驚。

陸度卻好整以暇，看一眼人算不如天算的陸鹿，向常克文討教。「可真是當場抓現行？」

「非也。」常克文瞄一眼緊張的陸鹿。

陸鹿很緊張，怕常克文爆出真相。

「哦？難道有人故意栽贓陷害？」這個可能，方才陸鹿就假設過。

「不是。」常克文面上還帶著俊朗的笑，眼角瞅見陸鹿一聲不吭，只捧著茶杯出神。

陸度略急，又不好催問知府公子。

「常公子，你就如實說了吧，我也想聽聽真相如何。」陸鹿思慮再三，決定看一步走一步，大不了，回家領罰唄。

常克文小小意外下，斂起笑意，正色說：「並非抓現行，而是衙門捕快認出此人便是原先在北城結夥偷盜的毛賊。」

「什麼？慣賊？」陸度這回是真的驚著了，眼光瞄向陸鹿。這樣的慣賊還時常周濟？還是熟人？

果然如此！陸鹿暗叫不妙，掩面撐額嘆氣。

她原先也以為是狗剩手癢，故態復萌被人抓現行扭送衙門，後來一想。現在他生活安穩，又要學駕車，怎麼也沒時間去幹老勾當吧？就猜想著可能是被官差認出來。

畢竟，這毛賊四人組在北城也算掛了相，受害人不少，幾次官差捕拿都躲過了。

接收到陸度的疑惑眼神，陸鹿只好撇清。「這個我不知道。他們原來做什麼勾當，我沒追問。我覺得，過去不重要，最要緊的是當下。年輕人嘛，就算過去犯了錯，總要給改過的機會。不能一棍子把人定死吧？誰能無過，知錯就改，還是大好青年……」

這盆雞湯灑下去，兩公子神色各異。常克文稍愣，笑意在嘴角漾開，他鼓掌。「沒錯，陸姑娘說的是至理名言。」

陸度橫眼望她。「妳哪來這些歪理邪說？」

「瞧瞧，不同的人有不同的定論。至理名言跟歪理邪說，竟然可以同時評論同一件事。大哥，這說明什麼？說明人的客觀性能左右判斷。」

「什麼亂七八糟的。」陸度被繞得更聽不懂了，浮上慍色。

陸鹿不多解釋，盈盈轉向常克文，好奇問：「然後呢？常公子把人提出來，可費周折了？」

「沒有多費周折。」

「會不會連累令尊政績？」陸鹿擔心常府受到連累。

「多謝陸姑娘關心。此乃芝麻小事，不會連累家父。」常克文心頭微暖。

笑話，堂堂知府大人會因為這麼件小事受到連累？政敵對手就算想尋個由頭，也不會拿這件芝麻小事做文章。退一萬步說，就算政敵對手做文章，矛頭也只會指向常公子。

「呼！那我就放心了！」陸鹿長吐口氣。

常克文嘴角噙著溫和的笑容，認真拱手道：「在下代小妹感謝陸姑娘寶安寺相救之情。」

「哦，你說救小白呀？不值一提。」陸鹿反應迅速。

常克文真誠一笑。「姑娘客氣了。」

午時已過。陸度兩兄妹送走常克文，又各派小廝安頓好孟大郎四人，接下來就是回別院的事。

聽說未時一到，新任的教習嬤嬤便要給陸鹿上課後，陸度決定要護送陸鹿回別院。

一路上，陸鹿精神放鬆，撐著下巴想打盹了。

狗剩的事總算圓滿解決。怎麼說呢？陸度知道常克文代妹感謝陸鹿出手相助的來龍去脈後，對她刮目相看了，以至於他心底雖然還是疑惑她周濟這四名少年的古怪舉動，卻也沒有打破砂鍋追問到底。

「鹿姐……」陸度敲敲車窗。

陸鹿探出頭問騎馬的陸度。「大哥還有什麼要說的？」

「這樣吧，以後這四人由我來周濟，妳不必管了。」

「哦。好。」陸鹿痛快答應，又追加一句。「我讓小懷轉告一聲，免得嚇著他們。」

「這個可以。」陸度點頭。

陸鹿掩齒竊笑。能打消陸度的顧慮，又能讓他掏錢周濟，兩全其美，傻子才不應呢。

「對了，大哥，這位羅嬤嬤到底是什麼來頭？」

「聽說宮裡出來的。」

「為什麼會被爹請來教我？雖然我是陸府嫡女，但爹爹向來對府裡子輩一視同仁，怎麼這次沒明容、明妍的分呢？」

陸度勒勒馬，迎著寒凜的秋風，呼出口氣，淡淡道：「可能是彌補虧欠吧？妳這些年養在鄉莊，不容易。」

「真的是這樣？」

陸度神色未變，點頭。「嗯。大概就是這樣。」

沒套出實話的陸鹿無趣的縮回馬車內。一小會兒，她又探出頭，笑咪咪招手。「大哥，過來，問你一句話。」

陸度策馬與馬車並行，奇怪問道：「什麼話？」

「哎，聽說你訂親了？是程家小姐嗎？」

陸度臉色忽然染紅，瞪她一眼。「小孩子別亂打聽。」

「到底是不是嘛！要不是，我就不跟程宜姊姊通信了，避避嫌。」

陸度怔了怔，瞅見她一臉促狹笑意，翻她一個白眼，打馬跑前邊去了。

「切，這麼大個人，還害羞？」陸鹿再次無趣的縮回身，拉拉衣領。其實從楊明珠那自暴自棄的舉動，她就猜出十之八九陸度已訂親了。至於是不是程家……這些天她忙，無心打聽，不過瞧陸度方才神態，應該是！

「哎呀，真好！才子配佳人，皆大歡喜。」陸鹿很替程宜高興。

「叩叩——」又有叩窗聲，是陸度放慢了速度回到馬車旁。他忽然嚴肅低聲，向詫異的陸鹿隱晦提醒。「這個羅嬤嬤是三殿下找過來的。」

「噢？大哥，難道府裡要我當貴人？」陸鹿急急催問。

陸度沈默搖頭，然後道：「總之，妳好好學吧。咱們陸府只怕興衰榮敗最後還得指望妳。」

「呀？有這麼重要？」陸鹿嘶嘶口水。

陸度卻再無多話，面容凝重地把她送回別院。

陸府別院，此時正在雞飛狗跳。

午時，小青把陸鹿的膳食送到，偏巧羅嬤嬤拄著枴過來，要檢查陸大姑娘的飲食，說是不宜太油膩過量等等。

她說這話時，衛嬤嬤在場，很不以為然。只不過教習嬤嬤而已，手伸得有點長吧？

春草見狀嚇傻了。呆呆的站在正堂門檻前，臉色難看。

「人呢？」羅嬤嬤的臉色也不好看，八字紋緊蹙著，顯得很凶。

「回嬤嬤，姑娘她，不、不大舒服。」春草結巴了。

衛嬤嬤眉頭皺起。「怎麼又不舒服了？嚴不嚴重？要不要請大夫瞧瞧？」

「不、不要了。姑娘說，多喝熱水，焐一下就好了。」

衛嬤嬤皺眉，就要推開春草往屋裡去。

春草忙雙手一展，為難道：「衛嬤嬤，姑娘說，不許外人打擾。」

「我是外人嗎？」衛嬤嬤瞪她一眼。

「呃，那個……」春草急中生智，喚。「小語，妳快去屋裡瞧瞧姑娘可醒了？」

「是。」小語繞過爭執的兩人，踏進門檻，掀簾進了裡屋。

羅嬤嬤枴杖叩地兩下，顯出不耐煩來。

「啊！」屋裡傳來短暫的驚呼，接著便是沈靜。

「怎麼啦？」衛嬤嬤愣了，推一把春草。「姑娘屋裡大驚小怪的做什麼？」

小語急急衝出來，瞪著衛嬤嬤和春草，結巴道：「姑娘她……還沒醒。」

「對嘛，衛嬤嬤，您老去用午膳吧，姑娘這裡我們看著就好。」春草連哄帶推的扶著衛嬤嬤出門。

好大的膽子！小語撫撫心口，嗔怪的再次瞪一眼春草。

「這就是陸府的規矩？沒大沒小，一頓亂叫，成何體統？」羅嬤嬤看不下去了。這商戶就是不入流，瞧瞧這下人們膽大妄為的舉止，簡直不成樣子。這要換在大戶人家、權貴世家，早就提賣出去了。

四周肅靜。羅嬤嬤一步一步過來，春草一步一步退後。

「晌午時，沈溺昏睡，三餐不定時，這就是妳們府上大姑娘的作息？」

「呃，回羅嬤嬤，姑娘她……」

「不舒服，第一要緊報知管事嬤嬤，而不是擅自拿主意。」羅嬤嬤嚴厲瞪著欲狡辯的春草，問：「陸大姑娘懂醫？」

「不、不會。」春草囁嚅低頭。

「哦，不懂醫，自行判斷喝水焐一下就好了？出了差錯，誰擔？」

一院子的人都不敢出聲。

衛嬤嬤陪笑的同時掐一把春草。「妳這丫頭，也太過聽話了，姑娘說什麼就是什麼？還不快讓開！」

「哼，這丫頭只怕不是聽話，而是別有居心吧？」羅嬤嬤老眼盯著春草，陰惻惻地加重語氣。

春草嚇得猛抬頭。「羅嬤嬤，奴婢冤枉。」

「我竟不知，這陸府規矩竟是丫頭輩壓過嬤嬤輩？」羅嬤嬤眼角斜著衛嬤嬤，挑撥道。

衛嬤嬤一張臉頓時成豬肝色。她是看著春草長大的，心裡早就不拿她當普通丫頭待，又是姑娘身邊的一等丫頭，語氣難免寵慣、隨意些。她在別的丫頭面前立規矩，在春草和夏紋兩個面前，卻沒那麼多講究。

春草駭得撲通就跪下，可憐巴巴道：「奴婢錯了，衛嬤嬤恕罪。」

「起來吧，先瞧瞧姑娘去。」衛嬤嬤擺擺手，嘆氣。

春草忽然抱著衛嬤嬤的腿，惶急道：「姑娘她、她說……」

「還敢假傳口信？給我拉出去打二十大板子。」羅嬤嬤臉色一變，指著春草發號施令。

「什麼？」諸人皆驚。這府裡到底誰作主？

衛嬤嬤收起對羅嬤嬤的敬畏之心，橫擋在春草跟前，扠腰發怒。「敢？」

「動手！」羅嬤嬤根本不把衛嬤嬤這鄉下婆子放眼裡，向滿院丫頭厲聲催促。滿院丫頭眼珠子左轉轉、右轉轉，手足無措。

春草嚇懵了，傻愣愣地看著衛嬤嬤，視線又飄向羅嬤嬤，剛要張嘴……

「霍！目無師長！原來陸府便是如此待師的呀？」羅嬤嬤鼻出冷氣，枴杖一頓，扭頭吩咐自己的丫頭。「收拾行李，回益城。」

「啊？」衛嬤嬤一聽，唬得臉色一青，急忙上前挽留。「羅嬤嬤留步！」

羅嬤嬤斜眼看她。

春草剛想站起來，羅嬤嬤身邊丫頭就尖聲叫。「跪下！叫妳起來了嗎？」

「哦。」春草乖乖又跪下。

邊上丫頭代羅嬤嬤發言，諷刺的向衛嬤嬤問道：「這府裡，可是您老人家作主？」

「自然是大姑娘作主。」

「哦，這位大姑娘倒沈得住氣呀，外頭這麼吵，還不露面？」丫頭陰陽怪氣地指控。「偏這丫頭又死死攔著不讓人進屋瞧，別是有貓膩吧？」

衛嬤嬤眉頭一緊，急忙看向春草。

「不、不是……姑娘她真的……」

羅嬤嬤冷笑。「真的假不了。瞧瞧這陸府，主子不像主子，丫頭不像丫頭，亂七八糟的，只怕這其中有古怪。我幾十歲的人，多少下作玩意兒沒見過，就妳這滿口謊話的丫頭，按我的脾氣打二十大板算輕的，早該提出去發賣了！」

春草身子抖了下，畏懼的仰頭看她一眼。衛嬤嬤老臉有點掛不住，這羅嬤嬤說得也太不留情了吧？但也是，她是宮裡出來的，確實有資格倚老賣老。

「小青，不對，小語，妳過來。」衛嬤嬤招手。苦著臉的小語磨磨蹭蹭上前聽令。

「方才妳可瞧見姑娘在屋裡了？」

小語抬抬眼皮，小聲應一下。

「說！」羅嬤嬤頓頓楞杖。「屋裡躺著的可是陸大姑娘？」

「是，不、不是。」小語情急之下，還剜了春草一眼。

羅嬤嬤面上一喜，果不其然。

衛嬤嬤臉色難看，指著小語，又指向春草，很快就閃身衝進屋裡，接著聽到夏紋的聲音。「嬤嬤，我……哎喲。」

衛嬤嬤揪著夏紋的耳朵拉了出來，虎著臉厲聲問：「姑娘呢？」

陸鹿不見了，不在別院，這下眾婆子也嚇壞了。人呢？就這麼不見了，她們可擔不起責！於是，齊齊跪成一片。

只有羅嬤嬤高昂著頭，鼻孔對人，眼裡冷笑。就這麼戶人家，若不是三皇子帶話，給多少錢都不願來，這什麼樣的野丫頭也配她教？

衛嬤嬤手裡拿著雞毛撢子，揮舞著嚷：「說，到底怎麼回事？」

「嬤嬤，我、我們……姑娘她……有點別的事……」夏紋結結巴巴的。
「姑娘有別的事，妳們不跟著？」衛嬤嬤怒氣攻心。
春草也苦著臉。「姑娘不讓呀。」
「姑娘不讓，妳們就不跟著去，還要妳們做什麼？白吃飯不幹活的小蹄子！」
「嬤嬤饒命！」
羅嬤嬤繼續冷笑。「早說拖下去打二十大板就好了，省多少口舌。」
「來人！」衛嬤嬤讓她挑撥得氣昏頭，當即就發下話。「把這幾個侍候姑娘的丫頭拖下去，每人二十大板。」
「不要啊，衛嬤嬤！」
「我們錯了……」
正吵鬧哭泣不止，陸鹿趕到，她還不急不慢踱著步，邊走邊笑問：「怎麼這麼熱鬧？」
春草像見到救星一樣甩開抓她的僕婦撲過去。「姑娘，妳可回來了！」
「不好意思，沒掐好時間，讓妳們為難了。」陸鹿扶起春草，向夏紋等人抬下巴。「都起來吧，跪這一地像什麼樣子。」
衛嬤嬤黑著臉，手裡拿著雞毛撣子，正要說話，冷不丁看向陸鹿身後。「度少爺？」
陸度背負雙手閒閒觀望，神情平靜無波。
別院諸僕役忙參差不齊的見禮，只有羅嬤嬤淡定的瞄一眼陸度，仍擺著倨傲的臉色。
「來得正好，未時已過，陸大姑娘有什麼說法沒有？」

陸鹿淡定道：「妳想聽什麼樣的說法？」

「陸府嫡大小姐，私自單獨出府，卻是為何？」

陸鹿看向陸度，咧咧嘴一指。「會他！」

這丫頭會不會說話？陸度身形一歪，眼神一瞪。他轉向羅嬤嬤拱手。「我可以作證，鹿姐出府見的人是我。」

「兄妹之間，有什麼事不能在府裡說？」

「一點要緊事。」陸度也有點編不下去了。

「何事要緊？」羅嬤嬤不依不饒。

陸度看向陸鹿，沒說話。後者乾脆避開不答，笑道：「大哥城裡商號還有事吧？恕不遠送了。衛嬤嬤，代我送客。」

衛嬤嬤很無語，陸度也無奈一笑，知道陸鹿應該能搞定羅嬤嬤，便拱手告辭。

「陸大姑娘……」羅嬤嬤惱羞了。她向來都是被人眾星拱月的，幾時被人這麼忽視過？

「哎呀，羅嬤嬤，您還站這裡，累不累？進屋歇歇？」陸鹿轉頭熱情相邀，黑沈著臉的羅嬤嬤立刻撇下嘴角。

「你們都很閒呀，還不趕緊做事去！」陸鹿又向還未散去的僕婦們喊。

聽了這句話，僕婦們頓時作鳥獸散，散得乾乾淨淨。

「羅嬤嬤裡屋請。」衛嬤嬤上前想扶起羅嬤嬤，有什麼事，進屋再說。

誰知，羅嬤嬤一甩胳膊，指著陸鹿。「站住。」

舉步入屋的陸鹿只好側身，眨眨無辜的眼。「還有事？」

「暫時不用練習舉止了。」

「哦，太好了！」陸鹿情不自禁鼓鼓掌，露出開心笑容。

羅嬤嬤陰惻惻笑。「像妳這般目無尊長、行為古怪的，還是先罰跪一炷香，反省反省才配當我的學生。」

「切！」陸鹿不當回事的轉身入內，向春草等人安撫。「妳們受驚了。來來，每人賞一吊錢。」

「多謝姑娘。」

「哎喲，累死人！快，拿水來。」陸鹿喊。

被晾在外頭的羅嬤嬤一張老臉青一陣、白一陣。隨行丫頭見狀，立刻惡狠狠地捋起袖子。「嬤嬤等著，我們這就去把這無法無天的野丫頭揪出來。」

狐假虎威的兩個丫頭搶進裡屋，卻是眨眼的工夫就讓陸鹿給打了出來。這還得了！捅馬蜂窩了吧？羅嬤嬤發誓，她活這大半輩子，平生第一次看到這麼乖張的少女！被長輩送到別院就該夾起尾巴做人吧？偏不！她還第一天就偷摸著不帶丫頭私自跑得鬼影子都不見。

被當場撞破，該誠心認錯或者甘心受罰吧？也不！她還沒事人一樣，該幹麼幹麼，就像沒發生過一樣。被教養嬤嬤責罰，應該乖乖低頭認錯，然後接受處罰吧？就不！還動手先打人，完全不把長輩放眼裡！

「妳妳妳……」羅嬤嬤完全無法正確使用形容詞。

袖著手、一腳踩在門檻上的陸鹿，笑吟吟看著氣得快中風的羅嬤嬤。「這裡我的地盤，我作主！」

「好、好、好。」又是三個單音節詞，表達出羅嬤嬤此刻內心滿是憤怒。

「多謝，我好得很。」陸鹿添油加醋。

羅嬤嬤枴杖一戳地，拔高嗓門叫：「妳等著瞧！」說完，扭身就走。

「送——客！」陸鹿揚揚眉，嗓門更高調的大喊。

羅嬤嬤腳步一頓，回頭，面容可怖的看囂張的她一眼。「有妳哭的時候，哼！」這回，是真的腳不沾地，頭也不回的走了。直接套馬車，回益城！

陸鹿拍掌大樂，還大聲叫。「夏紋，尋串鞭炮放放去。」

衛嬤嬤擰著老眉，橫著眼，冷聲道：「姑娘，妳也太胡鬧了！適可而止吧！」

「嬤嬤，妳就看不得我高興呀？」陸鹿走過去晃著她胳膊，故意撒嬌道：「這羅嬤嬤擺明是故意來氣我們的，自個兒走了，更好！咱們關起門來過好日子。」

「妳啊！」衛嬤嬤長長嘆氣。「太不知輕重了！她可是老爺、太太花重金請來的教習嬤嬤。」

「那又怎樣？一個教習嬤嬤而已。我在學堂打架，爹爹都不罵我呢！」

「學堂裡的夫子怎麼能跟她比？她是宮裡頭出來的。」

「淘汰出來的劣質品吧？也就拿雞毛當令箭，唬唬這些沒底氣的暴發戶罷了。」陸鹿滿嘴不屑。

衛嬤嬤一把捂住她的嘴，驚慌四望，壓低聲音。「姑娘，妳可管住嘴。不許瞎說。」

「行行，不說她。」陸鹿扯開衛嬤嬤的手，坐回榻上，端起水喝一口，向春草道：「來，說說前半截的情形。」

「什麼前半截呀，姑娘？」春草鬧糊塗了。

陸鹿興致頗高。「呶，就是我沒回來之前，妳們在院裡鬧的事。前半截我沒趕上，妳當樂子說給我聽聽。」

春草一頭黑線，衛嬤嬤磨牙霍霍，頗想拿雞毛撣子抽這位嘻皮笑臉的大小姐。

陸府別院後門。

兩個身材粗壯的僕婦悄悄打開門，左右張望，很快閃出一名衣著體面整潔的婆子。花樹叢後，悄悄探出一顆小腦袋，盯著後門動靜，然後縮縮頭飛快的跑回後廚。

「死丫頭，妳又浪到哪兒去了？大姑娘屋裡該添水了。」管燒水的婆子粗聲大氣的指使著跑得氣喘吁吁而回的小丫頭片子。

「宋嬤嬤，玉林嫂子家來客了嗎？」小丫頭提起燒熱的水壺天真問。

燒水婆子不耐煩答：「誰知道？妳趕緊做事去，別偷懶！」

「哦。」小丫頭將熱水倒在另外一只乾淨的小壺內，捧著向陸鹿院子而去。

第四十八章

已是黃昏，陸鹿仍悠哉的躺在屋裡，安心等著羅嬤嬤告狀。就不能縱著這個眼高於頂的羅嬤嬤！就不能讓她壓著她！否則這以後幾天，她的日子將生不如死。

何況，她這麼乖張，只怕會打消陸靖的如意算盤吧？最好讓陸靖改變主意，把陸明容送去當籌碼！

窗廊下，小青不知跟誰在說話。「妳怎麼做事的？這麼滾的水也送過來？今日輪值燒水的是誰？」

「是宋嬤嬤。姊姊不要生氣，奴婢這就去換。」

「換什麼換，妳新來的吧？」

「是，奴婢才來半月。」是道怯怯的聲音。

「行啦，這次就算了。」小青也是從新丫頭過來的，大度不計較。

「謝、謝謝姊姊。」

小青笑嘆：「一點規矩都不懂。我叫小青，姑娘屋裡的，往後認全嘍。」

「是。小青姊姊。」

陸鹿聽笑了，揚聲喚：「小青，進來。」

小青手裡提著熱壺，笑嘻嘻進來。「姑娘，什麼事吩咐？」

「妳倒會充大。」陸鹿抓著一把瓜子倚榻嗑著。「別把人嚇著了。我這裡做事，只要本分老實就行。」

「是，姑娘說得對。」

「唉！這別院新添丫頭，難道都不用經過益城府裡？」

小青不知情，看向旁邊小語——她是太太屋裡過來的。

小語笑道：「若是那正經發放月例的，自然要向益城府裡的管事娘子報備。只怕這別院婆子們偷懶，外頭招幾個雜使小丫頭代做事，給口飯吃就行了。」

「這樣啊……」陸鹿深思起來，對小青吩咐。「去把方才小丫頭喚來，我問問。」

小青轉身去了。春草和夏紋都在旁邊做針線活，好奇問道：「怎麼還有這一齣？」

小語掩齒一笑。「這別院雖離益城不遠，老爺、太太其實一年難得來一回，都是少爺來打獵時用。此處活輕月例足，都爭著留守此處。偏少爺們一年也不過來三、四回，侍候的日子不多，所以，這裡的下人們有時偷懶不當值便在村裡玩耍，一應雜活便隨便從外頭僱傭那窮人家的小子、丫頭來做。他們倒樂得輕鬆。」

陸鹿笑說：「這麼說，這別院裡的下人們倒把自個兒當成半個主子，開始拿著府裡的月例養使喚丫頭了。」

「是這麼個道理。」小語點頭。

「妳既然知道得這麼清楚，想必太太也是知曉的吧？」

小語又點頭。「是，太太早先幾年便覺察了，也整治過一回，只是風聲一過，又回復原樣。歸根結柢，還是這別院總得有人看守打掃不是？輕鬆省事油水又足，所以留守此處的下人都有點……」她頓了頓，斟酌著用詞。

陸鹿替她說：「這裡的下人都有點體面是吧？或許都跟老爺、太太跟前當紅的奴才有點瓜葛對吧？所以，整治效果不大，後頭就乾脆聽之任之，反正不耽誤主子的事就行了，是吧？」

小語笑容盛開。「姑娘猜得沒錯。」

「啐！」陸鹿翻白眼。人分三六九等，原來奴才們也自動分等次。

「姑娘，人帶來了。」小青聲音脆生生地傳進來。

來人是個身材單薄、面黃肌瘦的小丫頭。頭髮稀疏枯黃、五官平淡、眼神惶恐，還在發抖。她活這麼大，從沒近距離見過富家小姐，更不用說進小姐閨房這件天上掉餡餅的喜事，整個人都不好了，不知自己接下來命運如何。

反正撲通跪下總沒大錯。「奴婢，見、見過大小姐。」

陸鹿掃兩眼，和氣一笑。「別怕，我不吃人肉。」

「嗚……」小丫頭可聽不懂她的俏皮話，嚇得臉都皺了，喉嚨裡逸出絲哭腔。讓屋裡其他丫頭都摀嘴笑樂了。

「叫什麼名？」

「換兒。」

陸鹿一聽這名，就知道是父母重男輕女，希望把這個女兒換成個男孩，難怪長得營養不良的樣子。

「多大了？」

「十……虛歲十歲。」

「哪裡人？」

換兒戰戰兢兢垂頭小聲答：「下何家村人。」

陸鹿笑。「這一村還分上下？」

「是。」換兒小聲應。

「抬起頭說話。」陸鹿換個坐姿，示意道。但換兒不敢，仍是垂著頭。陸鹿轉向小青，抬抬下巴。「小青，抓點果子給她。」

「哦。」小青拽起她，從果盤裡抓把點心瓜子塞到手裡。「不要怕。我們大姑娘是最和氣不過的人。」

「謝謝大姑娘。」換兒手裡捧著點心，真心實意的感激。

陸鹿擺手。「坐下，給我說說村裡趣聞。」

「啊？」換兒吃驚。村裡哪有什麼趣聞，無趣得很好吧？這位陸大小姐喜好真不一樣，怎麼愛聽這下里巴人的鄉俗故事呢？

小青又搬來張小杌凳放在榻腳下，換兒還是不敢落坐。

「坐呀。」陸鹿儘量表現和氣，怕嚇著這黃毛丫頭。

換兒嚥嚥口水，繃緊身體，又再三謝過，方才挪低身子沾凳。

陸鹿歪躺在榻上，支著枕笑咪咪問：「家裡還有什麼人？」
換兒又要站起來，這回被春草按下，道：「別亂動，省得姑娘眼花。」
「春草，妳真是我的貼心小棉襖呀。」陸鹿誇獎一句。
春草還翻翻眼。「姑娘，能換個比喻嗎？」
「哈哈，不能！」陸鹿捶著小榻桌恣意大笑。
她們主僕這麼一打趣，換兒緊張的情緒得以緩解，便乖乖的小聲回答陸鹿漫無邊際的閒話，一會兒，陸鹿問換兒。「妳是跟宋嬤嬤做事？」
「回姑娘，是的。」
「誰招妳進來的？一月給多少錢？」
「是管事娘子藍嬤嬤。」換兒手在粗布衣上擦擦，小聲回。停了下，又說：「管吃住，還有四季衣裳，前三月沒有月錢的。」
「哦。」陸鹿也不好多苛責什麼。
換兒一家好幾口人，前頭有姊姊，後頭還有兩個弟弟，家裡開支過大，又只是一般的佃農，能不能溫飽都成問題，陸府別院招人，能管吃住還有不帶補丁的衣服穿，相當於幫著窮人養女兒，誰不樂意進來？
「簽的是活契？」
換兒皺眉想了想，搖頭。「奴婢不識字，只曉得按手印，契書在奴婢爹娘手裡管著一份。」

陸鹿正擰著眉頭思忖，旁邊張耳聽著的小語驚奇問：「妳說管事娘子叫什麼？」

「府裡都稱藍嬤嬤的。」

春草指著小語笑道：「妳忘性大呀？昨兒不是管事娘子帶著府裡下人迎接姑娘來著？我還記得，三十多歲的樣子，穿著體面，看來人也和氣。」

別院原先就有兩、三個管事娘子，還有幾個小管事分管院外的雜事，井井有條的。

小語輕聲嘀咕。「我還以為是益城府裡的藍嬤嬤呢！誰知道這裡也有個姓藍的嬤嬤。」

陸鹿順嘴一問：「益城也有個藍嬤嬤？」

「姑娘不記得嗎？四姑娘身邊的嬤嬤可不就姓藍？」小語笑吟吟回。

陸鹿腦裡的警弦咻地繃緊。她轉向夏紋。「去打聽一下，看是不是親戚？」

夏紋答應一聲便出去。

「姑娘怎麼了？」春草小聲問。

陸鹿也不歪躺了，坐直身。「小心點好。俗話說明槍易躲，暗箭難防。」

有這麼嚴重嗎？春草頗不以為然。坐在榻腳的換兒認真聽著，忽然呀了一聲。「難怪瞅著眼熟。」

「妳說什麼？」陸鹿偏頭問。

換兒面上浮現喜意，道：「回姑娘，奴婢一刻鐘前瞅見玉林嫂子從後門送客，很是恭敬。那客人奴婢遠遠瞧著像院裡的藍嬤嬤，如今想來，只怕就是益城府裡的那位藍嬤嬤。」

抽口涼氣，陸鹿眼神轉冷，認真問：「換兒，妳可瞅仔細了？」

換兒縮縮頭，又換上惶惶驚色，垂頭弱弱回：「奴婢遠遠瞅見，也可能是……」她又想否認了。

陸鹿安撫地拍拍她，溫和道：「別怕，我就隨口問問。妳在後門看到誰送客？」

「玉林嫂子。」

「她管什麼的？」

換兒想了想。「管庫房的吧？」

「是送客？不是迎進來？」

「是送客，這個奴婢可以發誓。」

「客人，長得像藍嬤嬤？」

換兒擰眉想了想，猶豫著點頭。

「會不會是院裡的藍嬤嬤出後門辦私事呢？確定不是同一人？」這個可能也是有的。院裡辦私事的婆子多了去，平時大多走正門，現今有主子小姐搬進來住著，多少要收斂一點不是。

換兒又皺著臉，認真回想了下，搖頭。「不是。藍嬤嬤嘴角有粒小痣。」

小語接話。「四姑娘身邊的藍嬤嬤可沒有。」

那就是兩個人，兩個藍嬤嬤。換兒看到的就是陸明妍身邊的嬤嬤。她怎麼會來這別院？是探親還是有其他目的？

陸鹿思索半晌，便跟衛嬤嬤說：「我這屋裡人少，就讓換兒進來做點粗活吧。」

衛嬤嬤相當不解。「姑娘這是要抬舉她？」

「嗯。去把她的契書找來我看看。」

「是。」衛嬤嬤雖然希望陸鹿出行前呼後擁、氣派非凡的，但要這麼一個瘦小丫頭，能頂什麼用呀？真要人手不夠，從益城竹園調人過來就是。

換兒聞言，喜得當場又跪下磕了幾個頭。

小青笑道：「還真是有造化的。來，我領妳去換身衣服。」

「謝謝小青姊姊。」

打發走換兒，陸鹿叫來春草。「去把這院子裡服侍的人都給我查一遍。」

「查什麼呀？姑娘。」春草不明白她的舉動。

陸鹿手指叩著榻几，眼睛直直看著前方。「查明都是些什麼來歷，跟益城府裡哪些人有瓜葛？」

這是要幹麼？大換血？春草搔搔頭，皺著眉頭應了。總共住不過六、七天，何必這麼費事清理院子裡的丫頭、婆子們呢？多一事不如少一事，不行嗎？

別說院裡的下人叫苦不迭，就是陸鹿身邊常使喚的也暗地裡抱怨。

夏紋打聽來的消息令陸鹿神經極度繃緊——益城那位藍嬤嬤跟別院這位是親姊妹關係！那可是陸明妍的嬤嬤啊！

陸鹿思量，難怪陸明容安安靜靜不哭不鬧的，只怕背後在耍陰招吧？

「姑娘，興許藍嬤嬤是來探親的呢？」

「探親用得著偷偷摸摸的？」

夏紋想了下，說：「是不像。哪有大老遠，也不歇一宿就回的。」

「那玉林嫂子是怎麼回事？」

「哦，這位玉林嫂子跟院裡藍嬤嬤是乾親，關係好著呢。代她送客，也是常情。」

常情？怕是避嫌吧？陸鹿不避諱以最大的惡意揣測這幫女人——這幫吃飽撐得慌的女人！

掌燈後，陸鹿翻看整理的名冊，但凡跟益城那邊易姨娘、陸家姊妹園子裡扯得上關係通通的不用，以防萬一。

春草等丫頭不敢多嘴，衛嬤嬤則念叨了兩句。「姑娘何必為這點子小事操心？妳要看誰不順眼，叫我們去攆就好。」

「嬤嬤，妳就當我閒得無聊找件樂子耍好了。」陸鹿也懶得解釋。

「嗯，耍樂子也行。只怕明日就耍不成了。」衛嬤嬤苦著臉。「羅嬤嬤鐵定是告狀去了，就等著明天老爺、太太不知要怎麼罰姑娘呢？」

「等唄！能罰什麼呀？跪祠堂禁足什麼的我都領教過了。這回，看能罰出什麼新名堂來！」陸鹿還笑嘻嘻的開著玩笑。

衛嬤嬤無語地望她。怎麼就這麼油鹽不進、好賴不分呢？

「安啦，各位，都打起精神來，天無絕人之路，事情沒有妳們想像的嚴重，可能只是虛驚一場哦。」陸鹿拍拍手，笑。「行了，備宵夜吧。」

「姑娘還要吃宵夜？」春草小驚一下。

「嗯，先備著，我得挑燈熬夜了。」陸鹿打算連夜制定一個臨時對策，防止被人無聲無息地算計。屋裡諸丫頭對視一眼，無奈遵命。

京城，西寧侯段府。

深秋的黃昏，還沒到掌燈時辰，段老太太姜氏屋裡卻燈火明亮。

良氏跟顧氏都在老太太跟前侍候。桌上攤著不少畫卷，老太太對著畫卷只匆匆瞄了一眼，就鎖緊老眉問良氏。「可打聽清楚了？」

良氏忙上前半步，小心回答：「都打聽清楚了。益城首富陸府的嫡長姑娘，五歲被送往鄉莊養大，日前才接回益城，而且行為出格、舉止無禮、談吐粗鄙。」

段老太太眉頭又緊了緊，不耐煩問：「外頭那些流言可是真的？」

「這……」良氏嘴角抽了抽，只好不甘心地細聲應道：「回老太太，只怕是真的。」

顧氏一旁掩齒笑。「別的，我沒親眼見不好說，寶安寺贈送手爐這事，千真萬確。」

「唉！」段老太太長長嘆氣。「怎麼就挑上她了？」

顧氏嚇一跳，追問：「老太太，妳是說這門親事，做定了？」

段老太太撫撫額，無奈道：「好歹也是富家千金。」

「可是……」顧氏急了。她家姪女沒得手，怎能容陸鹿進這個門？

良氏也萬分驚訝，隨後提醒道：「老太太，益城陸府並沒有來人逼親。」

按常理，自家女兒被流言所傷，萬全之策就是趕緊趁熱打鐵索性促成這門親事，方保清白，可陸家並沒有來人，真是怪事。

段老太太擺手。「他們識好歹，我們更要自覺。這門親事，結了吧，不過是納個貴妾而已，多大的事？」

哦，貴妾呀？顧氏安下心來。一個妾而已，京城權貴家哪個沒納幾個妾的。段勉先訂下妾室，也正常得很，她家顧瑤還有機會。

良氏一聽，只是給個貴妾名分，也坦然接受了。

外界風傳段勉有厭女症。府裡想了很多辦法也沒有令他改善這個毛病。現在好啦，終於有個女人接近他而不令他生厭。雖然是個無教養的商女，總歸是個女人。納進來，對段府、對段勉百利無一害，厭女症的名頭也很快就會擺脫掉。

這不，案桌上畫卷又新送來幾張，好些世家開始旁敲側擊想聯姻做親呢！

踏著晚霞從皇城歸來的段勉神色匆匆進了家。他先去見了父親段征和叔父段律。三人討論朝堂之事約兩刻鐘，段勉便去了後堂問候段老太太。

擺飯之前，老太太把人都打發出去，一個不留，單留著段勉說話。

段勉情知有事，也只能安靜陪坐著等老太太拷問。

「桌上有新來的畫卷，去看看有入眼的沒有？」老太太慢條斯理，先易後難。

段勉從容走過去，翻了翻。全是美女畫像，環肥燕瘦，各具風姿。

「這些都是跟咱們門當戶對的嫡出小姐，有幾個你只怕見過，京城裡出名的才貌雙全。」

「祖母。」段勉掩好卷，淺笑。「看完了，一個都不認識。」

段老太太一把年紀了，也不拐彎抹角，直接問：「可有中意的？」

「沒有。」段勉很乾脆。

「一個都沒有？」老太太似不信。

段勉堅定點頭。「一個都沒有。」

老太太靜靜看他數眼，從身後摸出一張，遞給他。「這個呢？」

還有？段勉有點小納悶，聽話的接過，展開一看——陸鹿？

眼前正是陸鹿的畫像。別的倒罷了，那雙眼睛活潑靈動尤其逼真，如在眼前一般。他定定凝望，嘴角不由自主微微彎翹。

這神態落在老太太眼裡，自然是歡喜又感嘆。「益城陸府嫡大小姐，你認得的。」

「是，祖母。我認得她。」段勉也不急於收起，就那麼拿著。

老太太眼裡就有揶揄之笑，挑眉問：「這個中意否？」

「咳。」段勉不好意思地清清嗓子，垂眸不語。

「這會兒曉得不好意思了？」老太太笑笑地拿起陸鹿的畫像。「這個，祖母先幫你保管著，等她進門，再還給你。」

「祖母，您是說……」段勉忽然結巴了，眼眸閃亮。

老太太作語重心長狀。「咱們家雖是侯府，斷不可以做仗勢欺人的事。大庭廣眾之下，你本意雖是救人，也是抱過她的。再後來，寶安寺時又巴巴的把府裡專用手爐私贈，別說益城傳開了，就是這玉京城裡都有風言風語傳進來。咱們家若不納了她，這陸大姑娘以後怎麼嫁人？」

這話，聽著怎麼不對味呢？納？不是娶？為陸鹿的名聲才納，這是施捨吧？段勉眉峰攏了攏，抬眼看向慈愛的祖母，話到嘴邊又嚥下了。

「怎麼？這個也不願意？」段老太太察言觀色，這出色的嫡長孫，好像不完全欣喜呢。

「但憑祖母作主。」段勉起身，長長一揖。他當然願意，求之不得。只不過……能順利成行嗎？怎麼覺得有些不對？

姜老太太長吐口氣。嗯，慢慢來，能接受一個女人，就能接受另一個。等他知道女人的好，再幫著精挑細選一樁門當戶對的親事。嫡妻可不能馬虎！

挑燈時分，段勉回到自己院中，在院中廊下望著秋月出神。

王平和鄧葉面面相覷。世子爺幾時這麼多愁善感了？這是從武將要改到詩人行列嗎？以往世子爺有心事，總是練武發洩，如今卻望月沈思？

「備馬。」段勉吩咐。

王平和鄧葉又唬一跳，齊聲問：「世子爺，這大晚上，去哪兒？」

「去……」段勉深深吸口寒氣，輕聲。「去益城。」

益城？又是益城？天色已晚了好不？這是要快馬加鞭呀？這是不是就叫做一日不見如隔三秋呀？兩個跟班心裡不以為然，張嘴欲勸。

「你們不用跟去。」段勉添話了。

「什麼？」王平和鄧葉差點原地蹦起來。

段勉沒搭理，而是進房換衣。

「完蛋了！世子爺真陷進去了。王平，怎麼辦呀？」鄧葉苦著臉問。

王平攤手。「照吩咐辦唄。世子爺這明顯要去見陸大姑娘呀，能攔著嗎？」

確實攔不住。少年情懷，情竇初開，不見想念，見之悅喜。別說這秋風寒夜，就是天上下刀子都攔不住一顆蠢蠢發春芽的少男思心。裹緊風衣兜帽，段勉交代兩個小廝幾句，縱馬馳入漆黑的夜色中。

深秋風寒，颳得臉生疼。段勉卻渾身熱乎乎的，眼眸清亮，心思早就飛到益城去了。

等段勉風塵僕僕趕到益城郊外陸家別院時，已近卯時。整個別院都在沈睡，他卻精神奕奕牽著馬站在府外高牆之下。

怎樣才能見到她呢？段勉這才想起，此處不比益城竹園，他可以來去自如不驚動任何人。這裡，完全不曉得陸鹿住哪個方位，貿然闖入，只怕後患後窮。

可是，他等不及了。他連夜趕路，只為見她一面，卻沒有太多時間，還得儘快趕回去。只好賭一回運氣了！

四仰八叉睡覺不老實的陸鹿正作著夢，不大好。

又是前世場景，被員警追。她戴著面具跑，員警在身後追。跑著跑著，前方一線光，她大喜衝過去，卻一腳踏空，身子輕飄飄地直線下墜。

「啊！」陸鹿大叫一聲，嚇醒了。

拍拍起伏不定的胸口，陸鹿打算繼續睡回籠覺，卻聽「吱嘎」開門聲，春草悄悄起床。

陸鹿又感慨一番。還好穿成小姐，不用這麼辛苦晚睡早起服侍人。

翻個滾，又閉上眼睛。窗格有「咚咚」輕擊聲。陸鹿懶得理，繼續睡。可外面不消停，「咚咚」又是兩下。

陸鹿火了，大聲喚。「夏紋！」

夏紋匆匆束好腰帶進來問：「姑娘醒了？」

「誰在外頭打掃窗戶，吵死人啦！」

夏紋走到窗格張望，回報。「姑娘，這大清早，丫頭們才沒這麼勤快呢！興許是風吹響窗戶吧？」

「不可能吧？」陸鹿胡亂披件小外套，爬到窗前，推開探頭望。後廊下安安靜靜的，哪有粗使丫頭打掃的影子？秋風是寒冷了點，但不強勁呀？可她明明聽到好幾聲擊響，難道大清早見鬼了？

「姑娘快躺下吧，小心凍著。」夏紋急忙制止。

陸鹿擺手。「就這小會兒，沒事……啊？」忽然怪叫一聲。

夏紋彈跳一下，駭然。「姑娘怎麼啦？」

「我、我……」陸鹿連忙關好窗戶，神情驚駭。稍加沈吟，又推開窗盯著某個牆頭瞧。

夏紋急急找來厚外套給她披上，關切道：「姑娘，快回床上暖和暖和。」

「我，那個……算了，橫豎睡不著，我今日起個早床吧。」陸鹿語無倫次的。

夏紋睜大眼，姑娘不賴床了？這天還早著呢？於是，叫進小青等人進屋服侍姑娘梳洗，換兒則跟在小青身後學習。

「我去催催早膳。」春草也沒想到陸鹿起了個這麼大早。

陸鹿打著哈欠。「不急。我現在也不餓。妳們忙去吧，我先散散步去。」

「散步？」

「哦，難得來這郊外，呼吸一下新鮮空氣。嗯，還有就是瞧瞧這深秋田園早景，飽飽眼福。換兒，妳跟我來。」

「是，姑娘。」換兒歡歡喜喜地答應。

春草深表懷疑，試圖勸阻。「姑娘，這大清早的，就在院子裡吸吸冷空氣吧。」

「不，院裡人多，呼出的濁氣沖散了清新深秋之氣，不宜養生。妳們忙吧。」陸鹿緊緊身上厚裘，帶著換兒出院門。

夏紋不安地問春草。「要不要悄悄跟上？」

雖說羅嬤嬤不在，但衛嬤嬤知道也是會碎碎唸個沒完的。

「算了，由著她去。」春草抿抿唇。姑娘似乎在做一件大事，總是瞞著她們，可憑著蛛絲馬跡，春草隱隱嗅出點不同尋常的味道。

順著牆根小徑氣狠狠地猛走，後頭換兒氣喘吁吁的趕不上陸鹿的大步流星。

「呃，換兒。」陸鹿突然停步，回頭淡定吩咐。「我手冷，妳回屋去把手爐送來。呶，我就在那邊花園閣子裡等。」

「好的，姑娘。」換兒上氣不接下氣地答應，不疑有他，轉身急匆匆去了。

第四十九章

陸鹿目送換兒的小身板走遠，霍然回頭拐進一條更偏僻的草徑。

「喂，在哪兒呢？」她小聲喚。

面前忽然閃出一人，長身玉立，披著黑色的狐領裘衣，眼裡帶著笑意直視著她。

「這邊說話。」陸鹿翻白眼吐氣，然後勾手指。牆根雜草茂密，樟樹仍青翠，花叢遮擋，是個極適合說悄悄話的地方。

「我說段勉，你怎麼又來了？」陸鹿扠腰怒目。

段勉咧咧嘴角，無聲笑。

「不是讓你不要來找我嗎？」陸鹿直接無視他罕見的溫柔笑容。

「晚上不來，白天總可以吧？」段勉尋了個藉口。

陸鹿瞪著他，低聲道：「拜託，我現在正在避風頭，你就不要來添亂了。」

段勉收起笑容，沈聲問：「妳為什麼不跟我說？」

「說什麼？」陸鹿反問一句，又霍然明白，嘆氣。「我為什麼要跟你說呀？這是我們陸府的家事。」

「就算是家事，那晚妳提一句總行吧？害得我……」段勉橫她一眼。明明前個晚上才見面，她第二天就挪窩，瞞得一絲不漏，真是太沒良心了！

陸鹿倒吸口氣。「你第二天晚上又去竹園了？」

「嗯。」段勉也不扭捏，承認了。

陸鹿張口結舌，忍不住倒退一小步，怔怔望著段勉。雖說前世陸鹿年歲小，但她做程竹時實際年紀可是二十多歲，見識不算太少。都這麼明顯了，難道她還看不出段勉的心意？原先她隱隱就有點感覺，段勉這麼幫她、護她可能跟風月有關。

所以，那晚她索性問明白，好在段勉也否認了。可此時此情，段勉想掩耳盜鈴，她卻不能坐視不管了。扭開臉，苦惱嘆氣，陸鹿手撐著額頭思索怎麼斬斷他不切實際的非分之想。

「陸姑娘，那晚貴府……」女刺客的事，段勉覺得有必要交代她幾句。

「等等。」陸鹿豎手，強擠絲笑意，道：「呃？段世子，我不想聽。我現在只想安安靜靜做一個嫻雅、溫柔、乖巧的富家小姐。」

「哦？」段勉彎彎嘴角，想到祖母手裡那卷畫像，反而笑了。「很好。」

陸鹿神情一滯，正色道：「所以，麻煩你以後不要來找我，白天黑夜都不要來，咱們的來往到此為止！好嗎？」

段勉的笑意一點一點收起，深邃的黑眸定在她面上。為了今後的安寧日子，陸鹿不得不硬起心腸冷冰冰地迎視他。四目相對，兩人都沒說話。

靜默片刻，陸鹿率先開口。「就這樣吧，再見，不對，是再也不見。保重。」她轉身就走，毫不猶豫，卻感到手腕一緊，被生生拽住。

陸鹿緩緩回頭，對上段勉深受打擊的眼神，垂下眼簾無語。

「妳就這麼討厭我？」段勉聲音沈啞。

陸鹿一時不知該怎麼回答他。討厭嗎？最開始的確是討厭的。前世五年未謀面的夫妻，何等冷血無情！

可隨著頻繁接觸、深入瞭解，陸鹿又生了一分理解之心。身在那樣的家庭，又是這麼倔強驕傲、優秀出色的少年將軍，他的所作所為並不是針對她，是每一個嫁進段府、他不喜歡的女人都會有的下場。

但要說喜歡，卻是沒有。陸鹿敢拍著良心保證，她目前對段勉沒有心動、沒有一絲男女之情，純粹就是因為事態發展下，不得不來往的正常接觸而已。

「陸鹿，妳老實回答我。真的這麼討厭我？」段勉加重語氣。

「呃。」陸鹿決定快刀斬亂麻，果斷抬眸，從容說：「老實說，一開始很討厭，霸道、冷血、無情、不講理、看不起人。哦，還賴帳。後來多接觸幾次後，發現你不是對我一個人這樣，你是對所有的外人都這副德行，就漸漸無感了。嗯，現在，是無感。」

段勉臉色陰沈，步步逼問。「只是無感？」

「嗯，從討厭到無感，進步一大步了好不好？」陸鹿理直氣壯的回。

遲疑少頃，段勉喃喃問：「還能再進一步嗎？」

我靠！這、這是什麼意思？他想要更進一步的含蓄提示？

「你想走到哪一步？」陸鹿也撇開不好意思，大大方方反問。

段勉微黑的臉龐又悄悄染上赭紅，視線下垂，盯著兩人交握的手腕處，低聲道：「妳的畫像，我祖母看過了。」

「啊？什麼意思？」陸鹿吃驚。

段勉抬眼凝視她，淡淡說：「妳真不懂？」

「這個……有點突然。」陸鹿認真擰眉，說：「也不大可能吧？兩家門戶不在一個等級上，而且陸府好像也沒打算高攀貴府。」

段勉無端想起祖母說過的「納進家門」，便勾唇笑笑。「你們也高攀不起，不過是……」

瞬間陸鹿的臉色陰沈冰冷，狠狠抽回手腕，她揉了兩揉，皮笑肉不笑反問：「不過是納貴妾是吧？」

段勉覺得好像說錯話了，張張嘴，沈默。

陸鹿勃然大怒，心火突突直冒，指著他呸一聲。「貴你媽的妾！段勉，我重申一次，就是天下男人死絕了，就剩你一個，我陸鹿也絕對不會給你們段府做妾。給我滾！」

「陸姑娘，我沒有，這不是我的本意。」段勉這下真慌了，連忙解釋。

「去死！」陸鹿指著他，雙眼冒火大吼。母老虎發威，響遏行雲。

「姑娘，妳在哪兒？姑娘……」外頭隱隱傳來換兒著急的呼喊。

段勉目不轉睛地看著發脾氣的陸鹿，沒作聲。

「等一下。」陸鹿丟下一句話，拔腳就跑，沒小剎那又再次跑回，將手裡的一物件狠狠摔向段勉，怒道：「還給你！還有那些珍珠之類的破玩意兒，我會一併奉還，你們段家的東西，我才不稀罕。拿好，快滾！」

罵完後，陸鹿挾著怒氣，憤憤轉身。

段勉輕巧接過拋過來的手爐，眼看她真的動怒就要離開，大聲問：「妳真不願意？」

陸鹿霍然回身，眼裡的火苗騰騰燃燒，咬牙切齒。「除非我死！」

這個深秋的早晨，薄霧退散，陽光一絲一點從雲層透灑下來，融化了晚霜。換兒望望天空，會是個秋高氣爽的好天氣。

可陸鹿的心卻如寒冬早至，冷到極點。悲劇又要重演了嗎？她這一世還得嫁段勉為貴妾？去他媽的！明明陸府沒有上京城逼婚，段府為什麼不裝聾作啞當沒事發生過呢？

也對，段勉這個厭女症世子好不容易跟女人傳緋聞，段府當然欣喜嘍！一個商女也是女人，納進來當妾，嫡妻另外擇高門就行了。

呸！噁心！

陸鹿還沒吃早飯，可胃就翻騰著想嘔吐！好吧，段府是這種態度她不奇怪，偏生段勉竟然也覺得理所當然。

憑什麼呀？以為她會欣喜若狂，然後欣然接受？去死吧！一窩混蛋們！

「姑娘，那個……」換兒小心翼翼跟在身後，提醒。「前面是水塘。」

陸鹿張眼一望，不知不覺忿忿然走到水池邊。她努努嘴，火氣還沒消，吩咐。「換兒，去問問今早有丫頭、婆子犯事沒有？若有犯事要掌嘴，放著我來！」

「啊？」換兒聽得一頭霧水。

「去呀，姑奶奶我手癢想揍人！」陸鹿磨牙霍霍，還捋了捋袖子。

「哦，奴婢這就去問。」換兒嚇得一溜煙跑開。

陸鹿雙手緊握成拳，胸口這股怒氣無處發洩，怎麼辦？好想打人呀！好後悔沒用段勉幾個巴掌啊！好想現在就有人給她當沙包出氣啊！

大概蒼天聽到她憤怒的心聲。斜後角花徑，一個婆子和一個丫頭探頭望過來，互視擠眼挑眉壞笑。

此時，段勉卻意外的沒有策馬狂奔，而是失魂落魄的牽著馬，緩緩走在回益城的土路上。

他太高估自己了。雖然猜到陸鹿會吃驚會憤怒，但沒想到她會那麼決絕。她這麼愛財、愛寶物，卻將手爐都給丟回來了。那句「除非我死」擲地有聲，毫不猶豫。

仰面閉目，段勉猛然睜眼，站立回頭張望晨陽中的陸府。聽見急促的馬蹄聲由遠漸近，一隊威風凜凜的家丁護衛著一輛華麗馬車奔駛而來，帶起煙塵滾滾。

段勉目力極佳，眼簾中撞見幾張熟悉面孔，微微一驚，急忙閃避向樹側一旁，裝作看田園風景的樣子。

馬車和護衛們從他身旁掠過，其中一騎座騎遲疑停頓下，回頭看一眼灰塵濛濛中的段勉，自言自語。「那人好眼熟啊？」

「大哥，快跟上。」

「哦，來了。」

這頭，段勉低眉沈思。陸靖父子等人怎麼會在這裡出現？這裡不是陸鹿避風頭的別院嗎？沒錯，他看得清清楚楚。馬車是陸靖專用，但是陸靖、陸應和陸度卻各騎著健馬跟隨在馬車兩側。那麼，車內是什麼人？

龐氏嗎？不像。龐氏出行，丫鬟婆子是一定少不了的，但方才那輛馬車，除了車夫，沒有其他婢女的蹤跡。

抬頭望望天色，寒氣猶在，但陽光還好。既然回京之路已經遲了，索性再晚點吧。段勉翻身上馬，撥轉馬頭往陸府別院疾馳而去。

不知危險來臨的陸鹿張舞著雙臂，鼻出怒氣猶在低聲狠狠咒罵。

小園子寂靜無聲，唯有秋風徐徐拂過。一步，兩步，三步……接近了！

陸鹿驀然回身，皺起眉頭打量來人。「什麼事？」

來人是個雀斑臉丫頭，她福福身，臉上帶笑。「姑娘，衛嬤嬤請姑娘過去一趟。」

「去哪兒？」

「後院。」

「怎麼啦？」

雀斑臉丫頭眨巴著眼搖頭。「奴婢不知。」

「行了，帶路吧。」陸鹿想著衛嬤嬤有什麼事拿不定主意，請她最後定奪。

丫頭欣喜。「姑娘這邊請。」

陸鹿正在氣頭上，還惦記著找個倒楣下人揍揍出出氣的事，不疑有他的跟著這個面生丫頭往後院去。只不過，路卻越走越荒僻。

陸府別院因為修在郊外，近水背山。便於少爺們秋獵冬圍之用。是以，後院不但有馬廄，有寬闊的跑馬場，還有專門養獵狗的圍場。又是馬又是狗的，多了難免吵，還臭，自然修得離正屋較偏遠。

漸漸入耳有嘈雜的狗叫，陸鹿就起疑了。她先不動聲色打量四周。嗯，雜草叢生，只有一條小路，遠遠還有道柵欄，再看引路的丫頭，好像也在打量四周。

「咦？前面是什麼？看起來好好玩的樣子。」陸鹿笑吟吟指那道帶鎖的柵欄問。

丫頭笑咪咪道：「姑娘，那可不好玩。那裡頭專門鎖著凶惡的獵狗，可碰不得。」

「呀？那怎麼餵養呀？」陸鹿心念一動，做出天真害怕的神情。

丫頭指斜角一處小門說：「從那道門進去，府裡有專人餵養。餵熟了，自然也不怕了。」

「哦。好好奇哦，我們去看看吧？」

「好呀。」丫頭欣然從命。

小門僅供一個人通過，是半掩的。陸鹿飛快瞅一眼。門內另有設置，一般來說，這些狗不會亂咬熟人，但也不能放任牠們跑出來，嚇著下人事小，嚇著主子事大。

丫頭左右轉動眼珠，嗓子不舒服似的乾咳幾聲。

「可以進去嗎？」陸鹿繼續好奇問。

「當然可以。」

「哦，妳先示範一下怎麼進去，我好跟著照做。」陸鹿笑咪咪地望著丫頭說。

丫頭遲疑一下，咬咬牙。「好吧，姑娘瞧仔細了。」她微一矮身，就從小門側身而進，回頭招呼。「姑娘快進來。」

「來了。」陸鹿板下臉，伸手將門從外頭「咣」的帶上。正好，鎖就掛在上面。

「姑娘，妳、妳做什麼？」

陸鹿抬眼淡定地回她。「哦，玩個遊戲。妳好好待著，我去找衛嬤嬤了。」

「不要……姑娘，快開門呀……我不要待在這裡。」丫頭嚇白了臉。

陸鹿不理會她的哭泣，低頭四下尋找。偏僻角落就有這點好，枯枝斷根很容易就找著。她撿起根枯木棒在手中掂量掂量，再慢慢觀察四周。

「汪汪汪……」獵狗聞到陌生人氣味開始狂叫。

「嗚嗚，姑娘，快開門吧……」丫頭哭著嚷。

陸鹿繼續等，對門內的狗叫人哭不為所動，完全不受影響。

大概是丫頭叫聲太過淒慘，終於斜後方樹後緩緩閃出一個婆子來。年紀不過四十來歲，衣著整潔，眼神卻帶著陰惻。

「喲，同夥終於憋不住了？」陸鹿還嘲笑。

那婆子身材粗壯，冷冷開口。「妳怎麼知道的？」

陸鹿手裡一下一下敲著枯木棒，咧咧嘴笑。「我猜的！」

「哼！」粗壯婆子嗤之以鼻。

「林嬤嬤，救我！」門內丫頭嘶聲大喊。

陸鹿擋在門口，抬抬下巴。「要救她，先過我這一關。」

粗壯婆子遲疑片刻，眼光仔細掃過四周，確定一時半會兒不會有人經過。再瞧瞧陸鹿，不過小女娃而已，個頭還只到她的肩膀，身材又纖弱。縱然手裡拿根木棒，也是嚇唬壯膽而已。

她捏起拳頭，衝著陸鹿揮過來，陸鹿則專注盯住她的動作。

嗯，只是一把子蠻力，不是練家子，那就好！她躍躍欲試的握緊枯木棒，學前世揮棒球的樣子，毫不眨眼的瞄準目標。

「嘭！」木棒擊拳，「咯嚓」木棒斷裂。

「嘶！」雙方同時出聲。

一聲是粗壯婆子吃痛抽氣，倒退兩步，甩著青紫一塊的拳頭狠狠齜牙。一聲是陸鹿訝然吸氣，她驚訝的瞪著手裡半截木棒，活生生折斷啊！再把視線轉向粗壯婆子——果然皮粗肉厚的！

粗壯婆子目光也移過來，嘿嘿奸笑。

「沒有武器，看妳哪裡跑？」

陸鹿捏著半截短棒，嘻嘻笑。「我不跑，奉陪到底！」

話音未落，陸鹿先發制人，縱身躍起戳向婆子面門。這種不打招呼就交手的做法，流行於底層勞動潑婦圈，是最沒技術，也最無恥的打法。

粗壯婆子沒想到陸家大小姐，不按牌理出牌，愣了愣。她愣神的工夫，陸鹿拿著半截短棒子狠辣的直戳她雙目。

「啊！」驚慘怪叫起。眼睛是人體最脆弱最易受傷的部位，何況陸鹿那麼狠狠戳擊，當即就令婆子彎腰捂眼呼痛。

陸鹿一向是打蛇打七寸，而且一定乘勝追擊，絕不允許反彈。她手起棒落，憋著一口氣，賭上全身的力量一棒敲在粗壯婆子頭上，然後彎起膝蓋重重頂在她心窩。

這般連續暴打，婆子哪裡招架得住？她的雙手抱頭捂眼還來不及，根本沒空還手。

陸鹿抬腿一個旋身，飛腳將她踢倒，也是大喘氣。不敢懈怠，撲上前反轉扭住她雙臂，狠狠壓在潮濕的地面。

「哎喲哎喲……痛、痛……」粗婆子大呼小叫，半邊臉被壓進泥地。

陸鹿調整了下氣息，問：「說，誰讓妳們來的？」

「放、放開我！」粗壯婆子還在掙扎。

陸鹿也知道力量上她不佔優勢，一旦這婆子歇過氣來，她還真沒多少勝算。於是，便解開她的腰帶，纏綁住她雙手。

「啊！妳要幹麼？」粗壯婆子羞窘。

陸鹿拍拍衣襟站起身，扠著腰好好的休息了小半會兒，然後將她踢轉一面，仰躺，面朝天。粗壯婆子神色極度驚恐從下往上看著陸鹿。小小年紀，身手這麼俐落？這是陸府大小姐該會的事？

「妳不是陸府的下人？說，誰派妳來的？」陸鹿開始逼問。

粗壯婆子索性閉眼不語。陸鹿沒多廢話，而是直接回頭開門。門內獵狗正聚集，有一隻已經咬上丫頭的腿了。那丫頭也是走投無路，攀爬著門框，只是兩腿垂下，還是被咬住，正被往下拖，哭聲悽絕。

陸鹿開了一條小縫，問：「要活命還是說實話？」

「姑娘饒命，我、我說，我全說。快放我出去。」

陸鹿其實很好奇，都鬧這麼大動靜，怎麼原本餵養獵犬的僕役都沒聽到嗎？不過，此時她也顧不得了。怎麼趕跑獵狗呢？她不能硬來。

獵狗都有經過訓練，不像野狗毫無章法，她只能運用前一世的方法試試。手指放嘴裡打出尖利的呼哨，一聲比一聲悠長，那是呼喊獵狗回歸的號令，而非放出去攻擊獵物。

門內獵狗有了反應，大多遲疑，漸漸止步，然後有兩隻帶頭退後一步，其他的便也慢慢後退回窩裡。

丫頭嚇得動彈不得，哭道：「姑娘，奴婢下不來。」

「下不來就等著被咬唄。」陸鹿在門邊無所謂地提醒。

「嗚嗚……」丫頭嗚咽著猶豫了下，蹦下地，一鼓作氣跳出來，拖著一條傷腿，立刻就癱軟在地，號啕大哭。

陸鹿反手關門，抱著雙臂面無表情地旁觀。丫頭還在哭，可那個粗壯婆子卻在扭來扭去。

陸鹿走過去，抬起腿，不客氣的踹在她胸口上，冷冷道：「妳想磨斷腰帶是吧？沒那麼容易！下一個就輪到妳進狗窩。」

「嘶！妳、妳敢？」

「我不敢，我好善良的。」陸鹿笑咪咪地說著反話。

粗壯婆子被她的反話噎愣了下。陸鹿沒看她，轉向哭得死去活來的丫頭說：「再哭下去，明年今天就是妳的忌日了。」

「啊？」丫頭一把鼻涕一把眼淚地抬頭。

「妳的腿被狗咬了，不儘快找大夫，萬一得了瘋狗症，死定了！」陸鹿閒閒笑說。

丫頭嚎叫一聲，掙起身就想跑。陸鹿箭步上前，將她踢翻，冷笑。「我讓妳走了嗎？」

「我、我說，姑娘，是她，是林嬤嬤讓我這麼做的。」丫頭憤憤的一指粗使婆子。

「她讓妳做什麼了？」

丫頭控訴。「她、她給了我十兩銀子，讓我去把姑娘騙到這裡來。」

「然後呢？」陸鹿悠閒問。

丫頭抹把眼淚鼻涕，吸吸鼻子，低聲道：「然後，就沒了。」

「哦，沒打算把我推入門內去？」

「呃……林嬤嬤說，只要把姑娘騙到這兒來，其他的都交給她辦。」

陸鹿看她一眼，又問：「妳是陸府丫頭？」

「是，奴婢是後雜院漿洗房的。」

「為什麼挑妳，不挑別人？」

丫頭一怔，眨巴眼，囁嚅道：「我、我不知道。」

這時候了，還不說實話？陸鹿也懶得揭破，只是靜靜看著她。雙方對峙，時間一點一點過去，陸鹿無所謂，要是換兒、春草她們找過來，不過大驚小怪一番而已，這丫頭的傷若再不包紮，死路一條。她找死，陸鹿不攔著。

「姑娘，我、我都說完了。」丫頭哭著想掙扎起身。

陸鹿抬起腿，丫頭嚇得又跌坐回去。

陸鹿若無其事撣撣裙角的泥，慢慢放下腿，臉上浮現譏誚的笑。

「林嬤嬤，您老說句話呀！」丫頭轉而尋求幫助。

林嬤嬤面如死灰望著漸藍的秋空發呆。

「姑娘，我、我知道的都說了。」丫頭小聲抹淚。

「哦，這麼說，主謀是這林嬤嬤，妳只是收了十兩銀子的幫凶？」陸鹿淡淡問。

小丫頭眼光低垂，點頭。

「好，再問妳。這林嬤嬤不是府裡的吧？」

「……她不是。」丫頭遲疑，還是回答了。

陸鹿摸著下巴沈思。「不是府裡的嬤嬤，卻能輕易入院，還能十兩銀子買動妳……有備而來啊？幕後到底是誰呢？」

丫頭的雀斑臉皺起，呆呆看著她。

「唉！既然妳們嘴這麼嚴，都不肯說，現在有兩個方案，妳們商量一下挑一個。第一，報官！有奸人蓄意闖入陸府別院，險傷陸大小姐我，被逮個正著。第二，把林嬤嬤投入圍場，給獵狗當早午晚餐，如何？」

此話一出，兩人都嚇白了臉。林嬤嬤怒目瞪她。陸鹿又抬起腿狠狠重踢在她身上，讓她起身無能，反抗無力。小丫頭張大嘴，急劇地喘粗氣，看陸鹿的眼光就像看惡鬼似的。

陸鹿搓搓手，左右張望，自言自語。「哈，妳們說，怪不怪？這邊動靜鬧這麼大，餵養獵狗看護圍場的人怎麼一個都不見呢？」

丫頭不由自主倒吸口氣，眼珠亂轉。

陸鹿忽然擰起秀眉，緩慢的拿眼掃描幽深的雜林。那種被偷窺的感覺又冒出來。誰？又是誰在偷窺，為何如此沈得住氣？陸鹿摸摸袖中，好在，袖劍還在，她時刻記得帶在身上。

「姑娘，奴婢的腿……」丫頭撫著傷腿可憐巴巴。

「忍著！快點選呀！」陸鹿不耐煩催。

「嗚嗚嗚……」丫頭忍不住，只好哭。「姑娘，奴婢交代！奴婢全交代！求姑娘放奴婢一條生路。」

陸鹿冷淡哼一聲。「早交代不完了？浪費時間！」

「昨兒，奴婢在漿洗房……」丫頭抽抽泣泣的哭訴。

丫頭叫田喜，漿洗房粗使丫頭，也是附近農家人，早年就被家裡賣到陸府，簽的是活契，為人還算伶俐。

她兩年前被派來別院打雜，因無權無勢，便認了府裡的玉林嬸子為乾娘。這玉林嬸子跟藍嬤嬤又是極要好，所以她雖是個粗使丫頭，倒也沒有人欺負她。

田喜人嘴甜，在玉林嬸子跟前又喜賣乖，近年很得院裡管事娘子歡心。有風聲傳出來，可能會抽調她去大姑娘院子裡當差。

她正偷樂，沒想到兩天前，玉林嬸子找上她，跟這位林嬤嬤見面，然後給了十兩銀子先，讓她瞅準機會把陸鹿帶到偏僻的角落去。至於帶到後要做什麼，田喜確實沒多問。

「還有呢？」陸鹿大致清楚了來龍去脈，不過，至關重要的一點，她不開口，就不能全信。

田喜咬咬牙，只好交代。「奴婢今早……給了圍場看守的大叔和幾個小廝兩吊錢，讓他們迴避半個時辰……」

陸鹿嘴角浮現譏笑。「哦，妳給錢，他們問都不問就迴避？」

「是，他們沒多問。」田喜聲音細細。

「也就是說，這種事不是第一次？」

「是。」

「也就是說，在這別院，有點體面有人撐腰的婆子、丫頭使用這種手段整過其他婆子、丫頭？」

第五十章

田喜震驚得無以復加，詫異抬眼。姑娘怎麼知道的？這是院子裡的秘密！

「哼！」陸鹿冷笑。「有因必有果。看守獵狗圍場的下人問都不問就應了妳的要求，可見他們也見怪不怪了，這也說明這種事發生過不止一、兩起。也是，天高皇帝遠，別院又沒住正經主子，可不就任你們這幫狗奴才任意做為？」

田喜咬唇低頭，肩膀聳動、小聲抽泣。弱肉強食不只是叢林法則，有人的地方就有紛爭，就有幫派。奴才之間也不是那麼團結，也是分幫分派的，也是東風壓西風，或是西風壓東風。

陸鹿撫撫額。她知道大戶人家都有些破事，只是沒想到奴才與奴才之間也殘酷得很。但，她不是來當聖母菩薩白蓮花的，這些齷齪破事有空再收拾，現在，她沒空。

「嗯，我的疑問解決了，接下來，該交代幕後主使了。」對於狗場這麼鬧騰，卻無人出來察看的疑問，隨著田喜的交代水落石出。

田喜哭著嚷：「奴婢實在不知幕後是誰！」

「這點，我相信。」陸鹿放過她，走到林嬤嬤身邊。

林嬤嬤已經鎮定不了，躺著發抖，眼中死灰一片。

陸鹿自言自語道：「我覺得把妳送官是便宜妳了。妳嘴這麼嚴實，不如，把舌頭割下來，以後都不要說話了，好嗎？」
「什、什麼？妳、妳怎麼敢？」林嬤嬤這下確實被嚇到了，敢情這半天不搭理她，最後在憋陰招啊。
陸鹿「噌」地祭出袖劍，板著臉就朝林嬤嬤下手。
「嗚嗚……」嘴被撐開的林嬤嬤嚇得拚命搖頭，雙腿亂彈。
田喜嚇壞了，都忘了自個兒的痛，捂著嘴傻愣愣看著陸鹿行暴。
「還不老實！」陸鹿甩了她一記耳刮子。然後回頭把那半截短棒找出來，用途是代替手撐著林嬤嬤的嘴，好方便她下手割舌頭。
「我、我說，我說！」林嬤嬤膽快嚇裂了。媽的，這大小姐來真的呀？她不是嚇唬人呀？別人家的大小姐都是嬌滴滴的，平時縱然耍手段使心計，也不是這麼個心狠手辣法啊？天啊！誰來救救她！
陸鹿手指玩著袖劍，蹲在她身邊，臉上滿是嫌棄。「再給妳最後一次機會！」
「是、是楊家……」林嬤嬤一臉的「生無可戀」，吐出幾個字。
陸鹿一頭霧水。「楊家？哪裡冒出個楊家？」
林嬤嬤喃喃道：「開生藥鋪的楊家。」
「哦，我想起來了！」經她這麼一提醒，陸鹿腦海中的記憶很快蹦出關於楊家的資訊，不由瞪大眼。「楊明珠家？」
林嬤嬤認命的點點頭，陸鹿一拍腦門。「我靠！」還以為在家裡要對付的只有易姨娘母女三人，沒想到還亂入了個楊家？

「是為楊明珠被打而來？」

林嬤嬤哀怨的瞪著她，意思是：這不明知故問嗎？

「至於嗎？小女生打架，至於取人性命嗎？」陸鹿納悶。楊明珠又沒被打殘打死，怎麼楊家要這麼處心積慮的下黑手？

林嬤嬤哼一聲。「我們也沒想要妳的命。」

「哦，那妳準備怎麼整治我？」陸鹿看一眼四周，警戒心再次提起。

被偷窺的感覺又來了！而遠遠有急切的呼喊聲隨風飄來，想必是換兒回頭找不見人，又去報告給春草。這會兒，衛嬤嬤一定帶著人滿院子找陸鹿吧？

林嬤嬤索性放開了，陰沈道：「廢條腿就行了。」

「廢腿？」陸鹿不解。

林嬤嬤冷笑。「就像田喜這死丫頭一樣。」

「懂了。」陸鹿多靈泛的人，很快領悟。「把我騙來，然後，妳仗著粗壯身材優勢把我推入圍場，讓狗咬我，再由這個丫頭放我出來，藉口是我愛看稀奇進去的？」

林嬤嬤不語。

「這不對，有問題，細節上禁不起推敲！」陸鹿摸著下巴沈思。「這樣怎麼可能廢腿呢？咬傷只要包紮及時，頂多落下疤痕而已。」

靈光一閃，陸鹿驚呼。「哦，我猜到了，用藥！楊家開生藥鋪的，一定有藥。」

林嬤嬤有些意外她這般聰慧，不由得瞄她一眼。

陸鹿眼光霍霍閃著怒火。「我懂了。妳把我推入讓狗咬我，然後田喜再出現，先施急救，簡單包紮上藥。不過，這藥是楊家提供的，做了手腳，雖可止血，但會加重傷勢，縱然再請大夫也於事無補，十之八九會廢掉？」

田喜身子一顫，趴伏在地。

「這個局真是面面俱到呀！一環扣一環，流暢又精細。不過……」陸鹿拿劍在林嬤嬤臉上比劃，好奇問：「有個細節，妳們沒考慮到嗎？我只是傷腿，沒有傷腦子，難道事後不會追究？」

林嬤嬤翻眼譏笑。「追究？我不是陸府的人，得手即走，妳怎麼追究？頂多追究田喜這死丫頭。」

「對呀，妳們就這麼不管幫凶了嗎？」

林嬤嬤鼻子一歪，哼出冷笑。這時，田喜冷靜下來，直起身撫撫亂髮，低聲道：「姑娘說錯了。」

「哦，後路都鋪好了？」

「如果姑娘追究起來，頂多打板子，或者把奴婢拉出去發賣。」

陸鹿不由點頭。奴婢犯事，保護主子不力，當然是這兩條路。

田喜苦笑。「打板子時，乾娘自然會照應。」

「對哦。」陸鹿思維豁然一順。

田喜在府裡認有乾娘，而這乾娘跟藍嬤嬤相熟，藍嬤嬤又是益城陸府四姑娘身邊教養嬤嬤的姊姊。在這府裡一向狐假虎威的。田喜被拉下去打板子，肯定不會打成重傷，頂多裝裝樣子，來個輕傷了不起。

「那妳不怕被發賣？」

田喜抿抿頭髮，低聲道：「乾娘說了，明著發賣，實則送我回家將養，等風聲過了，姑娘回益城了再把我接進來。」

陸鹿下巴一挑。高明！實在是高明。天衣無縫，滴水不漏！

「呵呵。」陸鹿要對設計這個圈套的人豎大拇指了。

田喜幽怨地看她一眼。「唯一沒想到是，姑娘竟然識破，還……」還讓她倒楣了！

「妳活該！」陸鹿狠狠白她一眼，道：「妳也不打聽打聽，我是什麼原因讓老爺、太太送到別院來的？我要真是個善茬，楊明珠就不會吃虧了。」

楊家？先記下這筆帳！陸鹿心頭其實很震驚。

兩股敵人勢力竟然聯手了？易姨娘會整她，不奇怪！楊家會暗中報復，也不奇怪！蹊蹺的是楊家整人，易姨娘一派的狗腿竟是鼎力相助？她們是原來就這麼要好？還是這兩天接上頭聯手的？

現在沒時間細細思索，眼前這爛攤子怎麼辦？

林嬤嬤手反扭身後，一直在搞小動作，想掙脫束縛。田喜被狗咬的腿血倒不是流得很多，狗牙印很明顯，裙襬被撕破，夾褲也殘缺一塊，露出白皙的小腿，在秋風中凍成青色。

「報官吧！」陸鹿收回袖劍，拍拍身上污跡，做出打算。

「姑娘，不要啊！」田喜反應強烈。報官的話，她就沒活路了！上頭本事再通天，難道還能通官府去？

林嬤嬤也驚慌了下，直起脖子叫。「妳不能報官！」

「為什麼？」

「妳會把陸府的面子丟光的。」

「哦，不是楊家的面子？」陸鹿似笑非笑。

林嬤嬤語塞一下，很快就嚷：「鬧到官府，陸二老爺第一個不答應。」

「這麼說，楊姨娘參與其中了？」

「沒有，姑奶奶不知道。」林嬤嬤急忙辯白。

「姑奶奶？妳是楊家的僕婦？我還以為是從外頭隨便找了個人當替死鬼呢！這等下作事，能找外人代勞嗎？楊家當然是找信得過的心腹婆子啦！林嬤嬤扭開臉。

「好啦，就這麼說定了。」陸鹿抬起腿準備走人。

「姑娘，不要啊，不要……」田喜撲過去要抱她的腿。

陸鹿彈身跳開，安撫。「妳再堅持下，我去叫人來。」

「姑娘……奴婢不想活了，現在就撞牆。」田喜還撒賴上了。

陸鹿翻白眼，袖起雙手笑嘻嘻。「撞吧！我還沒看過人撞牆呢。對了，妳可要撞準了。這撞牆也講究技巧和運氣的，有些人一撞就死，有些人只能撞傻，還有些倒楣蛋，沒死沒傻，只撞得兩個大包，不曉得妳運氣怎麼樣？」
田喜嘴角劇烈抽抽，額頭汗水淋漓。
陸鹿閒閒催道：「撞呀，快點演示給我看。」
「嗚嗚嗚……」田喜悲憤的伏地大哭。
「哦，對了！險些忘記大事了！」陸鹿忽然猛拍腦袋，伸手向田喜。「拿來。」
「什、什麼？」
「藥。」陸鹿吐字清楚。
田喜捂捂腰包，驚恐求道：「姑娘饒命！奴婢再也不敢了。」
「我不會撒妳傷口上，我就拿著看個稀奇。」
「哦。」田喜皺著苦臉，翻出一個極小細瓶，顫抖著遞給她。
陸鹿接過手，專心致志的把玩，也不敢貿然打開，就光盯著小瓶東看西看，好像真的在瞧稀奇。
伏在地上的田喜忽然輕輕抽口冷氣，急忙又捂上嘴，眉頭一抬，偷偷往上溜她一眼。田喜的小動作，陸鹿居高臨下一覽無遺，但她繼續專心的欣賞小瓶。嗯，白色的，摸著清潤光滑，瓶塞堵得嚴實。放耳邊搖了搖，沒有聽見響動，難道不是液體是粉末？
「……小心！」身後乍然傳來急切惶恐的呼聲，是道清冽的男人聲音。
林嬤嬤其實一直沒放棄掙脫褲腰帶。無奈，陸鹿結打得古怪，她仰躺著又不好太過用力，只能一點一點磨蹭。借著說話的工夫，她悄悄做最後準備，總之，是絕對不能被送交官府去的！

恰好，陸鹿去找田喜，側背對她，好像對藥瓶很感興趣，瞧得很專注。

機會終於來了！林嬤嬤一鼓作氣，反手掙脫束縛，一溜地爬起，惡狠狠撲向毫無防備的陸鹿，眼看就要大功告成，勝利在望，忽聽一聲——「小心……」

接著，林嬤嬤感覺被重重一撞，整個身體斜斜倒飛出去，「嘭」地大力摔落在地上，還彈了兩彈。

「哎喲……」林嬤嬤脫口嚷痛。

陸鹿飛快轉身，眼神一滯。「段勉？」

段勉走近林嬤嬤，出手如雷封了她的穴位。田喜這下更是叫都叫不出來，死死睜大眼，張大嘴嚇傻了。

「你怎麼會在這裡？」陸鹿驚訝地走近段勉問。

段勉直面正視她，並沒說話。讓他看得心裡發毛的陸鹿訕訕一笑，道：「不好意思，又讓段世子見識到內宅這些齷齪伎倆，希望你的厭女症不要加重才好。」

還笑得出來？心理素質夠強大！段勉仍看著她，緩緩說：「我聽到這邊狗叫得厲害，起了點好奇心。」這是解釋上一句陸鹿的問話。

「那你聽到多少？」

「前頭錯過，不過，到現在差不多聽明白了。」段勉坦然望她。「妳仇家不少啊？」

陸鹿咧咧嘴，乾巴巴笑。「只有庸才不招人嫉恨。我太耀眼奪目，自然平白招仇家。」

「平白？」段勉不由失笑。她好意思這麼自賣自誇？

「嗯。」陸鹿面不改色地點頭。

段勉定定瞅著她，忽然問：「妳是不是知道附近有人？」

「哦，這個呀。算是吧？」陸鹿坦然道。「我感覺像被人偷窺一樣……」

「所以妳故意的？」段勉何等靈泛。

陸鹿眼珠子滴溜一轉。她就是假裝放鬆警戒讓林嬤嬤掙脫的，只想試探附近周圍的人到底是敵還是友？是友，必然會出面幫忙；是敵的話，肯定繼續潛伏等林嬤嬤得手。

「對，你的感覺也滿準嘛。」陸鹿索性承認。

段勉一時無語，又問：「妳真打算報官？」

陸鹿攤手。「不然呢？這爛攤子，交官府跟陸府去收唄。」

段勉摸摸下巴，搖頭。「下策。」

「為什麼？」

「官府縱然把她們杖責或投入大牢，可是楊府與陸府的關係必成水火。」

陸鹿不在意。「他們關係怎麼樣我不關心，讓他們去焦頭爛額唄。」

「妳，不能這樣。」段勉忍不住反駁。「妳姓陸。」

陸鹿翻他一個白眼，然後福一禮，淡淡道：「多謝段世子幫忙。」

她又不高興了？段勉心頭微微一揪。

「沒事的話，段世子請回吧。」陸鹿回看一眼田喜，再看一眼如死屍般僵硬的林嬤嬤，眉頭緊鎖。

「幫人幫到底，她們交給我吧？」段勉深吸口氣。

這話讓陸鹿眼睛瞪圓，不可思議。「你要善後？」

「嗯，我幫妳處理。」段勉抿抿嘴，認真看著她。

「多謝，不用，我自己搞定。」陸鹿一口回絕。

「妳沒三頭六臂，但妳的麻煩，卻一件接一件跟著來了。」段勉輕描淡寫。

陸鹿嗤笑。「想唬我？」

「沒有。我之所以打回轉，是因為看到令尊、令兄與令弟護著一輛馬車朝院子裡來，好奇心起才跟過來瞧一眼的。」段勉說明來意。

「啊？」陸鹿顧不得質疑他什麼時候這麼愛管閒事，而是大吃一驚緊張追問。「我爹他們來了？什麼時候？」

段勉無聲勾唇，道：「至少有一刻鐘了。」

「啊啊啊！」陸鹿慌了。已經過了一刻鐘，而她還在這裡跟婆子、丫頭糾纏扯不清，這下陸靖肯定發火了，她又逼問道：「護著馬車？馬車裡是誰？」

「不知道，很可能是女眷……」

羅嬤嬤？陸鹿身形一僵，面色一愣，打算快些撤離。「多謝段世子告知。」

田喜嗚咽著小聲哭。「姑娘，奴婢不去見官。」

陸鹿一拍腦門，向段勉認真確認。「你真要幫我善後？」
「好不好？」段勉不回答，只是反問。
「好。你、你想辦法把她們帶走吧，那個，實際怎麼做，隨你處置。」陸鹿顧不得這一頭了，心急火燎催道：「反正做得乾淨些就是了。」
「呵。」段勉莫名想笑。他是幫忙善後，並不打算幫她殺人滅口呀！
「那我先謝謝，稍後等我騰出空，再好好回報你。」陸鹿擺擺手。
段勉嘴角逸出笑。「不用，我會來找妳。」
「哦，這樣……也行。」陸鹿火燒屁股一樣急急去了。
段勉目送她走遠，收起心底的失落苦澀，轉向林嬤嬤與田喜。
田喜可憐巴巴地撲過去哭求。「世子爺饒命！」
「走開。」段勉不介意跟陸鹿肢體接觸，但對別的女人，態度可沒軟化過。
田喜嚇得又縮回手，掩面哭泣。
段勉張望四周一眼，此地不宜久留。他將田喜也封了穴，一手一個提溜著帶出陸家別院。原本多兩個人，目標變大，極容易被人發現，只不過此時，陸院上下人等都被召集去拜見難得露面的陸靖了，這時候哪有人還有空注意這邊呢？
換兒轉頭發現陸鹿不見了，先在附近找一圈，實在沒看到人後，這才急了。又驚又怕，抹著眼淚去告訴了春草。春草帶著人趕來，又重新將附近都察看過，還讓人去水池裡撈了撈，生怕陸鹿失足滑下去。

這麼一鬧，衛嬤嬤又知道了，接著闔府上下都曉得了。眾人發動起來，遍尋不著，大家正暗暗著急，正合計著是要報官呢還是往益城送信。

正亂哄哄似沒頭蒼蠅，門房跌跌撞撞來報：「老爺、少爺來了！」

衛嬤嬤開始以為聽錯了。陸靖會來這別院？老爺、少爺們出行，怎麼也得提前打聲招呼吧？帶著一眾下人緊張又半信半疑的出去迎，這一看，大夥兒都傻眼了。陸靖來了，陸度和陸應也來了，咦？那婆子好眼熟。

羅嬤嬤又光榮的殺回來了！

「人呢？」陸靖氣得摔了一只茶杯。底下跪一溜下人，大氣不敢出。

春草戰戰兢兢跪行，報：「回老爺，姑娘她可能在院子裡逛迷路了吧？」

陸靖瞪著她。「妳是鹿姐身邊的大丫頭？」

「回老爺，奴婢是。」

「拖出去。」陸靖暴怒。指著一眾丫頭、婆子生氣。「妳們都是吃閒飯的？這麼多人看不住自家主子，要妳們何用？叫人牙子來打出去賣了！」

「是，老爺。」

陸度急忙勸。「慢著。」

春草等人都嚇軟腳，抹著淚忍著不哭出聲。

「伯父，大妹妹淘氣。只怕起了頑皮之心躲在院裡逗丫頭們玩呢，且再等等。」

還等？一批批丫頭、婆子滿園子尋找正主，快一刻鐘了，鬼影子都不見一個。陸靖不免心浮氣躁。最主要的是，他今天是專程來給羅嬤嬤長臉的，這下好了，闖禍的陸鹿無故不見，又添一樁煩惱。

底下藍嬤嬤和玉林嫂子兩個算得上知情人，互使著眼色，交換著眼神，但也不敢出聲。萬一她們自告奮勇指明陸鹿現在可能在獵狗圍場，這老爺、少爺殺過去，看到血腥慘烈的一幕，下人都不要活了。

羅嬤嬤最鎮定，坐在客位，慢慢品茶。

陸應說：「我再帶人去好好找找，就是挖地三尺也要把大姊姊找到。」

「哎呀，怎麼人都跪在這裡做什麼？」跳脫的聲音輕巧傳來。

大夥兒精神為之一振。陸鹿手裡拽著把野草，蹦跳如不更事的少女笑著過來。

「姑娘……」春草喊一聲，未語淚先流。

陸鹿停步，緩緩斂笑，正對上陸應，然後視線一一掃去，悚然一驚。她急忙拋掉手上花花草草，疾步上前福身施禮。「爹爹。」

陸靖拉長臉，不作聲。

陸鹿又向陸度見禮，後者眉頭皺了皺。「鹿姐，妳這大清早跑哪兒去了？」

「哦，我一時興起，就從後門偷溜出去逛了逛外面田地。」陸鹿張口就編。「大哥哥不知道，這外頭鄉莊跟我待過的陸莊太相似，我不知不覺就走遠了。」

她故作苦惱，不好意思道：「我、我也不知道爹爹、哥哥、弟弟們這麼早就過來，所以，就玩得忘記時間了。」

「丫頭也不帶一個，妳就敢出府？」陸應插嘴。

陸鹿向他綻開笑容。「敢呀。應弟不知道，這鄉人最是淳樸善良的，原先在陸莊我就常常出府逛，遇見的鄉人對我都很好，我想，這邊也差不多吧？」

差遠了好吧？陸莊的鄉人大多是陸府的佃戶，自然對她恭敬有加。這邊鄉人可不是陸府的佃戶，誰買她一個富商小姐的帳呀？沒出大事算她幸運！

「行了，你們先下去。」陸靖肚子裡有氣，懶得聽她扯這些陳年爛芝麻的瑣事。一眾下人感激不盡，紛紛謝過，快速的迴避。

春草和夏紋幾個不敢，還是老實地在廊下候著，而換兒已經嚇得快成傻子了。才跟著姑娘第一天就把姑娘跟丟了，是會被打出去還是怎樣責罰，她惴惴不安著。

陸鹿知道暴風雨將要來臨，乖乖垂手恭聽。

「跪下！」陸靖簡單粗暴地下令。

陸鹿愣了，怎麼又要跪？

陸應趕緊小聲催。「大姊姊，快點跪下向羅嬤嬤賠罪。」

哦，是給那死老太婆找回場子來了？陸鹿梗起脖子反問：「爹爹為何罰我跪？」

「妳還頂嘴？」陸靖臉色鐵青。

「女兒跪可以，但不能不明不白。」

「跪師長！妳，向羅嬤嬤斟茶賠禮認錯！」陸靖怒氣盈胸，到底說明清楚了。

陸鹿斜一眼面無表情的羅嬤嬤，認真問：「羅嬤嬤，請問，我幾時得罪您老人家了？」

「妳還裝傻?!」羅嬤嬤身邊的丫鬟看不下去了。

羅嬤嬤乾咳兩聲，也不看陸鹿，而是支起枴杖起身道：「陸老爺，益城還有好幾家等著我過府去教導小姐們，既當不起陸大姑娘的賠罪，就不耽誤工夫了，告辭。」

這老太婆，不直接跟陸鹿嗆聲，而是以退為進，轉向陸靖施壓。果然，陸靖一聽她要走就急了，好不容易千求萬求才肯給第二次機會，絕不能再讓陸鹿攪黃了。於是，他連忙惶惶地挽留。「羅嬤嬤請勿見怪，小女頑劣，自小無生母教導，實在讓您老見笑了。」

羅嬤嬤掏手帕按按嘴角，眼神淡漠道：「老身年紀大了，就想清清靜靜的教幾個女學生養老，這把老骨頭可折騰不起，還請陸大老爺另請高明吧。」

高明？在這益城，教養嬤嬤就數她最高明吧？陸靖急忙再三挽留，言辭懇切。陸應和陸度兩個也幫著苦苦相勸，只差跪下了。

陸鹿一見這陣勢，大事不妙！今日這事，除非她跪下乖乖認錯賠禮，否則羅嬤嬤鐵定要走。羅嬤嬤一走，陸靖就擔心三皇子會不高興，皇子不開心，只怕就要倒楣了！

當然陸靖想都不想的選擇保顏面，棄嫡長小姐。

「孽障，還不跪下！」陸靖眼神一厲，板起臉喝斥陸鹿。

陸鹿才不要跪。她這一跪，以後就得任由羅嬤嬤拿捏了。被她拿捏在手，還不如現在硬氣到底！

「不跪。」陸鹿冷淡回應。

一時間，好幾道抽氣聲響起，好幾道詫異的眼光射過來。

陸度上前拉著陸鹿，著急催。「鹿姐，別耍小孩子脾氣。快快跟羅嬤嬤認個錯就是了。」

「沒錯，不認。」陸鹿向陸度遞一個感激眼神，卻繼續死倔到底。

羅嬤嬤臉上浮出耐人尋味的神色，又從頭到腳的打量她一番。這下更看明白了，這陸大小姐的確有股不同於其他富小姐的氣度。倔強、堅毅，雖然野性難脫，但稚氣中帶著少見的沈穩，眼光中竟有一種破釜沈舟的勇氣。

「我、我打死妳這目無尊長的丫頭！」陸靖爆發了。他揚起手踏上前，就要打陸鹿。

「爹！」陸應就在跟前，忙攔下他揚起的拳頭，順勢跪下求情。「大姊姊不是故意的……」

「走開！」陸靖連兒子一起踹，然後回身從桌瓶抽出雞毛撢子朝陸鹿抽去。

陸度撲過來護著陸鹿，臉色著急。「鹿姐，妳快認個錯吧？」

第五十一章

雞毛撢子抽在陸度身上，那聲響令陸鹿齜了齜牙，她倒退開，做了個大夥兒都想不到的動作。她，竟然奪門跑了出去！

「妳、妳給我站住！」陸靖目瞪口呆。

陸應和陸度傻了。怎麼會這樣？生父發怒，兄弟在幫她擋災，她竟然不服軟，一言不發就開溜？這、這是人幹的事？

羅嬤嬤忽然拍桌大笑。「哈哈哈……」

陸靖一時不懂這笑聲的意義，氣惱交加，一迭聲嚷：「來人、來人呀！給我把她綁過來！快、快去！」

「是，老爺！」

陸靖身邊的長隨小廝不敢怠慢，真的追著陸鹿去了。

春草等人也傻了。她們原先聽著廳堂裡的動靜，個個不敢上前，屏息聽令。

忽然吵嚷變成喊打，再接著，就看到陸鹿黑沈著臉，提著裙襬撒腿跑出來，動作敏捷的向後院竄去了。眾人愣了半會兒神，聽到陸靖的氣憤指令才警醒，跟著一股腦兒地追去後院。

陸鹿一鼓作氣跑回自己的屋子，從裡反閂上門，然後仰面往床上一攤，累死了！這大清早的，接連出事，害她到現在都還餓著肚子。肚子咕咕叫暫且不管，現在的問題是怎麼闖過這關？

「姑娘，開門呀！」外頭擂門聲紛雜。

「姑娘，妳不要想不開啊！」這是春草的哭聲。

「姑娘千萬不要做傻事啊！」衛嬤嬤也急了，擠上前勸。

隨後趕過來的陸度和陸應兩個很是無語。這叫什麼事？

「讓開！」陸度擠到最前面，拍著門喊：「鹿姐快開門。」

陸鹿沒作聲，自己換下衣裙，又去翻櫃裡的吃食，悠閒地坐在桌邊喝茶。嗯，茶水還是溫的，剛剛好。

「快點開門，妳是要把伯父惹怒是吧？」

陸應也勸道：「大姊姊，妳快點開門吧，爹爹的脾氣已經上來，妳再不去認個錯，這……」

「應弟別這麼說。」陸度忙攔下，低聲道：「越這麼說，鹿姐越不敢開門了。」

陸應不以為然。還有她不敢的？

「嗚嗚，姑娘，妳可別嚇奴婢呀！」春草抹著眼淚就哭。她這一哭，夏紋、小青、換兒也跟著掩面哭泣。完了，姑娘闖禍了，她們也沒好日子過了！

一時，院裡哭聲震耳，不知道的以為出人命了。陸度和陸應面面相覷，眼角直抽。

「閉嘴！」陸應氣恨大喊。「都給我下去！」

少爺發話了，春草等人只好含淚退避，遠遠地抽泣。

「鹿姐，妳再不開門，我撞門了。」陸度吸口氣，換種說法。

陸鹿在屋裡擺擺手，淡定道：「你撞吧，正好可以撞見我上吊的畫面，做個見證。」

「什麼？妳、妳可千萬別……」陸度唬一跳。

陸鹿輕哼一聲，將布條打結。只是，橫樑有點高，怎麼拋上去呢？站桌上試試好了！

「還愣著幹麼？」外頭傳來陸靖威嚴的聲音。「給我撞門！反了她了！」

「是。」得到陸靖的指示，小廝們開始撞門，嚇得春草、衛嬤嬤齊齊驚聲哭泣。

亂成一鍋粥了！羅嬤嬤興致很好，拄著枴，搬張椅子特意尋個位置坐著看好戲。有趣，實在有趣！

陸靖可不覺得有趣，而是丟臉，大大丟臉！堂堂嫡長小姐把教養嬤嬤氣走不算，還直接當面頂撞長輩？哦，不但頂撞，還目中無人的直接在眼皮子底下跑了？

這還得了！這是赤裸裸打他這個做父親的臉啊！他陸靖的威嚴全付諸流水了！以後，還怎麼板起臉來訓人？他的威信何在？他的臉面何存？

「咚咚！」沈悶的撞門聲一下接一下。

陸鹿嘆氣。撕破臉的日子比想像中來得早了點！索性也不演戲了，就盤腿坐在桌上，手裡拽著打結的布條，托著腮盯著門，平靜。

「咣！」門被撞開，一下子湧進來不少人。

陸度神情最為關切，當先闖進來，卻迎面就看到她坐在桌上，嘴角還掛著絲淡笑。「鹿姐，妳……」

「大哥哥，我沒事。」陸鹿揮揮手，表情笑咪咪的。

陸應也衝進來，看到她這架勢，明顯愣了。

「姑娘，嗚嗚，妳不要丟下我們呀！」春草等一眾丫頭哭天抹淚地進來，然後一愣——姑娘沒事啊？

「唉！橫樑太高，上吊不成。」陸鹿還指指頭頂解釋。

陸度和陸應兩人的面部肌肉劇烈抽搐。

「妳死了倒乾淨！」陸靖鐵青著臉，冷冷邁步進來。

陸鹿此時已懶得裝樣子，平靜的迎向他道：「哦，那你可要失望了！沒聽過，禍害遺千年嗎？」

「妳、妳、妳……」陸靖是萬萬沒想到，都這個時候她還在頂嘴？

陸鹿收起臉上戲色，眼神冷冷的瞥他，這神情哪裡像十五歲少女該有的？這冷厲之色，又哪裡像是無知粗野的鄉里村姑該有的？

陸度和陸應又是雙雙大吃一驚。這丫頭換副神態，整個人都變得陌生了！

「鹿姐，妳還不快下來？」陸度發話了。

陸鹿想了想，撐起桌角，俐落的跳下來，拍拍衣襟，向春草等人遞個笑容。「別擔心，沒事，我很好！」

「嗚……」春草剛想哭，馬上又摀住嘴。

陸靖磨牙霍霍。「別以為妳這麼尋死覓活地鬧一場就這麼混過去了！」

「哦？那你打算怎樣呀？是牛不喝水強按頭，還是把我給殺了討好某個貴人？」陸鹿連爹爹都不想叫了。

陸靖噎了下，給氣得直翻眼。

陸度此時也皺起眉小聲斥道：「鹿姐休得胡說。」

「我是不會跪著認錯的。」陸鹿冷冷又補充一句。「當然，我也不會束手等打，其他看著辦。」

「好大口氣！」陸靖讓她氣笑了。

陸鹿低頭看手，淡淡道：「鄉里養大的，別的沒有，膽子有幾分罷了。」

「妳……」陸靖恨得牙癢癢，時時刻刻把在鄉里長大拿出來說事，這是存心揭短吧？瞪了她一眼，也不廢話。「還發什麼愣，給我綁了！」

「爹？」

「伯父？」

「老爺，使不得！」

堂屋又亂哄哄的。羅嬤嬤意味不明的在門邊瞧了好一陣，很滿意似的咂巴嘴，像看一碟美味似的。「陸大姑娘真是好膽色！」

聽她開口，大夥兒都收了聲，同時轉頭。羅嬤嬤慢騰騰邁步進來，直直朝陸鹿走去。

有詐！陸鹿腦中警鈴大響！這死老妖婆神態詭異，笑容莫測高深。

羅嬤嬤一步一步走向靠桌邊的陸鹿。其他人形色各異，陸靖和陸度想上前安撫，陸應則袖手旁觀，反倒還退開一步。衛嬤嬤、春草等人則嚥嚥口水，往陸鹿身邊靠了靠，有種保護的意圖。

「呵呵。」羅嬤嬤發出兩聲怪笑。

陸鹿推開春草等人，抬抬下巴。「羅嬤嬤有何指教？」

「唰」半空中一道拐風襲來，邊上同時響起數道驚呼。幸虧陸鹿一早就防著這妖婆，眼明手快的斜步閃躲，堪堪避過。

「姑娘小心！」春草撲上來。

陸鹿都躲過去了，春草偏要竄上來護主，於是第二道拐風結結實實的打在春草身上，讓她立刻痛呼出聲。

陸鹿回頭一看，急眼怒道：「喂，妳準頭也太差了吧？有本事衝我來！」

「姑娘，奴婢不要緊。」春草頑強的將雙手攔在跟前。

陸鹿一手將她撥開，朝衛嬤嬤吩咐。「衛嬤嬤，好生看著春草。」她捋起袖子準備跟羅嬤嬤幹架。

「給我住手！」陸靖掩面。

羅嬤嬤眼角都沒掃陸靖一下，而是直看著陸鹿，嘴邊泛起冷笑。「陸大姑娘好身手！」

「嘿，有好膽色，自然就有好身手。」陸鹿不客氣地笑納。

陸度和陸應卻瞪著陸鹿。「鹿姐，妳幾時練過？」

「沒練過，自然反應。我不能站著等這老婆子打吧？」

羅嬤嬤偏頭向陸靖，微一施禮，平靜道：「陸老爺，老身告辭。」

「這……羅嬤嬤請稍候。我、我這就讓她老老實實跟妳賠禮認錯，乖乖學禮節。」陸靖還在惶恐，轉頭對著陸鹿卻是厲聲。「給我按著她的頭磕頭認錯！」

這……一時沒人敢上前。

陸鹿也不吃驚，冷眼瞧著陸靖。為了巴結三皇子，真是什麼都做得出來啊？

「且慢。」羅嬤嬤笑咪咪地打量陸鹿。「陸大老爺，稍安勿躁。」

「羅嬤嬤，請吩咐。」

羅嬤嬤感慨笑。「老身活大半輩子，還從未見過如此執拗倔強硬氣的小姑娘，陸大小姐是頭一個。」

「多謝。」陸鹿不鹹不淡地回應。

「陸老爺的誠心老身收到了。再糾纏下去，你們父女鬧得不可開交，豈不是老身之過？倒不如，暫且從輕發落陸姑娘，以觀後效如何？」

此言一出，陸靖一驚。這是不計較的意思吧？您老早說呀！省得鬧這麼一齣。

陸度捅捅陸鹿。「還不快謝過羅嬤嬤？」

「妳想幹麼？」陸鹿不領情。

羅嬤嬤轉向自己丫頭。「去把行李收拾下。」

「羅嬤嬤，妳這是什麼意思？」陸靖一看，還是留不住，真急了。

羅嬤嬤安心笑。「陸老爺不必著急。老身自覺才識不足以教導陸大姑娘，絕無他意，但請放心。」意思是，不會打你小報告。

陸靖這心可放不下來，怒容滿面又向陸鹿道：「妳這丫頭，我今日不教訓妳，枉為人父。」他還是想揍她一頓。

「陸老爺教兒女，無可厚非。等老身走了，你再慢慢教吧。」羅嬤嬤說的話，也是直白淺顯易懂。

陸靖老臉一僵，訕訕拱手。「是在下之過，令嬤嬤難為。」

「沒什麼難為的，倒是老身對陸大姑娘刮目相看。」羅嬤嬤意味深長的再次打量陸鹿。這眼光，十分不舒服。陸鹿撇撇嘴，後退一步，防備著。

「告辭。」羅嬤嬤滿意地收回眼光。

陸靖一看真留不住，也不勉強，急急親自送出大門，著令陸應護送回益城。他自己暫時不回，還要準備回頭收拾陸鹿。

院子裡很安靜，縱然滿院的婆子、丫頭，卻靜得不像話。

陸鹿與對座的陸度互相瞪眼。

「鹿姐，說，怎麼回事？」陸度憋不住了。

「你指哪件事？」

「還有幾件？」

「嗯……比如說，今早我沒出院門，而是差點被人算計致殘，所以才會遲到。」

這會兒，丫頭們都散出門外，只餘兩兄妹。陸度面色一變，質疑道：「當真？」

「當真，還跟你有關。」

「我？」陸度十萬分不信。

「你求娶了程家姊姊，楊明珠不爽，在課堂跟我大打一架，輸得灰頭土臉的，明面上好像服氣了，私底下卻派人過別院來報復我，想要弄殘我一雙腿——用他們生藥鋪出產的藥粉。」一段話就總結這些天的事故，陸鹿想給自己豎個大拇指。

陸度覺得一道雷劈中天靈蓋，傻怔了。搞半天，陸鹿這一切根源，還在他？只是，他求娶程家，關楊明珠屁事呀？自己從來沒跟她多說一句話好吧？

伸手在陸度眼前晃了晃，陸鹿叫喚。「大哥，回神了。」

「鹿姐，妳說的可是真的？」

「你覺得我像說書的嗎？就是說書先生，也不會編得像我這麼圓滿又曲折離奇吧？」

這個堂妹是乖張古怪點，但現下沒必要編這些瞎話，那就是真的嘍？「人呢？」陸度霍然起身。

陸鹿不在意地揮手。「處理好了。你不用擔心，我就這麼提一嘴，讓你心裡有個數，沒別的意思。」才怪！她就是想爭取陸度的同情票，等下陸靖回頭罰她時，好多多求情。

「怎麼處理的？」

「哦，就是以其人之道還治其人之身。大哥放心，沒什麼後患的。」

陸度狐疑，好奇。「鹿姐，妳到底在鄉莊學到了什麼？」

「怎麼，你們不是派人去調查了嗎？」陸鹿滿不在乎一笑。

陸度一怔。陸靖派陸應去鄉莊查她底細的事，怎麼被她知道了？

「嘿嘿，別的沒學到，膽色壯了，莽勇增了，力氣大了，規矩少了。暫時就這麼多。」

「妳身手靈活，練過？」

「沒。俗話說，膽大藝更高。我就是膽子大，然後敢打敢闖敢鬧，所以就這麼累積起來，知道怎麼閃避罷了。」

這是典型睜眼說瞎話，陸度知道，卻沒法揭穿。「好了，說正事。為什麼不肯認錯？」

「不想跟羅嬤嬤學禮。」

「理由呢？」

陸鹿再次認真神色，從容平靜。「不想我的終身大事被你們擺布。」

「鹿姐，妳怎麼……」陸度震驚得說不下去。

「這裡。」陸鹿指指腦袋，淡漠說：「裝的不是水，也沒生鏽。府裡打著什麼幌子，大家心照不宣。」

陸度垂頭低眉，心虛慚愧。咦？不對，為什麼要慚愧，女人家的婚姻大事，本來就是父母作主，幾時輪到她們出頭抗爭了？

陸度又慢慢堅定的抬起頭，眼光凝視著神色嚴肅的陸鹿。「鹿姐，妳怎麼頑劣刁蠻任性，我都可以護著妳，但這件事，只怕我也幫不了妳。」

「哦，你不用幫，只要不扯後腿就好。」陸鹿輕描淡寫回他。

陸度沒辦法，又開始想給她洗腦。「鹿姐，從古至今，婚姻大事，都是父母作主，幾時輪到做子女的自主？我知道妳心性大、人機靈，跟一般小姑娘不一樣，但是，有些眾所周知的規矩，還是要恪守的。妳也不小了，這裡不比鄉莊；就是鄉莊，也斷沒有女子如此胡作非為的。」

「哦。」陸鹿不打算說服他，當然也不打算跟他辯論。不是同一時空的人，思想根本不在同一個層面，沒什麼好解釋的。

「別胡思亂想了。」

「是。」陸鹿表現乖巧。

「妳是嫡長小姐，這個家的一分子。家好，妳才好。」

陸鹿擠個笑。「我懂。陸府好，我做子女的才更好，就算當成水潑出去了，也有底氣不被婆家欺負至死對吧？畢竟，好死不如賴活著。」

「呃？」話糙理不糙。

「行了，大哥，道理我都懂。你也不用再強調一遍了。」

陸度嘆氣。懂是一回事，照著做是另一回事，這丫頭明顯是敷衍他。

陸靖送走羅嬤嬤後，黑沈著臉轉回來。

陸度擔心地看一眼沈著的陸鹿，先笑。「伯父，算算時辰，姑父、姑母的馬車只怕快到榮城了。」

果然，陸靖腳步一頓，臉色稍微緩和，皺皺眉頭向陸鹿瞪眼。「妳滿意了？」

陸鹿眨巴眼，搖頭。「不知爹爹說什麼。」

「妳存心把羅嬤嬤氣走是吧？」

「不是。」陸鹿不承認。

「不管是不是，舉止禮節不可荒廢。」

還來？陸鹿嘴歪了歪。

陸度出主意。「伯父，不如讓學堂裡的曾先生過來教妹妹吧？至少知根知底，也教妹妹多日，彼此熟悉不至於生疏排斥。」

「這不好吧？」陸鹿眼光一凝，苦笑。「學堂裡總共兩位先生，再抽調一位過來單獨教我，不說鄧夫子分身乏術，就是學堂裡其他妹妹們也不答應呀！這不耽誤她們學習嗎？」

陸度古怪地看她一眼，輕聲說：「妳還不知道？鄧夫子失蹤了。」

「啊？」這個消息著實驚著陸鹿了。失蹤？這詞怎麼會套在鄧夫子頭上？

「沒錯，一個晚上就不見了。曾先生說她臨時有事，大約是回老家，走得急了點。只是再怎麼急，也不可能一聲不響走了，我們懷疑另有原因。」

「報官了嗎？」

「曾夫子不肯報官。堅信鄧夫子很快會回來。」

陸鹿心底計算著。曾夫子有古怪，這鄧夫子只怕也有古怪，難道兩人是同夥？一個去向不明，一個幫忙掩護？

「那學堂暫時關閉了？」

「對。」

「哦，也是。」陸鹿表示理解這一舉動。

陸靖瞅著這大女兒鎮定自若的模樣，就又開始怒氣騰騰上升。「妳，從今天起不許踏出院門一步。」

「是，爹。」陸鹿一聽很放心。又是老套嘛！

「月例減半。」

「啊？」月銀也要削減？

「來人！」

陸靖吩咐。「所有服侍小姐的婆子、丫頭各打二十大板。」

「什麼？」陸鹿真急了，忙攔著。「爹，你要罰就罰我吧，跟她們無關。」

「無關？妳獨自跑出院門，沒有一個丫頭跟從，這叫無關？妳任性胡為、目無尊長、教導不力，這也叫無關？」

「那，罰我吧，我是主子，有什麼錯，我來擔。」

「好，我成全妳。」陸靖冷笑，接著厲聲喝：「陸鹿任性行事，衝撞長輩，不敬師長，責罰三十大板！」

「不要吧？」陸鹿傻眼嚷。春草等丫頭也哭哭啼啼的，不過不敢求饒。大老爺都親自下令，不可能逃脫了。

「伯父不可。」陸度發揮了當哥哥的作用，攔在陸鹿前，賠著笑勸：「伯父，離鹿姐及笄日只差四、五天了，這三十大板下去，皮開肉綻的，將養只怕也要月餘，還怎麼辦禮？」

這個問題把陸靖難住了。他氣得只想把這丫頭吊打一頓，沒想到幾天後就是她的成人禮，已經放出話去要好生操辦的，真打傷了，可怎麼圓場？

「那就暫且寄下二十大板。」陸靖折衷一下。

看來這頓打是難免的，陸鹿認命了！

陸度還想再勸，陸靖已經喝令粗僕。「愣著幹麼？還不動手！」

「是，老爺！」

執行家法的是別院原來的粗使婆子們，陸靖在旁眼睜睜盯著，不許她們手下留情。自然，打衛嬤嬤、春草、夏紋，婆子們肯定不會留情。

「啪啪！」板子聲加上此起彼伏的痛叫，充斥院落。

陸鹿也不例外。她心灰意冷的被按在長凳上，等著十大板子罰打。在心裡還算了算，禁足禁食罰跪都輪了一遍，終於沒躲過這一頓打啊。別人在古代是混得風生水起，各種福利、各式美男倒追，而她太不爭氣，混得太慘了點。

「嘭！」一板子打下來，真痛。陸鹿自怨自艾的思緒拉回來一點，齜牙咧嘴直抽氣。

「嘭嘭！」又是兩下，卻是不輕不重，陸鹿偷眼一瞧。

陸靖臉色還是不好看，不過陸度卻對她使眼色。

哦，看來這執行責罰的婆子只怕事先被陸度關照過，所以下手比較有分寸吧？

春草、夏紋、小青等人的慘叫一聲接一聲。

陸鹿心念一動，也開始呼天搶地抹淚叫。「哎呀，好痛！爹爹，我不敢了！……哎喲，痛死了！」

其實痛是痛了點，但她殺豬般的嚎叫，卻太做作了。不怪陸鹿做作。若不這麼一哭，要是陸靖曉得婆子們手下留情，萬一把剩下的二十大板追加起來呢？

於是，院落哭聲、慘叫聲，響徹雲霄。陸度不忍直視，掩面避過。

遠遠廊下，藍嬤嬤等人互使眼色。易姨娘的計劃還要不要施行呀？這半路出這麼多么蛾子，計劃能順利執行下去嗎？

「老爺，打完了。」陸鹿只領到十大板，很快就打完了。

陸靖一擺手。「好生服侍著。再有差錯，全都拉出去發賣了！」

「是，老爺。」眾人皆驚，這是連坐啊！

「爹，女兒知錯了，再也不敢了。」陸鹿抽抽泣泣的服軟。

陸靖也消了點氣，拂袖向底下人交代。「去請個大夫瞧瞧。」

陸度忙道：「伯父放心，侄兒去請城裡相熟的大夫過來瞧看大妹妹。」

「哼！」陸靖滿意的拂袖而去。

「什麼?被打了?哈哈哈……」益城陸府明園傳來幸災樂禍的爽朗大笑。陸明容連日來堵在胸口的惡氣暫時得到緩解，立刻神清氣爽。

陸明妍拉著自家的藍嬤嬤，喜得不敢置信。「可是真的?真的被當眾打了十大板子？」

藍嬤嬤笑咪咪回。「千真萬確。老爺親自監督著，一板子也沒少。」

「活該！她也有今天。」陸明容恨恨啐道。

「唉！聽說，原本要打三十大板，是度少爺求情。說什麼過幾天及笄禮，若打傷了，不好交代。」

「度大哥真是多管閒事。」陸明容很不屑。

藍嬤嬤又道：「二姑娘也別急，聽說這二十大板是暫寄下，只怕後頭還要補上的。」

「難說，只怕後頭爹爹就忘了。」

陸明妍狡猾笑道：「爹爹忘了，我可記著呢。」

「沒錯。」陸明容又寬心的笑了。但很快，她的笑容又凝結起來，向自己身邊的錢嬤嬤討主意。「這麼一鬧，咱們說好的事莫非要推後？」

錢嬤嬤擺手笑。「姑娘莫急，等姨娘過來，再合計，不會就這麼便宜了她去。」

易姨娘侍候在龐氏跟前，這會兒不得閒。至晚間，易姨娘才得空來了趟明園。

「計劃還是不變。」易姨娘慢慢喝口茶，老神在在。

錢嬤嬤看一眼藍嬤嬤，笑說：「姨娘說的是。這藥也交過去了，人也派過去了，萬事俱備，只欠最後一招，不用上，可惜了。」

「倒也不全是這個原因。」易姨娘按按嘴角，笑說：「雖說她挨了打，皮外傷，其實不要緊，將養兩天便是，更可氣的還在後頭。」

「哦？」陸明容豎起耳朵。

易姨娘神色完全冷下來，摸摸陸明容，有些不服氣說：「我打聽到，跟段家的親事怕是要黃。」

「那好啊！」陸明容頭一個鼓掌大喜。

錢嬤嬤不解。「段家的親事黃了，那大姑娘……」

「可段家黃了，還有陳國公家等著呢。」易姨娘說到這個就來氣。

憑什麼老爺、太太這麼上心陸鹿的親事。撮合的不是段家就是陳國公家這樣的權貴豪門，陸明容的親事卻到現在不見提起？好歹只差幾個月的年歲，也該提上日程了。

「陳國公？」屋裡人都茫然。這又打哪兒冒出來的名門？

易姨娘揉揉眉心。「這事也不知是真是假，但有這樣的風聲出來。」

「太太屋裡傳出來的？」

易姨娘嘴角滑過一絲冷笑。「太太屋裡的消息，幾時能這麼快傳到我耳朵來？捂得嚴嚴實實的。」

藍嬤嬤吃驚。「哦？老爺說的？」

易姨娘不置可否，只道：「妳們聽就聽了，切記不可外傳。如今府裡老爺、太太行事越發不可琢磨，妳們嘴巴也嚴緊點。」

「是，姨娘。」

陸明容納悶。「這陳國公是什麼來頭？怎麼就搭上這條線了？」

易姨娘撫摸她，慈愛道：「容兒不用多想。有姨娘作主，定叫妳謀門好親事。現在嘛……哼！藍嬤嬤。」

「姨娘妳說。」

「都安排妥當了嗎？」

藍嬤嬤肯定的點頭。「都安插好了，若不是鬧出挨打這一齣……」

「好，遲兩天倒沒什麼，重點是別出錯。」

「姨娘放心。我那姊姊行事，最是穩妥，況且那邊還有玉林嬸子幫忙，院裡差不多都是她們的人。」

陸明容插話。「她帶過去的那幾個丫頭也防著點。」

「姑娘放心。這幾個丫頭、婆子都挨了打，自身難保呢。」

「那就太好了！」陸明容欣喜，雙手合掌祈求。「快點讓她倒楣吧！我這口惡氣才算出完！」

第五十二章

郊外陸府別院，後廂房。藍嬤嬤驚訝道：「什麼？田喜不見了？」

陸府在郊外的別院喧鬧了一整天。從陸大姑娘到她身邊的婆子、丫頭都躺倒了，只得臨時抽調幾位下人過來服侍。

陸鹿沒什麼過度反應，平靜無波的接受上藥、臥床、養傷。捱到黃昏，她想喚進小懷吩咐事情。看著屋裡服侍的一溜陌生下人，遂放棄。

「姑娘，藍嬤嬤來了！」小丫頭打起簾子脆生生報。

「進來。」

藍嬤嬤神情帶著絲凝重，輕手輕腳進內室給陸鹿見禮。

陸鹿這回留神看去。嗯，嘴角是有粒小痣，長得也挺眼熟。

「什麼事？」

「回大姑娘，漿洗房那邊管事方才回奴婢，丫頭田喜不見了。」

陸鹿鎮定自若，伸手去取桌邊點心，說：「找呀！這院子才這麼點大，多找兩圈。」

「老奴已著人去四處找，都不見人影。」

「哦，這田喜可是家生奴？還是外頭買的？或者跟換兒一樣，就是這附近鄉莊的女兒家？」

藍嬤嬤微微抬眼回話。「田喜也是這附近農莊的丫頭，活契。」
「那可能是私自溜回家了吧？派人去她家找了嗎？」
「還沒有，諒她也不敢。」
「去找吧。」陸鹿揮手，不當一回事。
藍嬤嬤張張嘴，想說什麼。
陸鹿雙肘撐上半身，抬頭茫然無辜問：「還有事嗎？」
「那個……暫時沒有了。」
陸鹿便垂頭沒搭理她。藍嬤嬤咬咬牙、跺跺腳，施了一禮不得不閃身出門。
出了大姑娘居住的小院門，玉林嫂子著急地迎上來，低聲問：「怎麼樣？」
藍嬤嬤四下瞅瞅，同樣壓低聲音。「滴水不漏，一點話都沒套出來。」
「這可怎麼好？」玉林嫂子面上全是驚懼。「我那乾女兒平時機靈得很，這都一天沒出現，十之七八是事辦砸了。」
藍嬤嬤也憂心忡忡。「只怕是辦砸了。不過，這事也古怪。」
「就是呀！說辦砸吧，怎麼這位大姑娘還能這麼沈得住氣？咱們可都是知情者，說難聽點叫幫凶呀！」玉林嫂子倒不是因為乾女兒不見著急，是怕牽連上自己。
藍嬤嬤點頭。「小小年紀，如此城府，的確可怕。」
「狗場那邊，門內發現有新鮮血跡，門外也有一灘……藍嬤嬤，妳說會不會……」會不會讓狗給啃得骨頭都不剩了？想到這個可能，玉林嫂子登時臉色灰敗。

「不會。」藍嬤嬤穩重老成些，搖頭。「狗場那邊的下人說只避出去兩刻鐘，就算她們把事辦砸了，被扔進狗圈，兩個大活人能這麼短時辰被啃得骨頭不剩嗎？」

玉林嫂子想到還有個楊家的粗使婆子，吐口氣。「也是，我這是急得六神無主了。」

「這事……不能掉以輕心。」藍嬤嬤搓著手，望著漸暗的天色，目光幽深，語氣意味深長。「只怕大姑娘有所覺察了，那邊府裡交託的事，可以開始了。」

玉林嫂子也同樣眼神陰惻，點頭。「沒錯。再不動手，就該我們倒楣了。」

「呵呵。」藍嬤嬤忽然笑了，悄聲說：「得虧大老爺這麼一鬧，把她的人全換了，恰好方便咱們下手，真是天助我也！」

「對，正是好機會。」兩個心照不宣的相視一笑，再無多言，快步閃回後院。

「也不知段勉是怎麼處理那兩人的？」陸鹿趴在枕頭上憂心的思忖。

田喜不見了，藍嬤嬤來向她報告一聲是本分，也說得通；但，另一方面，藍嬤嬤定是來探她口風的。她跟玉林嫂子都知道田喜今早的所作所為，那麼，難道她們起疑了？

陸鹿整理著思路。楊家與陸府下人勾結謀害陸大姑娘的醜事暴露了，主謀不見了，幫凶會怎麼做？她們才不會主動自首呢！這樣的爛事，掩還來不及，怎麼可能主動認錯坦誠。

打草驚蛇，接下來就會狗急跳牆吧？她們會對自己的小主子下毒手嗎？是乾脆弄死？還是要拿到主子的把柄威脅？

似乎後者的可能性比較大。試想，如果藍嬤嬤等人設計拿到陸鹿的把柄或者往她身上潑點污水，讓陸鹿受制於她們，關於她們暗中聯合外人謀害主子的罪過就會一筆勾銷不敢計較了吧？

「春……」陸鹿揚聲，想叫春草，又憶起春草、夏紋等人都被打傷，正在廂房休養呢。

「姑娘有什麼事？」有其他的小丫頭進前聽吩咐。

「呃，妳代我去瞧瞧衛嬤嬤、春草她們，就說我惦記著她們，讓她們好好養傷，其他的不要多想。」

「是，姑娘。」

陸鹿撐起身，扯痛了屁股，齜了齜牙。還好，只有十板子，且僕婦手下留著勁，只能算輕傷。

也不用人服侍，陸鹿就自己換好衣服，把袖劍藏好，短刀也放在枕頭下。沈吟稍許，又將收繳來的藥也帶在身上。檢查一遍，都準備妥當了。

夜漸深，窗外秋風呼嘯。陸鹿強硬的把新來的丫頭趕出內室，緊緊閂好門，檢查窗戶。不大樂觀啊！門的縫隙太大，窗戶雖然糊了兩層厚紙，但還是紙，很容易被戳破。似乎怎麼也攔不住下三濫的手段，該怎麼辦呢？

陸鹿皺起眉頭慢慢在屋裡踱步。

寒月孤懸。益城郊外的土路，三騎快馬踏著夜色狂奔而來。

為首的段勉面上露出少有的著急，馬鞭一下一下的揮，催趕著座騎。緊隨其後的鄧葉和王平滿頭大汗，不敢怠慢。

他們知道這是通向陸府別院的鄉路，也知道段世子這麼趕是為了陸大姑娘，卻還是不明白，段世子這麼勞心勞力的奔波在京城與益城之間，就不怕身體吃不消嗎？

段勉急匆匆趕回京，只在府裡逗留不到兩刻鐘就上皇子府去了。不到兩刻鐘，臉色黑沈的又回了家；換上便裝，就帶著他們兩個重新出發奔向益城。這麼拚命，至於嗎？

兩人心不在焉，只有段勉心急如焚。早前在段府裡待了兩刻鐘，就跟良氏頂起嘴來。

「娶她為正妻？」良氏當時手裡正捧著一盅茶，一聽兒子這個荒唐的提議，差點把茶盅摔碎。

「是，母親。」段勉嚴肅又恭敬，絲毫不像臨時起意。

良氏半天沒說話，只胸口起伏得厲害，眼中迸出惱光，從牙縫裡擠出四個字。「絕不可能！」

段勉嘆氣，神色低落，淡然說：「那，就也別納妾了。」

「阿勉，你知不知道你在說什麼？」

「母親，我考慮得很清楚。我還是討厭別的女人，唯獨不討厭她。」

良氏倒吸口氣，又是長久不語。段勉老神在在的，坦蕩而從容。

「她的家世注定她成不了西寧侯世子夫人。」良氏不得不提醒這個唯一的兒子。

「我想娶，她的家世便不成問題。」

「你、你就這麼鬼迷心竅，非她不可？」良氏怒了。

段勉堅定點頭。「是，母親。」

良氏搖頭。「別說我不答應，老太爺、老太太那裡你也討不到好。」

段勉垂下眼眸，語氣沒什麼太大變化，平靜道：「我會說服老太太的。」

良氏不信。於是，母子二人轉向老太太後堂。

老太太才從佛堂回來，正歇在榻上煩心。段老太爺這病總這麼吊著，實在不是個事。

丫頭報。「太太和世子爺來了。」

老太太眉目舒緩，心頭寶嫡長孫這兩天忙得不見人影，總算回府了。

「母親。」

「祖母。」

「過來坐。」老太太招手把段勉喚到身邊，笑咪咪瞅著他。「瞧瞧，這臉都瘦了，回頭讓廚房多熬點補氣的湯水。」

良氏心不在焉應了，她向老太太屋裡的丫鬟們擺手。「妳們先下去。我跟世子爺有話對老太太說。」

屋裡丫頭望向老太太，得了她的眼神示意後，方輕悄悄的退出門。

老太太疑惑。「什麼事非得把下人趕出去說？」

良氏長長嘆氣，苦著臉。「母親，阿勉他……實在越來越不像話了。」

不等老太太追問，良氏便將段勉的意思和盤托出。

不出所料，老太太也是旗幟鮮明的反對。「不行！一個小小商女，納為妾已是到頭了，嫡妻萬萬不能。」

段勉平靜說：「祖母，那我只好誰都不娶了。」
「你這是忤逆長輩！」
段勉垂頭道：「不敢。」
老太太心口堵，無語盯著他，眉頭攢緊勸：「納她進門，你想怎麼偏心都行。嫡妻這位置，想都不要想，她也受不起。」
「祖母，她受得起。」段勉辯解。
「是。」段勉也不委婉。
老太太忍不住拿手擂他一下，恨恨道：「你就這麼上心了？非她不可了？」
老太太也賭上氣來，想了想道：「我就不信了。趕明兒，我就派人向京城年貌相當的世家閨秀提親，容不得你胡鬧。」
段勉沈默不語。
良氏補充一句。「我瞧顧家小姐年貌家世也相當。」
「哦，那就請祖母、母親多提幾家吧。」段勉忽然來這麼一句。
老太太和良氏大吃一驚。「多提幾家？」
「是。多結幾家親，多納幾個女人回來。反正西北角那一排院子空著，讓她們每人一間住著，省得守空房無聊，難打發日子。」段勉面色平和，說出的話卻冷漠至極。
「你、你說什麼？」良氏震驚了。守空房？是什麼意思？
老太太的臉色徹底黑沈下來，盯著這個嫡長孫，嘴唇哆嗦。「你、你說的什麼混帳話？」

「祖母息怒，這是孫兒心裡話。」段勉恭敬地垂頭解釋。「反正我娶不到想娶的，那就由祖母、母親作主，多娶些回來好好熱鬧一下後宅。」

「那守空房無聊是什麼意思？」

「娶進來是長輩的意思，晾一邊是孫兒的意思。」這話對段勉來說，是極委婉了。他的真實意思是——妳們可以強押著我娶進來一堆討厭的女人，總不能強押著我洞房吧？

「你、你……」老太太手指著他，氣得結巴了。

良氏也忍不住動怒。「放肆！怎麼能這麼跟老太太說話？啊？你眼裡還有沒有長輩？」

段勉撩袍跪下，垂頭靜等責罰。

「好好，你翅膀硬了、官職大了，家裡長輩不放在眼裡了？竟為了阿貓阿狗頂撞起祖母來了？你、你想氣死我呀？」良氏揚起手想打人。

「母親息怒，我並無不敬之意。」

「還敢狡辯？」良氏氣到不行。

段勉從小就聰明過人，事事都不勞父母操心，自然也就極有主見。比如說投軍，當年也是怎麼攔也攔不住。

老太太到底多吃了幾年鹽，慢慢壓下心火，神色嚴厲的瞪著段勉。「你打定主意了？非她不娶了？」

「是，祖母。」

良氏急忙道：「母親，別的事好說，這件事不可縱容，咱們段家可是……」男丁單薄呀！

「唉！」老太太長長嘆口氣，忽然道：「既然如此，這門親事就暫且先擱下。」

段勉猛地抬眼。

「我倒要先瞧瞧這位商家女是怎麼樣的天姿國色，竟把我的乖孫迷得連長輩的話都聽不進去了。」

「祖母，您是說……」

姜老太太不理他，轉臉問良氏。「最近有什麼好日子？」

良氏稍加沈吟，便道：「再七天是下元節，京城各處道觀皆有祭祀。」

「就定這個日子。」老太太板起正經臉向良氏。「這些年府裡常去益城避暑遊玩，也多有打擾陸府。明兒下個帖子，請陸府家眷上京觀祭。」

良氏怔了小怔，有些遲疑。「單請陸府？」

「嗯……把常府也請上。」

「是，母親。」

段勉半是憂半是喜，向老太太道：「多謝祖母。」

「先別忙。」老太太不給他好面色，直接說：「她要實在不入我的眼，你就是說破天去，也別想娶她過門。」

「祖母只管瞧好了。陸大姑娘，定能合妳眼緣。」段勉喜的是祖母肯給機會近距離直接考察陸鹿，但他憂的是陸鹿根本就不買帳。她要是知道這觀祭背後的真實用意，只怕會故意搗亂吧？她那句「除非我死」的宣言斬釘截鐵，還在耳邊轉呢。

二皇子那邊有人請，段勉急匆匆出府。

良氏憂心忡忡的向老太太問：「母親，真的要接一個商女進門？」

「先看看再說。」老太太端茶抿一口，凝重道：「阿勉是什麼性子，妳不是不知道。他拿定的主意，九頭牛拉不回來。」

這倒是，良氏深有感觸。

「再說，阿勉自小極有主張，又在軍中歷練這麼些年，什麼樣的人沒見過？什麼事沒經歷過？若單只是一個普通商家女，我不信他會這麼著迷。」

「說得也是，也不知那商家女憑什麼手段，把阿勉的心籠絡住了。」良氏深深不解。

老太太嘴角滑過莫測高深的笑容。「所以，我要親眼見見她。」

夜色已濃，秋月下的黃土路，越發小而窄。

曠野裡清寒，遠遠有犬吠傳來。占地不大廣的陸府別院已在目力所及範圍內，段勉暗暗吐口氣。勒轉座騎，向鄧葉和王平道：「你們守在這裡，我很快回來。」

「世子爺，小心。」

別院的護衛根本就是濫竽充數，跟益城陸府不能相提並論。段勉提氣躍入牆內，四周一片漆黑，幸有天上微月照明，不然真成伸手不見五指黑了。

他認路的本事也不錯，很快就按記憶中路線悄悄摸去。院子小巧，牆頭更矮，秋風捲起枯枝殘葉從腳面滑過。

段勉四下打量，略有些奇怪。怎麼沒有巡夜的婆子？大小姐的院子不是應該巡勤快點嗎？此處黑得更加幽深。他沒有多想，跳進內院，直奔正房正室，屋裡還亮著一盞孤燈，晦暗不明。

這丫頭還沒歇息？段勉先是微喜，轉念又微驚。只怕服侍的丫頭也在身邊吧？遲疑少頃，他湊近豎耳傾聽，內屋並無半點聲音。於是，老調重彈，他向窗格投擲石粒子。「咚」的清脆聲在這黑夜格外刺耳。

「誰？」全神戒備的陸鹿低聲喝問，沒等到回應，她就更加警覺了，摸摸袖中劍，還拿起桌上沾水的布，防止有迷藥之類的好遮掩一下。

「咚」又是一聲敲擊。

這熟悉的模式，別又是段勉吧？陸鹿忽然思忖。雖然不希望跟他有交集，但今早他才幫著收拾爛攤子，於情於理都要見上一面。

她軟著音調又問：「什麼人？」

窗格映出一個男人身影，憑著這些天的接觸判斷，輪廓應是段勉。陸鹿大鬆口氣，跳到窗邊，輕輕推開窗，迎面撞進一雙幽黑眼眸中——不是段勉還是誰？

「進來。」陸鹿對他勾手。

「呃？」段勉神情一僵。這樣好嗎？進一個女子閨閣，他想都沒想過。

「外面冷。」

段勉勾起唇角，沒想到她會這麼體貼。

「你知道我怕冷，有什麼話進來說，丫頭、婆子都打發遠遠的去了。」陸鹿毫無顧忌的招手。

段勉再度僵了臉。不過，陸鹿如此熱情相邀，他也不再推卻，與其把她約出去吹冷風，倒不如入閨房一敘。俐落跳進屋裡，段勉還有些難為情，也不敢過度打量姑娘家房間，安靜的站在一角。

陸鹿將窗戶掩好，回身撥了撥燈蕊，問：「趕得很急吧？要不要喝水？」

「呃，謝謝，不用。」段勉顯得拘謹不安。

陸鹿也沒客氣，直接小聲問：「那兩人處理得怎麼樣了？」

「妳放心。她們都招供了，暫時押在益城的某個落腳處。」

「哦，就是你們在益城的秘密落腳處……這樣好嗎？」

段勉輕笑。「那依妳說怎麼辦？交由官府追究，陸府和楊府的面子還要不要呢？」

陸鹿想了想，問：「你說悄悄轉交給我爹怎麼樣？」

「陸大老爺只會震驚，然後想辦法掩下這件事。」

「倒也是，家醜不可外揚，就算我差點被廢，他也不會在意，只想到把大事化小，小事化了。」

段勉深以為然。

「但是，你們押著，豈不是個累贅？」陸鹿斜眼瞅他。
段勉不置可否的笑笑。「放心，我們不會養閒雜人。總有用得上的時候。」
陸鹿瞅了他兩眼，似懂非懂。但是，她一向把人往陰暗面猜，還是小心翼翼確認。「這麼說，我可以完全置身事外了？」
「嗯，妳不用管了。」
「三克油。」陸鹿巴不得了。善後善得這麼好，她也就不操心了。
段勉不懂，皺眉問：「這是什麼話？」
「哦，是，鄉莊那邊的方言，感謝的話。」陸鹿眼珠一轉，隨口就扯。
是嗎？段勉覺得怪怪的，有這樣的方言嗎？於是，氣氛冷下來。
陸鹿為了表示感謝，還是勤快的泡了杯熱茶，端到桌邊，熱絡笑。「坐吧，別老站著呀。」
段勉很不好意思，雙手握緊又鬆開，低聲。「我、我站著就好。」
「好吧，隨便。」陸鹿從來就不是那種過分客氣的人。只是，沒什麼共同的話題了，這麼乾瞪眼也不是個事。她期期艾艾陪著笑臉問：「段世子，你還有什麼事嗎？」
「有。」段勉左右轉頭，確信隔牆無耳後，壓低聲音道：「有個壞消息和一個好消息。不過，在這之前，我想確認一件事。」
「你問。」
「尊府要為妳辦及笄禮？」

陸鹿坦然。「是呀，這在益城可能不是秘密吧？」

段勉抬眼深深看著她。「妳可知為什麼？」

「呃……」陸鹿皺著眉頭，沈吟了下才答。「陸府益城首富嘛，為一個不被待見的嫡女辦成人禮，不需要特別理由吧？」

「是嗎？」

「可能，我爹想彌補虧欠吧。」陸鹿訕笑又補充。

段勉撫額，搖頭。「據我所知，並不是。」

陸鹿眼睛一下瞪圓。咦？難道他們的暗樁眼線，是陸靖的心腹成員之一？她不大確定，虛心地低聲問：「那真正原因是什麼？」

「聯姻。」段勉強擠出這兩字。

無聊！陸鹿沒什麼激烈反應，只是嘴角撇了撇，接著後知後覺感到不對勁。「這是兩碼事吧？怎麼扯到一起的？」

「差不多算一碼事。」

「此話怎講？」

段勉面色平靜無波，看著她。「益城的流言在慢慢平息，許多對妳不利的傳言，差不多銷聲匿跡了，取而代之的是府上將要大肆操辦的及笄禮。」

「這不是很正常嗎？誰家也不希望未嫁小姐的流言傳得滿天都是，當然要想辦法壓制下去。」

段勉面上這才顯出絲冷笑。「正常？妳覺得這正常？」

「反正我見識有限，以我的推定是再正常不過。」陸鹿吊兒郎當地回他。「真的是，原先陸府對攀上段府喜聞樂見，當然就放任流言傳得風生水起嘍。現在情勢不可同日而語，已經不抱著跟段府聯姻的想法了，自然就要把早前她跟段勉那些八卦緋聞全部清除乾淨。

段勉目光灼灼盯著她半晌無語。

乍聞這個消息，陸鹿神情一滯。少頃，她咧嘴露出個失笑。「這怎麼是壞消息呢？這明明是好消息呀。」

段勉的臉沈了沈。

「你這消息來源可信嗎？」陸鹿好奇追問。

「相當可信。」

陸鹿支起腮自言自語。「陳國公？豪門世家呀！哪裡找來的這麼件好事？不對，這天上不會掉餡餅，極可能掉的是陷阱。」

「妳明白就好。」段勉白她一眼。

陸鹿卻好奇心大起。「是三皇子派的？」

段勉不承認也不否認，只看著她。

「這樣啊，那我心裡的謎題也算是解開了。」陸鹿拍拍心口，笑容滿面地打聽。「這位世子年紀多大了？」

段勉烏黑的眸光瞅定她。這事有這麼可喜嗎？還津津有味的打聽。

「簡單介紹一下嘛，讓我好及時預防。」

這話，段勉愛聽，淡淡應道：「十七歲。」

「十七歲的世子？在京城，應是很搶手的吧？還沒訂親？」陸鹿更奇怪了。

段勉勾勾嘴角，搖頭。「還沒有。」

「他是獨子？」

「不是，有三個弟弟，其中兩個是庶弟。」

陸鹿搜索腦海，沒有關於陳國公的任何資訊。「品性如何？」

段勉冷淡答：「我跟他不熟。」

「不熟，但也聽說過吧？有沒有什麼惡劣事蹟傳出？」

段勉不語，只是垂眉眨下眼。

「不對，三皇子一派，多少還有點影響力吧？那麼，肯讓一個世子娶商女，難道……」

段勉抬眉，想聽聽她的推理。

「難道他是個廢柴？」陸鹿湊近認真問，接著發揮想像力。「或者是個殘疾？」

第五十三章

段勉心底一跳，靜靜看著她，接著吐出一點實情。「沒什麼大毛病，只是腿腳有些不方便。」

陸鹿吃驚問：「是個瘸子？」

「不完全是。就是走路有點不大好看，稍微拐了些。」段勉並沒有乘機落井下石。

「哦，長短腳。」陸鹿明白了。

段勉一怔。長短腳？好像還真是一腿短一腿長的原因，導致走路有點不順暢。

「那確實是個壞消息。」陸鹿嘆氣，斜倚桌邊撫額。「一個殘疾世子，大概相貌也不怎麼樣，在京城被門當戶對的世家嫌棄至今沒訂親，如今配了個富商女，也不算多丟人。」

段勉對她這種態度有點不滿。「妳好像不排斥？」

陸鹿不答，只是發呆。

「那妳為什麼排斥我？」段勉不服氣地再次質問。

對這個陳國公世子，她看起來像要接受安排般聽天由命，為什麼對自己這個西寧侯世子就抗拒那麼大？他實在不差呀！多少人家想跟他結親？多少小姑娘翹首以盼他的垂青？

「這個問題，一言難盡。」陸鹿有氣無力地擺手，不想多解釋。

段勉鼻出冷氣，神色很是鬱悶。

「好了，來個好消息調劑下。」陸鹿仰面笑吟吟催。

「咳。」段勉清咳一下，有點不好意思。

「怎麼啦？」陸鹿察言觀色，察覺他有絲糾結。

「那個……妳想不想去京城？」段勉還迂迴了下。

陸鹿誠實。「想。」

「那就好。等妳及笄禮後，馬上就是下元節，京城各處道觀會舉行祭祀……」

陸鹿點頭。「這個我知道，益城道觀也會。」

段勉搔頭，垂臉小聲說：「我祖母，會邀請尊府女眷上京觀祭。」

「哦……啊？」陸鹿三秒內發出兩種完全不同的單音節。

段勉向她羞澀笑笑。

「段老太太，請、請陸府女眷入京？」以為聽錯了，重複一遍。

「沒錯。」段勉向她肯定。

陸鹿後背一涼，冒出來的第一個念頭就是——黃鼠狼給雞拜年，不安好心！

段老太太是什麼樣的貴婦，她心裡多少有底。前一世，就算在冷園，她見老太太的機會還是不少，請安問候也是定期要去的，在有限的正面直觀接近下，段老太太就跟她的姓一樣——薑是老的辣，是個老辣子！

有點類似大觀園的賈老太太。別看平時一團和氣慈愛，那是大事不含糊，小事嘛，能睜一隻眼閉一隻眼就過去了，但若是有人想蒙混她，那就等著倒楣吧！良氏和顧氏在她面前可是一點都跳不起來！

「陸姑娘……」段勉見她呆呆怔怔的，神遊天外，忍不住出言喚。

「哎，哦，我知道了。」陸鹿趕緊回過神來，正正臉色向段勉。「多謝段世子相告。」

看她臉色不喜反憂，段勉心裡不免想多了。他認為是壞消息的，這丫頭卻喜孜孜的很感興趣；他認為是好消息的，這妞卻整個人傻了。怎麼總是跟他反著來呢？

「妳不高興了？」他也不再繞彎子，直率相問。

「沒、沒有呀。」陸鹿擠出難看的笑容。「呵呵，我很高興，終於可以進京逛逛了。」

她的語氣、她的笑容哪像高興？明顯是敷衍嘛！段勉心裡極度不爽，難道她真的要順應陸府的安排，嫁給陳國公世子？

「我最近聽說一件事，想向陸姑娘證實一下。」段勉岔開話題，慢慢再度開口。

陸鹿精神鬆懈，嘴裡應著。「你說。」

「我聽說，三皇子密派的林公子最後臨死之前，見到的人是妳？」段勉語氣維持得不錯，不見起伏。

陸鹿眨眨眼，一時沒反應過來。等她消化好他說的話後，臉就變色了。這事，怎麼又提了起來？還有，他怎麼會知道？這在陸府是機密呀！除開陸靖幾個老、少爺們，外人根本不會覺察到她也牽扯其中——當然，三皇子不算外人。

段勉這會兒坐在她對面，眼神格外明亮，直視著愣愣的她。

「難怪，妳會解鎖，解那個古怪的鎖。」段勉語氣失落。原來鄧姓婦人的話是真的？林公子最後一個見到的人竟然是陸鹿？

「你、你聽誰說的？」陸鹿開始抵死不認了。「這是謠言，赤裸裸的謠言。」

「那麼，那個櫃子妳是怎麼解開的？」

陸鹿梗起脖子狡辯。「這是我的愛好……之一。你又不是不知道，那晚去小雜屋，我不就是會開鎖嗎？無師自通，天賦極佳而已。」

段勉盯著她來一句。「不見棺材不落淚呀。」

「那，有本事，你把棺材運過來讓我當面對質，不對、是讓我當面掉淚呀？」陸鹿就不信了！能透露出這個秘密的人，想必不敢露真容吧？哼，就咬死不承認，能奈我何？

「好。」段勉卻不如她意的一口答應。

陸鹿身形一歪，錯愕瞪大眼。「你說什麼？」

「好，我帶妳去跟她對質。到底誰撒謊，當面對質，一目了然。」段勉從容淡定的拿起桌上快要涼掉的茶抿了一口。

陸鹿嘴角一抽。還真敢呀？哎媽呀，這姓段的行事風格，一點都摸不透啊！不會是訛她的吧？嗯，一定是。畢竟兵不厭詐！

「好呀，要不現在就去？」陸鹿還作死的挑釁。

「等等。」陸鹿撐在桌上，小聲問：「還是騎馬？」

段勉劍眉一揚，浮起淺笑。「請。」

「不然呢？」段勉神色怪異。這大晚上的還想怎麼樣？八抬大轎嗎？

「去弄頂小轎來。」陸鹿反手摸摸後臀，臉色訕笑。「我、我不能騎馬。」

「怎麼啦？」

「我、我今天被打了。打了十大板子，傷不是很重，可不能久坐。」陸鹿搓著臉難為情地吐露實話。看來這別院沒有安插他們的眼線，陸鹿被打，這麼大的事卻沒有及時呈報上去。

段勉大驚，難怪這丫頭今晚一直歪歪扭扭地靠著桌角站著，他本以為是她站相不佳，也沒在意。

「妳沒事吧？」段勉繞到她身邊，抬抬手又縮回來，臉色關切。「令尊打的？」

「不是他還有誰能打我？」陸鹿神色糾結的揮手。「要不是我成年禮快到了，就得多挨二十大板呢。也不曉得是不是我親爹？」

這後一句有點大逆不道，段勉低聲輕斥。「別胡說。」

陸鹿沒在意，再度神遊，絞絞手指、咬著唇思忖。要不要把易姨娘送來的生母血書，請他認認字？

「妳不方便的話，那我把人帶過來。」段勉設想周到。

「好呀。」陸鹿贊同。這大晚上出門喝西北風，她其實不樂意，但若是能把洩密者帶過來，那是再好不過，她真想看到底是誰揭她的底？

「明晚好不好？」段勉用商量語氣問。

「好。」陸鹿瞅一眼窗外，夜色濃黑。

說到這分上，好像可以告辭了？段勉有些磨蹭，沈吟片刻後認真保證。「陳國公的事，妳放心，不會讓妳為難。」

「我不為難，長輩作主就好。」陸鹿笑嘻嘻說著違心話。

段勉心塞了下，黑眸比夜空的寒星還亮，直勾勾瞅定她，磨了磨牙，接著忽然輕輕嗤笑一聲。「長輩作主，對吧？」

「嗯。」陸鹿鄭重點頭。

段勉嘴角揚了揚，點頭。「那好，我記住了。」

「呃……不送，晚安。」陸鹿送客。小心的打開窗，探頭看看外面，冷風灌進來，陸鹿縮縮頭，小聲催。「快點呀，冷死了。」

「這個妳先留著。」段勉從懷裡掏出被她丟回的精巧手爐，擺放桌上。「我送出去的東西從不收回。」

陸鹿表情很是糾結為難。她不想跟他有牽扯，不想要他送的東西啊！

段勉一手撐窗臺，縱身敏捷地跳出去，然後回身幫她關窗，背景是濃黑得化不開的秋夜。他咧嘴一笑，白白的牙齒似滑過一道冷光。「實不相瞞，我跟聖上君臣關係相宜。」

說完這句，就幫她掩上窗，靜默小片刻，掠身上屋消失在夜色中。

徒留嘴角抽搐的陸鹿凌亂了思緒。這不廢話嗎？天子第一近臣段府的世子爺，跟聖上關係那肯定不錯嘍！他為什麼要在臨去之前特意強調？段勉不大像廢話多的人，那他這一句，還有別的深層涵義嗎？

挪步關好門窗，又檢查了一遍，陸鹿相信，今晚可以平安度過了。

她趴在床上，漸漸入眠，只是睡得並不安穩。也不知過了多久，遠遠有公雞打著長長的鳴透進來。突然，陸鹿猛然睜眼醒了。

她攏攏被角，將自己裹得嚴嚴實實，臉色有點綠——被一個突然躍進腦海的想法嚇的——跟聖上關係不錯？先前，段勉還確認她是不是長輩作主……

難道……段勉不會去請皇上賜婚吧？長輩作主、皇子暗指，那也抵不過皇上賜婚大呀？完了！這下想跑都跑不成了。皇上賜婚還敢違抗，那是抗旨、殺頭的大罪，連累陸府不說，齊國滿天下都得追捕她吧？

「但願是我想多了。」陸鹿攏攏被子嘆氣。「要不然，今晚段勉再來時，旁敲側擊打聽下，若他真存這個心思，計劃要提前。」

捋清思緒後，陸鹿又打算睡個回籠覺，但外頭傳來丫頭輕輕走動聲，很快，便有人推門，不過門已從裡頭閂上，外頭的人只得輕聲喚。「小玉，開門。」

哪有什麼小玉，所有丫頭都讓陸鹿趕出內室，她的外間臥榻從來只有春草和夏紋輪值陪夜的。那人又輕輕推了下，聲音喚急了點，低聲罵：「小玉，妳怎麼還不開門？」

屋裡沒生火，陸鹿不想下床，繼續裝聾作啞。

沒多久，這邊的動靜好像驚動了其他丫頭，紛紛趕過來。然後就聽一聲驚呼。「小玉，妳怎麼不在裡頭守著大姑娘？」

小玉委屈地答：「姑娘趕奴婢出來的，說是不習慣。」

「呃……」那聲音噎了下，便輕輕說：「算了，別吵醒姑娘。」

腳步聲漸漸遠去，陸鹿重新閉上眼睛安安靜靜賴床，沒歇到一刻鐘，便又有沈重的腳步漸漸近了。

「姑娘屋裡昨夜是誰當值？」竟然是藍嬤嬤的聲音。

小玉很快被推出來，怯怯回。「大姑娘不讓奴婢陪夜。」

「所以，妳就心安理得的回自己屋了？」

「是、不是……奴婢錯了，藍嬤嬤饒過奴婢這一遭吧？」

藍嬤嬤譏諷：「妳錯了饒過、她錯了饒過，這院裡還有沒有規矩了？妳也是府裡家生奴，怎麼連這點都不懂？念妳初犯，罰兩月例銀，從今兒起，去漿洗房做事。」

「藍嬤嬤……嗚嗚，奴婢再也不敢了。」小玉哭泣著被人架下去。

搞什麼？大清早就發落下人？這是給她沒臉吧？陸鹿縮在被窩裡氣呼呼的想。

不出所料，藍嬤嬤恭敬又著急的聲音伴著叩門傳進來。「姑娘，開開門，老奴這裡有件急事稟報。」

叫門聲響得急，陸鹿不情不願的披件長襖，快速的把門打開，然後一溜煙的又竄回床上，這幼稚的動作落在隨後進門的藍嬤嬤一眾人眼裡，並不顯得可愛，而是可笑。

陸鹿重新鑽入熱乎乎的被窩，側趴著，睡眼矇矓問：「大清早的跑來，有什麼急事？」

藍嬤嬤陪著笑，上前欠身。「要緊事，不然老奴也不敢來打擾姑娘休息。」

「說吧。」陸鹿懶懶的打個哈欠。

有丫頭、婆子上來攏火盆，讓屋裡暖起來，輕手輕腳的走動，藍嬤嬤看了一眼她們，小聲道：「回姑娘，巡夜的婆子方才來回，說是昨夜有人闖入院子……」

「啊，什麼人？」陸鹿小吃一驚。段勉身手不錯，還能讓巡夜婆子發現？

「沒看清，說是一閃就過了。」

「在哪裡一閃過的？」

藍嬤嬤眼神閃了閃，道：「就是姑娘院子附近。」

陸鹿一怔，冷下臉道：「確信是外人嗎？」

「這個……」藍嬤嬤猶豫道：「院內規矩，熄燈後不許亂走，想來不是府裡下人。」

「哦，那是男是女總看清了吧？」

藍嬤嬤勉強笑道：「這……婆子們眼花，也沒瞧仔細，只隱約見一團黑影閃過……」

「不是貓吧？」陸鹿托腮猜。

藍嬤嬤快抓狂了，這大小姐怎麼亂打岔。「不是，府裡沒養貓呢。巡夜婆子特意追過去瞧了瞧，若是野貓必定弄出響聲或叫喚幾聲。」

陸鹿想想，覺得有道理。

「姑娘……」藍嬤嬤見她不語，便小心試問：「院子裡從今晚起，只怕要增添人手。」

「院裡還有多餘的人手增嗎？」陸鹿好奇。

藍嬤嬤笑了，道：「咱們這大院人手再不足，斷不能少了姑娘的。」

「哦，那就增吧。」陸鹿倒要看她葫蘆裡賣什麼藥。

藍嬤嬤舒心一笑，回頭看了看躡手躡腳忙碌的丫頭，忽然想起什麼便又低頭說：「姑娘屋裡新換的小玉實在不堪侍候，老奴另外派妥當的人過來服侍姑娘吧。」

「小玉呀？她還行呀！雖然比不上春草，還能用呀。」陸鹿裝糊塗。

藍嬤嬤便臉色訕訕道：「她竟然敢不在屋裡侍候著姑娘，自個兒去睡大覺，沒有規矩，亂了章法。老奴已將她罰去漿洗房打雜了。」停了下，嘆氣。「若姑娘喜歡用她，老奴這就把她再提上來。」

「算了。」陸鹿擺手。「一個臨時丫頭罷了。我還是用慣了春草、夏紋幾個。」

「是、是，只春草、夏紋如今還在養傷，只怕服侍不好姑娘。」

「行了，妳隨便再找個替代一下就好了，反正就這幾天的事。」陸鹿不在意。

藍嬤嬤眼底喜悅之色一閃，稍縱即逝。「是，老奴這裡正好有個極妥當的丫頭，如今便先派給姑娘使喚。」

「領來我瞧瞧。」到底是什麼樣的丫頭要大費周章的調到她身邊，陸鹿很感興趣。

答案很快揭曉。沈重的腳步聲踏進來，陸鹿感覺大地顫了兩顫，屋裡鋪的地板吱嘎吱嘎不堪重負的響著，她側趴著無聊，翻了翻身，撐起肘好奇一看。哇！好傢伙，好一座門板——還是五顏六色的厚實門板。

門板向她福福身，甕聲甕氣。「冬梅見過大姑娘。」

不會吧？陸鹿呆滯了。眼前這座活動門板，難道是……

藍嬤嬤笑吟吟道：「姑娘可滿意？冬梅做事最是妥當，暫時服侍姑娘再好不過了。」

「她……」陸鹿眼神裡全是錯愕。

冬梅？名字俗了點，長相更加不敢恭維。臉上肉太多，把眼睛擠得很小，眉毛倒是濃濃粗粗的。鼻子塌平、嘴唇肥厚、雙下巴，偏身上衣服花俏。上身紅底藍花襖，領子繡梅花，袖口鑲金邊。繫條藍色腰帶，底下是被撐得很大的黃色棉裙，露出翹頭的繡花鞋。

「姑娘大可放心，冬梅是家生奴，最是忠心，府裡太太都誇過她呢！」藍嬤嬤繼續推銷這塊門板，生怕她不要似的。

「太太誇什麼來著？」

「說憨直，做事讓人放心。」

陸鹿嘴角抽抽，苦著臉。冬梅表面看一臉憨相，卻很有眼力，也生怕被退貨一樣，趕緊討好地上前。「姑娘，讓奴婢服侍您起早吧？」

「讓我先靜一靜。」陸鹿嘆氣，趕人。

藍嬤嬤心喜，忙道：「是，老奴這就告辭，姑娘再歇會兒。冬梅，好生服侍姑娘。」

「知道了，藍嬤嬤。」

冬梅把藍嬤嬤送出門，轉身就開始在屋裡東張西望，這裡摸摸、那裡看看。她從來沒在太太、姑娘屋裡服侍過，就是姨娘屋裡，也是從來不讓她進門的，所以，對陸鹿屋裡的擺設很是好奇豔羨。

她東摸西看，陸鹿就繼續賴在床上看她。夠壯實呀！一個頂她兩個！那手臂相當於她腿粗了，那腰，說是水桶也不過分。

「咣噹」架子上的花瓶掉下來，還好地板上有地毯，沒砸碎。冬梅嚇得趕緊去撿，誰知她再一轉身，又撞到桌角，生生將桌上的擺件撞抖了抖。屋子不算太寬敞，桌椅板凳又錯落有致的擺著，於是冬梅開始轉不開身了。不是撞了架子就是撞了椅子，很快屋裡就響起「噼哩啪啦」的亂響。

「姑娘，奴婢不是故意的。」冬梅慌了。抱著個精緻古花瓶可憐巴巴的不敢再動了。

「知道妳不是故意的，但麻煩妳認清自己的體型好吧？能不能安靜的守在一邊呢？」

「是，奴婢不敢了。」冬梅果然不敢再東遊西逛。

「過來。」陸鹿招手。「我有話問妳。」

「是。」冬梅小心翼翼挪步，蹭到床邊。

「妳多重？」陸鹿八卦問。

冬梅皺著肥肉臉，小眼睛快眯成一條線了。「兩、兩百斤吧？」她也不是很確定。

「妳秤過嗎？」

冬梅嘟著嘴，小聲道：「上次跟她們出院子去村裡趕集，正好看到有人在殺豬，旁邊有個秤。她們就起哄讓奴婢上去秤了秤。」

「哈哈哈……」陸鹿捶床大笑。上殺豬那裡秤重，可見她這體重，尋常秤只怕秤不了。

「今年多大了？」

「十四歲。」

「娘和老子都在這邊做事嗎？」

「他們都在益城府裡，單把我派過來這邊，說事輕省。」

「藍嬤嬤很照顧妳吧？」

冬梅笑嘻嘻。「姑娘說得沒錯。藍嬤嬤一直很照顧奴婢。妳瞧，服侍姑娘這麼件好事就派給奴婢了。」

陸鹿靜靜瞅了她半晌，沒法賴床了。梳洗打扮妥當後，她在房裡用過早飯，看一眼裝好銀絲炭的手爐，想了想還是攏進手裡。板傷沒那麼疼了，她便出門去瞧衛嬤嬤、春草等人。陸鹿表達了誠懇的慰問，並一再保證，下不為例。

春草看一眼亦步亦趨跟著的冬梅，糾結問道：「那奴婢以後還能服侍姑娘嗎？」

「能，當然能呀！」陸鹿笑指冬梅。「她們只是臨時替代妳們。等妳們傷好了，再回我身邊來。」

「謝謝姑娘。」大夥兒這才放心。

冬梅滿不高興地撇撇嘴。她才不想當臨時工呢！她也希望像換兒一樣從此就在大姑娘身邊做事，不但體面，月銀也多呀。

因為羅嬤嬤不肯教陸鹿舉止禮儀，陸府又怕她以後嫁給高門大戶失態，正好學堂提前散場，又只剩一位曾先生，便著管家送曾夫子過別院，而陸鹿閒著無事，便晃出內院準備去迎。她走出內二門，便看到有個面生的家丁路過，看到她還不知迴避，特意停下來望著她。

陸鹿嫌惡的翻個白眼，指使冬梅。「把那小廝趕走。」

冬梅應一聲，虎虎生威的過去了。很快，便笑咪咪打轉回來報。「姑娘，趕走了。」

陸鹿讚許點頭，隨後又疑。「我瞧著面生，新來的嗎？」

「這個奴婢知道。」冬梅表功似的搶著回。「確實是新來的，聽說是從益城府裡來的，要跟玉林嫂子對庫房上的帳呢。」

「他不是家丁？」

冬梅笑呵呵。「我聽玉林嫂子嘀咕一句，好像是周大總管的外侄兒。是個小管事呢。」

周大總管的外侄，是庫房小管事？這不稀奇，稀奇的是他竟然在別院出現，還偏在這個節骨眼上，陸鹿就多了個心眼。

沒多久，曾先生便到了，她神色頗為憔悴，眼神也黯然無光，像受到什麼打擊一樣。師生兩人見禮後不急著上課，在後院暖閣生起火盆閒談，陸鹿掩不住好奇之心，打聽了鄒夫子的去向。

曾先生長長嘆氣。「我也不瞞妳說，的確是失蹤了。」

「那怎麼不報官？」

「沒用。我知道報官沒用，說不定那幫混蛋官差還倒打一耙，告我殺人滅口呢。」

陸鹿忍不住笑，道：「不至於，妳跟鄒夫子相處融洽，怎麼會起殺心？官差也得有證據才能下結論嘛。」

「算了，我相信她一定會早點回來的。」曾夫子按著眉心，語氣很無奈。

陸鹿追問：「事發之前，她沒有什麼反常舉動嗎？」

「沒有，一切正常。」

「那就真的古怪。」陸鹿托著腮沈思。「日子過得好好的，沒道理一聲不響走人呀？就算不滿意陸府款待，也總會當面辭行吧？最不濟也該留張字條吧？」

曾夫子不接話，只愣愣失神。

掌燈時分。

陸鹿覺得這麼一相處，跟曾夫子兩個比在益城更親近了。

天才剛黑，藍嬤嬤又來了。「回姑娘，田喜有下落了。」

「哦，找到了嗎？」陸鹿故作驚喜。

「是，果然是偷偷跑回家去！老奴尋思著這丫頭如此不識好歹，性子又野，正好身契又快到期了，索性就讓她家人領回去好了。如此，老奴就作主將身契賞了。」

陸鹿咧嘴笑。「行。這點小事，藍嬤嬤作主就好。」

藍嬤嬤從丫頭手裡取過一只美人瓶，笑說：「好在，田家也是懂事乖覺的，送上自家釀的桂花蜜請姑娘一嚐。」

「喲，真客氣！冬梅，好生收著。」陸鹿笑笑吩咐。

冬梅答應一聲，上前接過。

藍嬤嬤又向一旁的曾夫子說：「曾先生辛苦了。明日可開課？」今天一天都跟陸鹿泡在後院品茶說笑，一點沒打算教學呢。

曾夫子含笑。「不，從今晚開始。」

「今晚？」藍嬤嬤不解。

曾夫子笑指圍盤道：「就從手談開始。身為富家千金，不光舉手投足有一定的規矩，琴棋書畫也必不可少。我方才考察了一下陸大姑娘，已是完全手生了，這可不妙，得抓緊時間好好補上。」

「所以……」藍嬤嬤遲疑。

陸鹿笑嘻嘻。「所以曾先生打算連夜給我加課。」

「連夜？」藍嬤嬤眉頭一跳，忙勸阻。「姑娘可得保重身體，不可操之過急。」

「知道。我們就練習幾盤，頂多到亥時。妳去吩咐後廚備些點心宵夜。」

藍嬤嬤情知勸阻無用，嘆口氣。「是，老奴這就去。」

兩人當真就著燈燭擺開棋盤，曾夫子笑看她一眼，問：「妳坐得住嗎？」

「沒辦法。」陸鹿撚起黑子隨意一放。

曾夫子失笑。「錯了。」

「沒錯，我打算玩個新棋。曾先生，有沒有興趣？」

「哦？還有新玩法？」

「當然有呀。簡單易學，什麼人都可以懂。而且一盤下來，用時很短哦。」陸鹿來了興致，滔滔不絕的推銷起五子棋來。

第五十四章

曾夫子何等聰明人，一聽規則就知道簡單易懂，只不過，這也算棋？

「當然，也算一種遊戲。圍棋本來就是智力遊戲嘛，對吧？」

曾夫子無語地看著她。

陸鹿嘿嘿笑。「來嘛，陪我玩幾局。注意看嘍，上下左右斜角都可以連成五子哦。」

曾夫子還是瞪著她，遲遲落不下子。

「長夜漫漫，總要找什麼有趣的事打發吧？與其真的學棋，不如輕鬆玩樂。」

曾夫子看一眼屋裡的丫頭，低聲。「怕了妳。」她終於落子了。

陸鹿輕輕一笑，接著也落一子。

兩人棋盤上你來我往，很快就見分曉了。當然，這一次是曾夫子輸。

曾夫子也是硬氣的人，自然覺得輸給一個對圍棋一竅不通的陸鹿是莫大的恥辱，誓要再奪一局。很快，第二局也分出勝負來。五子棋實在太容易上手了，也很容易就掌握要領，漸漸的，勝負就沒那麼快分出來。

窗外，某個婆子側耳聽屋裡落子不斷，且伴著低低笑語聲，皺皺老眉快步下階。

院子轉角長廊上，藍嬤嬤聽著報告，也是眉頭緊皺。這天色已很晚了，曾夫子真的要捱到亥時才離開？那到底是亥時一刻還是亥時三刻呢？

旁邊玉林嫂子著急地問：「怎麼辦？都安排妥當了，可不能在這最後關頭讓人給打亂了。」

「那就只好這麼辦！」藍嬤嬤咬牙，眼中精光一閃。

新鮮事件總容易挑起興奮的神經。曾夫子上手後，便全神貫注的盯著棋盤，死死防守著陸鹿。

陸鹿從絕對優勢變成沒有優勢了。她沒想到曾夫子掌握得這麼快，並且一下就精通了，逼得她更加小心的應付，從最開始的每局都贏，變成了現在絞盡腦汁才能勉強贏，再這樣下去，遲早被打敗。

「哎呀，好累。冬梅人呢？」陸鹿揉揉腦袋，想要歇會兒，高喚丫頭。「添茶呀。」

「來啦來啦。」冬梅挾著地動山搖之勢衝進來。她熱切的把兩位的涼茶倒掉，重新洗過杯子後，添了茶水捧上桌。

陸鹿瞄一眼茶水，與曾夫子交換個眼神。曾夫子輕輕的點點頭，掩袖喝了一口。

「再來。」曾夫子豪氣的還要開戰。

「奉陪到底。」陸鹿笑嘻嘻，並不喝茶，而是指使冬梅去取點心。

冬梅道：「姑娘且再等等。奴婢方才差人去問過，後廚做的點心就快好了。」

「好吧，那我再捱一會兒。」陸鹿很好說話，兩人繼續玩五子棋，冬梅便退到一旁。

大約兩局不到，曾夫子忽然撐頭，接著揉揉太陽穴。

「曾先生，妳怎麼啦？」

打個哈欠，曾夫子歉意道：「有些犯睏。」

「這還不到亥時一刻呢！再堅持一會兒，廚房宵夜快送上來了。」陸鹿熱情地打氣。

曾夫子點點頭，又堅持了半局。其間她頻頻打哈欠，感染得一屋人都打起哈欠來。

陸鹿又看了下時辰，覺得差不多了。「冬梅，妳去把隔壁的廂房收拾一間出來。」

冬梅一愣，問：「姑娘要做什麼？」

「給曾先生住著。這麼晚了，就別回客房了，省得路上磕著。」

冬梅便笑了，說：「不如讓奴婢揹曾先生回客房吧？」

「妳揹？」陸鹿打量一眼，倒是可以，背很寬闊。

曾夫子斜一眼冬梅，淡漠說：「我不習慣讓人揹。」

冬梅面上訕訕，只好退下。

曾夫子又強撐了一會兒，但眼皮實在上下打架，便道：「姑娘也早點歇息吧，我實在熬不住了。」

「行，我知道了。」陸鹿吩咐另外的小丫頭，扶曾夫子去隔壁廂房暫時一歇。

窗外秋風呼嘯，樹影重重。陸鹿手裡握著手爐，安靜的慢慢收著棋子，不讓小丫頭插手，神情格外不同以往。過沒多久，後廚的湯水點心送到。

冬梅擺上桌，笑。「姑娘趁熱吃。」

「嗯。」陸鹿也不推卻，一個人安靜坐在桌邊拿勺子喝熱湯。

瞧著她一口一口吃吃喝喝，門邊侍立的小丫頭悄悄出門，來到廊下，對著廊柱黑影小聲報：「姑娘吃下了。」

「嗯。」黑影轉身下臺階，奔出院子。

漱口後，被窩也用暖籠薰暖和了，陸鹿向冬梅道：「妳出去吧。」

冬梅茫然不解。「姑娘還有什麼吩咐？」

「有，吩咐妳出去，我好關門歇息了。」

「可是，今晚是奴婢值宿……」

「哦，我這屋裡不講究這個。」陸鹿揉著眉心。

冬梅卻固執不肯。「奴婢不走。藍嬤嬤送奴婢給姑娘使喚，再三交代要好好侍候著姑娘……」

「妳侍候得不錯，只是這大晚上的……」

「就是大晚上，奴婢更不應該離開姑娘的屋子去外邊歇息。」冬梅直話直說。「小玉的下場，奴婢可是親眼見到的。」

陸鹿見她說不通，只好吐口氣。「那好，妳就歇在外室吧。」

「是，姑娘。」冬梅立刻歡天喜地的答應。

躺回暖和的床上，陸鹿睜大眼睛計算著。下半夜，段勉會過來，藍嬤嬤她們不出意外，上半夜就會動手吧？她在裡屋睡不著，外邊榻上躺著的冬梅也翻來覆去，弄得床板吱嘎吱嘎響。

半個時辰後，冬梅輕聲問：「姑娘，妳睡了嗎？」

陸鹿輕輕回一聲，懶洋洋。「嗯，快了。」

「哦。」冬梅又走回自己榻上。

大約又過半個時辰，四周寂靜，唯有風聲。冬梅悄悄爬起，側耳聽了聽裡間的動靜，又故意撞到椅子上，鬧出很大聲音，卻聽不到陸鹿的聲音，於是放下心來，輕手輕腳的撥開前門門閂。

「睡了嗎？」有個人影冷不丁出現。

冬梅連連點頭，小聲道：「睡沈了。」

「好了，沒妳事了。」

「是，藍嬤嬤。」冬梅低頭退出。

人影是藍嬤嬤，她擺擺頭。「進去。」

旁邊閃出一個二十來歲家丁打扮的男子，相貌醜陋猥瑣，眼神帶著別樣的光，舔舔嘴，歡快地邁進陸大姑娘的房間。

藍嬤嬤從玉林嫂子手裡接過提燈，小聲道：「急什麼，還有整晚的時間。」

「多謝嬤嬤。」

「知道明早該怎麼說吧？」

「小的知道，嬤嬤妳都教好幾回了。明兒丫頭發現了吵嚷起來，就說是大姑娘勾引小的……」

藍嬤嬤冷著臉。「錯了，你是來院裡跟這邊的庫房對帳，留宿一夜，起夜時迷路走到姑娘院外，因為碰著巡夜的婆子，怕生了誤會，暫時躲進院子，沒承想，姑娘也不知發什麼騷，把你當成什麼人似的拉進屋子……聽明白了嗎？」

「是、是，小的記住了。」

「去吧！」藍嬤嬤這才放人。看著那男子摸黑進了內室，便出門檻帶上門，對著玉林嫂子鬆口氣。「總算大功告成。」

玉林嫂子低聲輕笑。「這事算嬸子的首功，只怕那邊府裡姨娘要多多賞賜嬸子了。」

「放心，有我的必有妳的。」

「多謝嬸子抬舉。」

兩人說笑著，步下臺階，忽然感到腦後生風，帶著「嗖嗖」聲音。藍嬤嬤和玉林嫂子兩個同時身形一滯，「哎喲」兩聲，很快就頭朝前栽向地面。

接著，一道輕鬆的身影從廊簷之下跳出，手起掌落，將想翻身而起的兩人各劈一掌，直接劈暈後，雙手各提起藍嬤嬤和玉林嫂子到正房門前，叩叩門。

很快，屋裡燈光一閃，映出陸鹿的身影，她開門探出腦袋。「妳也搞定了？」

「呶，在這裡。」

「丟進來。」

進來的是曾夫子及兩個被劈暈的人。

掩緊門，陸鹿指著地上被捆起來的醜男說：「我也搞定了。」

「現在怎麼辦？」曾夫子冷靜問。

陸鹿攏起袖子，淡定道：「以其人之道還治其人之身唄。」

「妳是說，讓他們……」曾夫子手指比劃一下，嫌惡得直皺眉頭。

「是呀，我最喜歡以牙還牙啦！可惜主謀不在，不然……哼哼！」陸鹿咬牙切齒。出謀劃策的主使人還在益城，沒辦法還擊，暫時只能拿爪牙出氣。

「在這裡？」曾夫子眉頭還皺著。

陸鹿冷笑。「當然不可能！我的屋子，怎麼能讓這幫畜生弄髒了？」

「明白了。」曾夫子眉頭鬆開。

兩人齊心合力將藍嬤嬤、玉林嫂子和家丁打扮的醜男悄無聲息的送到藍嬤嬤的床上。藍嬤嬤老公早死，沒留下兒女，倒是玉林嫂子是有家的人，老公在益城府裡當差，不經常來這邊。

把人弄上床後，曾夫子揮手。「妳先避一避，我把他們脫光。」

「等一下，曾先生。」陸鹿小聲道。「弄上床容易，我想著怎麼讓他們假戲真作！」

曾夫子一怔。「妳、妳想讓他們……」

「對，做壞事嘛就要做徹底。妳有迷藥吧？」

「有是有一點，但，要迷藥做什麼？」

「讓他們喪失理智，最好天快亮時三人滾作一團，然後我藉口有事問藍嬤嬤，帶人來抓現形，讓別院所有人都看到這一幕。」

曾夫子背上一寒。真是睚眥必報的傢伙呀！膽夠大，主意夠損！

「妳說的這種迷藥，目前市面上沒有。不如這樣，現在先讓他們昏迷不醒，等天快亮時，咱們再來一趟，到時再灌點其他藥……嘿嘿，保准妳抓現形！」曾夫子挑挑眉。

陸鹿大喜。「好，這個辦法更保險，記得到點提醒我，可千萬別忘了。我怕睡過頭。」

「知道了。」曾夫子到底將她趕到一邊，然後在藍嬤嬤床上做了番手腳，兩人這才舒口氣。

回到自己屋裡，陸鹿仍有一事不明。「曾先生，我還以為她們會對我使用春藥之類的東西呢！怎麼卻是致人昏迷的藥粉呢？」

「妳怎麼聰明一世、糊塗一時呀？」曾先生笑著說。「妳到底是在深閨的姑娘家，哪來的春藥呢？何況她們栽贓給妳的污水是妳勾引在先，既然是主動勾引，就用不著春藥嘛。」

於是，曾先生把在外頭聽到的對話一五一十告訴陸鹿，最後意味深長道：「我原來以為妳針對二姑娘、四姑娘是個性使然，沒想到，妳這是在自衛呀！」

「可不是，一把辛酸淚呀！」陸鹿故意抹抹眼角，嘆息。「我也不知倒什麼楣，就這麼招易姨娘母女仨的嫉恨。要不是我在鄉莊有把子蠻力，又行為粗野乖張，早就被她們啃得連渣都不剩了。」

「唉！妳白天跟我說時，我還有點半信半疑，沒想到……」曾夫子看向她的眼神無限唏噓同情。

「多謝曾先生鼎力相助！」陸鹿斂起戲色，向她正式的行個大禮。

「免了免了。」曾夫子唬一跳，伸手扶正她，不解地問：「如果我不來，妳打算怎麼辦呢？妳身邊一個能用的幫手都不在。」

陸鹿咧嘴嘻嘻笑。「首先，夜宵我肯定不會吃，怕上當，我會想辦法調換或者賞給丫頭，看她們的反應。其次，各個擊破，那醜男我仍然會收拾他，搞定他後再殺去藍嬤嬤和玉林嫂子屋裡，仍然會把他們三個捆成一團……」

停了下，陸鹿想了想說：「現形不好抓，但我會把他們脫光，丟在院外凍一夜，不死也脫層皮，再慢慢折磨死。」

「凍一夜？」曾夫子沒想到她損點子這麼多。

「妳沒聽錯，我做得出來。他們想逼死我，我自然不會大發善心的放過，那不是我的風格。若是凍一夜還不死，我還有後招。」陸鹿戾氣濃重，語氣不容置疑。

曾夫子嘆氣。「難為妳了。小小年紀，到底沒有生母維護，給人欺負成這樣。」

「所以嘛，曾先生，妳除了教我禮節之外，能不能教我暗器呀？」陸鹿順竿就爬，嘻皮笑臉賴上她。「我這下更加肯定，在寶安寺幫我的就是妳啦，妳賴不掉了！」

曾夫子好笑的翻她個白眼，無可奈何道：「妳真想學？」

「真想，妳看我真誠的眼睛。」陸鹿眨眨亮晶晶的黑眸。

「噗哧。」曾夫子被她逗樂了。

陸鹿撒著嬌道：「吶，妳笑了，我就當妳答應嘍。」

「陸大姑娘，這事先緩緩。」

「為什麼？事不宜遲呀，師父。」陸鹿嘴巴甜就叫上了。

曾夫子長長嘆氣。「等鄧先生回來，再做商量吧？」

「哦。」陸鹿頭腦轉得很快，稍稍沈吟，便小心問：「莫非鄧先生也是隱世高手？」

曾夫子沈默不語。

沈默就等於默認嘛。於是，陸鹿又大膽猜。「莫非曾先生所學是師從鄧先生？」

曾夫子眼神閃了閃，哂笑。「好了，不說了。我真睏了，妳也早點歇著。」

「原來鄧先生跟曾先生關係這麼緊密？我還以為，妳們是分別被陸府聘請的。」陸鹿喃喃自語。

曾夫子卻不願多談，叮囑。「早點歇吧，天亮還有場戲要演呢。」

「好吧。晚安，曾先生。」

送出曾先生，陸鹿睡意皆無，而是把火盆撥亮，攏著手爐，安靜聽著窗外呼呼寒風等著段勉。但這一夜，段勉並沒有出現，陸鹿熬到半夜，實在犯睏，這才爬到床上去了。

天濛濛亮時，曾夫子神清氣爽、眼神明亮的來敲門。敲了半天才把陸鹿敲醒。她睜眼，猛然想起還有要緊事，一個鯉魚打挺，快速起床開門，然後喚丫頭進來服侍梳洗。

冬梅當先衝進來，看到她和曾夫子，明顯一愣，掉頭想出門。

曾夫子搶先擋在門口，笑。「妳不服侍姑娘梳洗，去哪兒？」

「奴婢去端熱水來。」

「用不著，妳乖乖去給姑娘梳頭。」

「冬梅，過來。」陸鹿冷冷開口。

「哦。」冬梅惴惴不安的挪過去。

梳洗好後，陸鹿握著手爐吩咐一個婆子。「去，把所有人都給我叫來，我有要緊話吩咐。」

「是，姑娘。」

服侍她的一眾下人一頭霧水，也不知道這天還濛濛亮就起床的陸大姑娘是怎麼啦？妳說妳難得起個早床就罷了，還要把所有人召集起來昭告一番是吧？

人陸續都到齊了，大多數都帶著惺松的睡眼，還有的人悄悄打著哈欠。

眼光巡視一回，陸鹿故意大聲問：「人都到齊了嗎？」

有另外的管事嬤嬤看了一圈，稟道：「藍嬤嬤和玉林嫂子沒來。」

「怎麼搞的？我的話不管用了是吧？」陸鹿怒了。

其中一個婆子討好道：「姑娘息怒，老奴這就去把藍嬤嬤和玉林嫂子叫來。」

「不用了。」陸鹿臉色一冷道：「不就是仗著益城有人撐腰嗎？擺這麼大的譜！我今日倒要看看，她們是不是故意給我難堪？走！」

走去哪兒呀？滿院子的人都一頭霧水，但陸鹿也不多解釋，氣恨恨的帶頭出院，其他人面面相覷，只好帶著滿肚子的疑問跟從。

後牆院迴廊寂寂。接近藍嬤嬤的屋子，隱隱有不正常的聲音一浪高過一浪的傳出。有那婆子聽出來，臉色都變了，試圖阻止陸鹿。

「咦，什麼聲音？」陸鹿卻裝作天真無知，還加快腳步。

屋裡的聲音更清晰入耳，大夥兒紛紛變臉。「嗯啊」之類的高呻低吟不斷，夾雜著男人的大力喘氣，還有床鋪的吱吱響。這下，不管有經驗沒經驗的都聽出不對勁了。

「把門砸開。」陸鹿冷下臉色。

藍嬤嬤可是獨居，這屋裡有男人聲音算怎麼回事？而且大夥兒都聽出來，屋裡不止一個女人在浪叫呢。

「開門！」

「敲什麼？給我砸！」陸鹿大聲喝令。

幾個粗使婆子得令，用身體撞門，一下、兩下，很快就把門給撞開了。

陸鹿沒有進去，她只袖著手淡漠地在外頭等著。

不久，響起各種尖聲怪叫，一個闖進去的婆子捂著臉躲出來稟報。「姑娘請迴避。」

「為什麼呀？」陸鹿還不肯。

婆子臉上羞訕。「實在……不成體統！」

陸鹿若無其事地向冬梅一干丫頭吩咐。「去，幫我瞧瞧怎麼個不成體統法。」

她覺得只有一部分婆子闖進去看到不夠鬧騰，滿院子人都親眼所見才符合她的本意。

曾夫子在一旁起鬨。「走、走，瞧瞧到底怎麼回事！」

接著真有好奇心大的丫頭跟著進屋，不過，很快就臉色羞紅的跑出來。

窗戶被打開了，曾夫子故意大聲嚷。「簡直傷風敗俗，丟盡陸府的臉哦！」

那膽小沒跟進去看的，就伸長腦袋踮起腳往裡看。

藍嬤嬤和玉林嫂子衣不蔽體，愣愣的坐在床上，好像傻了。而床榻底下此時跪趴著一名渾身赤裸的男子，頭巾也掉了，披頭散髮的臉朝裡瑟瑟發抖。

「呀！」膽小的丫頭們都捂臉躲一邊去了。

還是幾個老成的管事娘子回過神來，驅趕眾人。「出去，出去，都出去！」

「別看了、別看了，小心長針眼。」

陸鹿向屋裡說話。「嚷什麼呀？還不捆起來送交官府。來人，去把護院家丁給我叫來，都綁了！」

「是，姑娘。」

冬梅悄悄躲在一邊發抖，看著陸鹿的眼神全是驚懼。

終於，屋裡傳出撕心裂肺的哭叫聲。「啊！怎麼會這樣？……嗚嗚？」

「來人，快馬去益城報給老爺、太太。」陸鹿又發號施令，她這是唯恐天下不亂啊！

趙管事娘子陪著笑臉。「姑娘請暫且迴避。這事有傷風化，只怕污了姑娘的眼。」

「行，我迴避。不過，妳們若想看在往日同事面上做手腳的，最好給我趁早打消這心思，麻煩曾先生幫我看著點。」

曾先生愉快的答應了。

陸鹿知道出這種事，她小姑娘家家的不好在現場逗留過久，只好先回了自己院子。

很快，滿院大大小小、男男女女都知道藍嬤嬤屋裡發生的桃色豔事了。兩婦一男，被抓正著，還是在床上抓的，這特大八卦夠大家議論好長一段時間。

報官是不可能的。趙管事娘子攔阻了報官的人，陸鹿不懂事，她們卻不能不顧及陸府的顏面。這只是偷情，又不是出人命，何苦把事鬧大呢？

不過回報益城陸府，那是必然的。這樣的醜事發生，已經瞞不住了，藍嬤嬤和玉林嫂子肯定要被打發出去，至於那個男人……好像是益城那邊庫房的小管事？聽說還是周大總管的外侄？這下麻煩大了！

正鬧得不可開交，偏巧，龐氏派人送來許多精緻的吃食，還有些珠寶首飾，護送的人來頭也很大，是王嬤嬤。

見禮過後，陸鹿表達了對龐氏的感謝，也多謝王嬤嬤親自過來一趟。

王嬤嬤卻表示，自己這一趟是特意過來暫時服侍大姑娘的。因為龐氏聽說衛嬤嬤也因被罰，正在養傷，羅嬤嬤又回來了，怕曾夫子管不住大姑娘，便指派身邊的王嬤嬤來教導。

陸鹿再次感謝龐氏的細心周到，於是，自然而然就說到早上發生的緋聞。

王嬤嬤在來之前已聽聞了急報，也請教了龐氏如何處罰。當時，龐氏只冷漠地吩咐——

「女的打二十大板，拉出去發賣；男的五十大板，發賣。不得延遲。」

藍嬤嬤和玉林嫂子還關押在柴房聽候處置，當聽到龐氏這個處置命令下來後，玉林嫂子開始大哭大鬧的嚷：「太太，奴婢是被陷害的呀！太太，奴婢是冤枉的呀！太太饒命！」

王嬤嬤撇撇嘴衝著玉林嫂子譏諷。「妳冤枉？妳說妳一個有男人的婦道人家，做出這種事怎麼好意思喊冤？」

藍嬤嬤冷靜地抬頭。「我要見太太。」

「太太沒空。」

「那讓我見見我家妹子。」

王嬤嬤冷笑。「急什麼，打完了，還剩一口氣，賣出去，妳們再去外邊見。」

藍嬤嬤遮遮衣領，冷笑。「我們被人做了手腳，王嬤嬤，妳該知道，這麼多年我都一個人過，怎麼可能昨晚無緣無故的就……」

「少廢話，給我打！」陸鹿慢悠悠晃過來二話不說，板起臉色喊打。

玉林嫂子猛地撲過去。「姑娘、大姑娘，妳、妳饒了我吧？我說、我都說！其實，原本這男人是……」

「閉嘴。」藍嬤嬤喝斥。「妳以為她不知道？就是因為知道，我們才被反咬一口的，妳這蠢貨，還向她求情?!」

玉林嫂子掩面哭泣。「嗚嗚，我後悔了！我不該摻和妳們的破事。妳們要害大姑娘，要替二姑娘出口氣，我跟著摻和什麼呀？我又沒個親妹妹在四姑娘身邊當差，我又撈不著好處……」

王嬤嬤臉色變了變，也果斷咬牙。「還愣著幹麼，打！堵著嘴打！」

「是。」執行家法的粗使婆子，上前就把玉林嫂子的嘴堵上。板子噼噼啪啪不客氣的揮下。很快，兩人都皮開肉綻、氣若游絲。

特意過來觀看的陸鹿還很不高興。「妳們沒吃飯呀？下手這麼輕，是不是跟她們是一夥的呀？」

粗使婆子們的手都快打瘦了，聽她指責打輕了，敢怒不敢言。

「姑娘、王嬤嬤，人牙子來了。」下人報。

益城龐氏得到了這邊的消息，並沒有刻意隱瞞。自然，易姨娘和陸明妍身邊的藍嬤嬤就同時知道了。

「怎麼會這樣？」易姨娘愣了。

「是呀？怎麼會這樣？」藍嬤嬤也傻眼了。

易氏身邊的賈婆子和陸明容身邊的錢嬤嬤此刻心裡是翻江倒海般驚駭。

這一招，不是該用在陸鹿身上嗎？怎麼會這樣？這一刻，她們的心聲出奇的一致。

第五十五章

「姨娘，妳、妳可要救救我那可憐的姊姊呀。」藍嬤嬤跪下扯著易姨娘求情。

易姨娘心煩意亂地擺擺手。「起來說話。」

錢嬤嬤嘆氣。「可是太太都發話了，還特意派王婆子過去，只怕回轉餘地不大。」

藍嬤嬤忍不住低聲哭泣。

「先別急，」賈婆子忽道：「周大總管的外侄牽連其中，只怕他也不能坐視不管吧？」

易姨娘眼眸一亮。「妳是說，周大福會向老爺求情？」

賈婆子點頭。「這個外侄可是獨子，必定求到周總管頭上，我就不信他真撒手不管。」

「只是這事，老爺恐怕也不能容忍。」想想看，一個小管事，跑去別院跟兩婦人鬼混成一團，還被當場抓到，這擱誰家也不能忍呀！

藍嬤嬤抹著淚。「姨娘，別的我就不說了，就怕那玉林嫂子為了立功，把咱們當眾咬出來，後果可就嚴重了！」

她這麼一說，易姨娘就悚然而驚。對啊，藍嬤嬤她們可是得了自己的授意才下手，最後卻自食其果，若是為了躲避責罰咬出自己，那後果……

易姨娘向賈婆子吩咐。「妳去外院找找周大福家的婆娘，怎麼著也得想辦法把人撈出來。」

「好的。」賈婆子知道該怎麼做。

這邊，錢嬤嬤咂巴了下嘴，後怕。「這事怎麼會搞成這樣？不是說一切順利嗎？」

易姨娘沈思一會兒，慢慢開口。「只怕哪裡疏漏了，才讓那丫頭識破，反將一軍。」

「只是，她一個小姑娘家，身邊心腹還都暫時不能用，是怎麼做到的？」

易姨娘也冥思苦想不得要領。她怎麼識破這個巧局的？又是怎麼反其道而行報復的？她是不是全都知道了？那以後這仇就結定了，擺明面上了吧？

沒多久，賈婆子就帶了口信進園子。

「周大總管發了通脾氣，說沒臉去求情。總管娘子悄悄去求了太太，太太也沒見她。那總管娘家嫂子又跪在周大總管面前求情。最後周大總管才說了，打一頓發賣不可避免，這事，他也不好明著插手，瞧著嫂子可憐，便指了條明路。」

「什麼明路？」藍嬤嬤比誰都心急。

賈婆子神秘一笑。「人牙子。」

人牙子來了兩個，一個是中年婦人，一個是上了年紀的老嫗，是從益城趕過來，著名人牙行的婆子，王嬤嬤先前認識，便先去見了面。

陸鹿若有所思地盯著兩個被打得奄奄一息的人。

曾先生今天跟她形影不離的，湊過來問：「就這麼賣了，豈不便宜她們？」

「沒錯，太便宜她們了！我還要殺雞儆猴，讓躲在暗處的這些賤人們看看我的手段。」陸鹿咬牙切齒。

「妳打算怎麼做？」

陸鹿成竹在胸的笑了笑，隨後皺眉。「我在想，是我親自動手呢，還是借助別人之手？」

「妳不好出面，讓我來。」曾先生忽然主動攬事。

陸鹿很是意外，小聲。「曾先生，妳還要幫我？」

「嗯，幫人幫到底。」

「可是，接下來的事可能會讓妳手沾鮮血哦。」

曾夫子卻淡淡一笑。「我手上又不是沒沾過血。」

這話，令陸鹿眼神微變，認真看她一眼，又移開目光望向天空。深秋的天，陰沈沈的，陽光透不過層層的雲。「好吧。這事，要的是手巧手快，其實曾先生出手最適合不過。」

「哦？」

陸鹿從懷裡掏出一小瓶道：「只要找個機會，把這瓶裡的粉末撒到她們傷口就是。」

「這是什麼藥？妳從哪裡得來的？」

「楊家藥鋪出品，我無意中得之，沒想到正好派上用場。」

曾夫子接過，細細看過，又聞了聞，臉色忽變。「這種藥末……止不了血，只會敗血更快。」

「嗯哼。」陸鹿要的就是這種效果。

曾夫子稍微一想，也就明白她的意思了。人當然不會放過，但也不會讓她們死在自己院子裡，畢竟死人終歸晦氣得很，能賣筆錢再送去死，最划算了。

人牙子既然來了，那自然就要拉出去發賣。挨二十大板，對兩個平時呼來喝去的管事婦人也夠嗆。既然要賣，不說請大夫，但草率包紮上藥也是必要的。曾夫子藉口大姑娘重情重義，特意送來兩瓶藥，親自監督著給她們上好包紮，再由擔架抬出府後門。

這麼一折騰下來，府裡婆子、丫頭自然就該整頓了。這整頓之責，王嬤嬤包攬了過去。

陸鹿的院子裡，冬梅已經跪了半天。她好怕、好慌！她也好後悔！別人只以為她是惹怒大姑娘被罰跪，也沒在意，只有陸鹿冷眼看著她，袖起雙手瞧了一陣，就自顧自進屋裡烤火去了。

很快，曾夫子就過來，悄聲說：「好了，都撒到她們傷口上去了。」

「多謝曾先生。」陸鹿忍不住再次鄭重道謝。沒有曾夫子幫忙，她還是會完成以牙還牙的報復，只不過可能沒這麼順利。

「謝什麼，我這裡還有件事求妳呢！」

陸鹿抬眼示意。「請說。」

曾夫子未語先笑，看看屋裡，壓低聲音道：「鄧先生有消息了。」

「哦？好事呀！」

曾夫子咬咬唇，小聲道：「只是，她無故失蹤，又離奇出現，怕府裡老爺太太多心起疑，我想著，不如先在姑娘這裡暫住幾天，編個理由再一起回益城，如何？」

陸鹿撐腮想了想，好像沒什麼害處？便點頭。「可以，舉手之勞嘛。」

「謝謝。」曾夫子笑咪咪。

「不過，這到底是怎麼回事？我思忖著，忒古怪了。」陸鹿好奇問。

曾夫子眼神怪詭的看著她，張張嘴，又停頓，低眉垂眸的沈吟道：「實情我也不大清楚，只知道鄧先生今天會到別院來。」

「哦，那好呀，正好問問這些天她幹麼去了？害得大夥兒都擔心。」

曾夫子再次看向她，眼神有些意味深長。「嗯，到時再仔細問問好了。」

陸鹿沒放在心上，支著腮發呆。

「姑娘在想什麼？」

「我在想，拿冬梅怎麼辦？」

曾夫子看一眼屋外跪著吹寒風的冬梅，偌大的身板竟然搖搖欲倒，瞧著怪可憐的。搖了搖頭，淡淡開口。「死罪可免，活罪難饒。」

陸鹿嘆氣。「就是不知安什麼活罪呀？打一頓吧，她皮糙肉厚的不頂用。罰去做苦力吧？又怕她管不住嘴亂說話。打發回鄉吧？也不是好辦法。難道……要割掉她的舌頭？」

曾夫子唬一跳，笑問：「她知道多少？」

「原本知道的並不多，不過這麼一鬧開，她再笨也知道發生了什麼。」

曾夫子低頭想了想。「冬梅不能放走，她是見證人，若查明事實後，那邊府裡姨娘不承認，她可以當個活證。」

「她承不承認沒差，反正我也不會放過她。」陸鹿冷笑一聲。跟易氏母女的仇結定了！

「總歸有個活證比較有把握。」曾夫子又沈吟片刻。「不如，我幫妳看著？」

聽她這麼一說，陸鹿心念一動，突然笑了，拍掌。「如此更好，多謝曾夫子！」

曾夫子微笑。「我也要多謝妳信任我。」

「先生如此鼎力相助，我豈敢再疑？」陸鹿向門外喊。「冬梅，進來。」

「是，姑娘。」冬梅扶著地，顫巍巍的爬起，艱難的挪動凍麻的身體，一步一步蹭進來。屋裡暖和多了，她吸吸鼻子，又要苦著臉跪下。

「妳犯了什麼錯，不用我提醒吧？」

冬梅扁扁嘴，眼眶泛熱，跪下磕頭。「姑娘饒命！奴婢實在不知會這樣！」

「饒不饒，就看妳嘴嚴不嚴了。」

「是、是，奴婢什麼都不知道，什麼都沒看見！」冬梅嚇得趕緊保證。

陸鹿板起臉，惡狠狠的威脅。「這件事，以後不許再提，尤其是昨晚發生的事，若是讓我聽見有人背地裡在偷偷傳，那就是妳多嘴惹出來的。到時，休怪我不客氣！」

「奴婢不敢。奴婢什麼都不知道，不敢亂傳是非，請姑娘放心。」

陸鹿冷哼。「放心？妳這樣半夜開門揖盜的奴才，我放心留妳在府裡就是莫大的恩賜了。妳要不識好歹，下場如何，妳自行想像。」

冬梅羞慚地不敢多辯，只瑟瑟趴著顫抖。

「陸大姑娘，我瞧這冬梅是個憨厚沒心眼的，想必被誰蒙了雙眼吧？俗話說，得饒人處且饒人，不如這樣吧，我身邊湊巧少個心眼實在、能幹勤快的丫頭，不如把她暫且派給我使喚兩天如何？」曾夫子開始出面唱白臉了。

陸鹿意外地揚起臉。「曾先生竟然看中這出賣主子的丫頭？」

「不能這麼說，冬梅年小，眼力淺，沒見過世面，只怕別人三、五兩銀子就收買了去也是有可能，對吧？冬梅。」

冬梅感激的抬眼，淚眼濛濛。「是、是，藍嬤嬤給奴婢兩吊錢。」

才兩吊錢？曾夫子嘴角一扯，笑著轉向陸鹿。「陸大姑娘身邊的春草和夏紋想必很快就能回來服侍。這丫頭身板壯實、力氣大，我那屋裡要時不時搬動書架、書桌，正好需要力氣大的丫頭，不如，就借我使喚吧？」

陸鹿幽幽嘆氣，撐撐額，仍是冷著臉。「冬梅，妳可願去服侍曾先生？」

「願意，奴婢願意。」只要不趕她走，不把她賣掉，冬梅當然是一百個願意。

「好吧。從今天起，我就把妳賞給曾先生使喚，月例銀以後就在我屋裡領。」

「謝謝大姑娘！多謝曾先生！」冬梅喜極而泣，頻頻磕頭。

「先下去吧。」陸鹿懶散地擺手。冬梅乖乖起身行禮，喜孜孜的退出。

深秋的黃昏來得比較早，鄧夫子就是這個時候上門來了。

陸鹿和曾夫子迎出來一看，濃墨重彩的昏色背景之下，鄧夫子披著件厚袭，神情平淡無波的看著她們。自然，王嬤嬤也知道了。

鄧夫子突然消失，又突然出現的消息，很快就傳回益城陸府。還好沒報官！這是陸靖的心聲，不然真的說不清了。陸府特意吩咐別院擺上接風洗塵宴，陸鹿親自作陪，散席後，請入後院才得以詢問鄧夫子這些天去了哪裡。

鄧夫子輕描淡寫。「那一晚，忽然想起是某個至親故人的祭日，耽誤不得，也來不及留隻言片語，便匆匆離開，我想著，左右不過一、兩天的腳程，學堂裡有曾先生看著，不會有什麼大事，就這麼任性的去了，沒想到途中被絆住，一時趕不回來，誰知道給陸府還有曾先生添麻煩了。」

陸鹿瞧她說得這麼雲淡風輕，再看她氣色，也略有一絲疲勞，便也沒多追問，只笑道：「鄧先生平安歸來就好。而且學堂能早點放假，我估計她們也心裡直偷樂呢。」

曾夫子掩齒笑。「別人樂不樂，我不知道，陸三姑娘可不樂。放年假後，她還時常送字帖過來讓我批改呢。」

「明姝呀，真是按大家閨秀的準則要求自己。」陸鹿好笑。

曾夫子嘆。「三姑娘倒是可惜了。」若是身為嫡女，或者出身官家，那絕對能嫁個好人家，當上官太太。可惜只是商家庶女，那親事，自然就要大打折扣。

「有什麼好可惜的？她那麼溫柔嫻雅，就算不嫁豪門不當官太太，日子也能過好。」陸鹿可不認同，這女人難道只有嫁世家當官太太才幸福？

鄧夫子笑笑。「有道理，三姑娘是個有福氣的人。」

「鄧先生，那我呢？」陸鹿指自己。

鄧夫子眼神怪怪的，望她笑。「妳呀，得上天獨厚，有貴人相助。」

「哦？」陸鹿眼珠一轉，好像是？她能重生，就是上天獨厚了吧？事事順利不栽跟頭，也算有貴人相助？只是這個貴人，是指段勉嗎？

曾夫子笑。「好啦，鄧先生連日奔波累了吧？先去歇著吧。陸大姑娘，離妳及笄日可就兩、三天了。」

「知道了。」陸鹿頓時沮喪了。為收拾這幫給她添亂的傢伙，誤了她不少時間。現在身邊使絆的算暫時清除，又有曾夫子在旁相助，她才能得空喘口氣，終於可以抽空過問毛賊四人組的情況了。

夜色垂臨。陸鹿撐著腮還等在桌前，翻著易姨娘送過來的血帕，認真努力的辨認上面歪扭的字體。

寒風呼嘯，伴著點點滴滴的秋雨有一下沒一下的敲打窗格。看這天氣，只怕段勉不會再來了，陸鹿收拾一陣後，準備休息。

窗外秋雨噼哩啪啦的，陸鹿自己去掩了火盆，嘀咕一句。「不會是下雹子吧？」

「咚咚——」窗格有輕叩聲，開始陸鹿沒在意，以為又是秋雨敲窗，又連接響了兩下，聲音比較大，她才回過神來，聽了聽，湊近問：「誰？」

「是我。」低沈悅耳的聲音。

陸鹿一怔，慌忙打開窗戶。只見段勉身上披著蓑衣、戴著斗笠，抬起亮晶晶的黑眸凝視她。

「這麼晚，又是下雨天，你怎麼來了？」陸鹿小聲問。

段勉勾唇笑笑。「我想來就來了。」

「哦，進來吧。」陸鹿毫不避嫌的招呼。

裹著寒氣雨氣跳進來的段勉，自覺的除掉蓑衣、斗笠放在窗根邊，回頭卻見陸鹿伸長腦袋張望著窗外。「怎麼就你一個？」她還惦記著對質的事呢。

「嗯，雨天不方便帶人過來。」段勉語氣平靜。

「這樣呀？」陸鹿擰眉。「那你還來做什麼？」

段勉徑直走到屋中撥燃埋好的熟絲炭，不回答，只低聲招呼。「過來坐。」

「呃……這裡是我的屋子。」陸鹿哭笑不得。他還真是一回生、二回熟啊！

段勉看著她，問：「妳沒事吧？」

「你指什麼？」

「好事不出門，壞事傳千里，府上的事我聽說了。」段勉淡定看著她。「妳還好嗎？」

陸鹿表情扭曲。還真是傳千里呀！這麼個冰山男都聽說了，可見外頭傳成啥樣了？

「我還好。」陸鹿泡杯茶放他手邊，坐到對面去。

屋裡靜默下來，屋外寒風挾秋雨，更烈更急了。

「你沒回京城嗎？一直在益城？」陸鹿好奇問。

段勉搖頭。「回了，今天才到益城辦點事。」

那陸鹿又無話可問了。他辦什麼事，她一點興趣都沒有。

「有件事，不知妳想不想聽？」段勉看著她，用商量語氣。

「若是八卦我想聽；若是朝堂那些事，我不想聽。」陸鹿笑吟吟地回覆。
段勉垂眼。「關於和國人的。」
「和國？」陸鹿斂起笑容，奇怪。「他們來撈人啦？」
「不是，求和。」段勉面色平靜。「他們招架不住，派使臣上書請求和談。」
「憑什麼呀？招架不住的敗軍之將還要求和談？不該直接投降嗎？」陸鹿不屑啐。
「那，皇上答應了嗎？」
段勉就知道她對和國之事比較感興趣，遂笑著說：「朝中分兩派。一派堅持痛打落水狗，直到他們投降稱臣為止。一派接受和談，邊境太平，百姓安居樂業，才能國泰民安。」
陸鹿一聽，似乎都有道理。
不過，推敲下來，她是主戰派。窮寇就要追擊，打到完全無還手之力為止。休養生息？我國邊民休養生息，人家和國也正好可以養精蓄銳呀！這個民族從來就只會對強者稱臣，從來不會因為你的仁慈就放過不欺負你。當他們不欺負你時，不是他們心軟，而是他們本身還不夠強壯；當他們一旦強大起來，那周邊國家就該倒楣了。
「哦？那現在哪一派占上風？」陸鹿確實感興趣了。
段勉微笑看她一眼。「主和派。」
「啊？」陸鹿真切地吃驚了。
段勉反問：「妳覺得不好？」
「呃……我能先問問，二皇子是主戰還是主和？」

「主和。」段勉垂下眼瞼。

「你呢？你是邊關調回的參將，應該最懂戰事吧？窮寇一定要痛下殺手才能放心，對吧？尤其是和國人，他們狡猾多變。如果明明可以大勝對方，卻突然罷兵，這不是和，這是妥協、是笨，是放任豺狼回窩喘息。等牠們休整過來，會反咬一口給牠們喘息時間的人。」

段勉猛然抬眼，直勾勾看著她，意外至極。

「怎麼？我說得不對嗎？是，我是外行，可是對和國人，絕對不能仁慈。對他們放鬆警惕，就是對齊國自己人的殘忍。」

「妳方才所說，跟三殿下陳述的意思，相差無幾。」

「三、三殿下？」陸鹿訝異。「三殿下主戰？」

「是，三殿下主戰。」段勉肯定。「他是第一個帶頭反對跟和國停戰談判的殿下。」

陸鹿回想那晚見到的三皇子，表面看來養尊處優，沒想到也是個好戰分子。

「你說，他的反對意見跟我所說的差不多？」

「嗯，還舉了相當多的例子，所以朝堂上支持他的也不在少數。」

陸鹿緩緩點頭，舉了舉手。「我也支持他。」

「陸姑娘……」段勉錯愕。

陸鹿眼神冷淡地看著他。「我覺得平時皇子們爭爭吵吵、各自為政就算了，可這是關乎齊國百年基業的大事，應是聯合起來對外的時候了，能不能先放下皇位之爭的成見，在這件事上達成共識呢？」

段勉無語。
「我是無足輕重的小女子，自然說話沒有分量，不過段世子，你最瞭解和國人是什麼德行，麻煩說服二皇子，別為了反而反。這一次，三皇子的決定是正確的。」
段勉還是直愣愣地看著她。
陸鹿沒回視他，而是斜撐著臉，自言自語著嘀咕。「這麼看下來，三皇子還是滿靠譜呀！如果、如果他上臺，說不定五年後的玉京就不會被和國人攻破了……」
看來，這個二皇子也許是個心軟的皇上，守成還湊和，讓百姓休養生息也是正確的，但前提是國境上的豺狼首先要鏟除，才能安心的大搞國內建設呀！外敵不清，如何國泰民安？
「陸姑娘，妳在說什麼？」她的嘀咕聲不小，段勉聽得臉色變幻，好心出言。
陸鹿忽然擠出絲意味不明的笑容，認真道：「我想，我該重新審視一下三皇子這個人，如果可能的話，我希望他贏。」
段勉瞬間臉色鐵青。
「比起墨守成規、不思進取、一心求穩，不惜向手下敗將投橄欖枝的人，我更喜歡勇於承擔、眼光長遠，不為蠅頭小利，強勢為國掃清發展障礙的敢言者。」陸鹿本來就喜歡暢所欲言，對段勉更是毫不避諱地直白宣講。
段勉霍然起身。他沒有離開，而是神色帶點緊張地四周警戒巡查一遍，確定隔牆無耳後，重新落坐。這次，他坐在陸鹿身邊。「陸姑娘，請謹言慎行。」
陸鹿盯著他的一舉一動，直到他坐到身邊來，視線還是圍著他打轉。「怎麼？難道我還會因言獲罪？」

段勉專注看著她，眼色複雜。太冰雪聰明了吧？舉止雖是那麼大大咧咧，眼光卻如此長遠，堪比朝堂那些為官數載的老傢伙們，真是個集合太多矛盾的女子。

「妳說得很有道理，但是言辭間還是要注意點。」段勉語氣很溫和。

陸鹿鬆口氣笑，拍拍他。「難得呀段世子。明明是主和一派的骨幹大將，卻贊同主戰派的觀點，你真是一碼歸一碼的實在人，我沒看錯。」

段勉眸光一亮。「妳怎麼看我？」

「你公事公辦、公私分明呀！是個心思深沈卻坦蕩的男人！」陸鹿毫不客氣地誇獎。

「多謝。」段勉很受用。

陸鹿微仰起頭，笑咪咪地小聲問：「那你能不能說服二皇子，不要主和。應該一鼓作氣將殘寇打趴，打到他們滅族為止。」

段勉勾唇微笑，凝視她在夜間的雪白容顏，活潑的眸光帶著少許期待。「我試試。」

陸鹿咧嘴樂。「我厚顏無恥的代表一下百姓，多謝世子爺。」

「妳算百姓？」段勉實在忍不住撫一下她俏生生的臉龐。

「別亂動手動腳的。」陸鹿不悅地嘟起嘴躲開。

段勉訕訕收回手。

「呃，那個……」陸鹿起身走到窗邊聽了聽，喜道：「雨小多了。」

段勉若無其事地走近，挨著她望了望黑漆漆的窗外，漫不經心。「嗯。」

「你、你別靠這麼近。」陸鹿被他圈進牆與他之間，很難為情地戳出一根手指推了推。

段勉紋絲不動，只是低下頭看著她。

氣氛有些曖昧，這不是陸鹿想要的。於是，她繼續以一根手指戳他。「走開啦！」

手指猛然被段勉抓住，腰身也被他另一隻手箍緊，陸鹿猝不及防，吃了一驚。「呀？你幹麼?!」

段勉霸道地將她攬進懷中，下巴蹭著她額前，堅定道：「我不會讓人欺負到妳。」

「咦？」陸鹿一頭霧水，也忘了掙扎，仰面望他。

「我一向不對婦輩動手。不過，若是危及到妳，我會出手。」段勉認真看著她。

陸鹿眨眼，再眨眼，忽然失笑。「你、你說的我聽不大懂。危及我，關你什麼事？我自個兒能擺平。」

段勉看著她，認真問：「陸府裡的易氏，是不是一直在故意為難妳？」

「大概是吧，不過，這不關你的事；還有，你快點鬆手！」陸鹿掙扎道。「你這算非禮了呀！」

段勉卻將她抱得更緊，低聲。「妳嫁給我好不好！我能更好的保護妳。」

「什麼?!」陸鹿錯愕。

段勉微彎腰，認真看著她。「我一定會娶妳，不管妳願不願意。」

第五十六章

陸鹿目瞪口呆，心情又開始糟透了！

「段勉，你這麼固執到底為什麼呀？我又不漂亮，也沒多吸引人吧？」陸鹿真是想不通了。

段勉無聲咧咧嘴，不作聲，只是將她擁緊。「聽話，別鬧，好好等我娶妳，八抬大轎迎妳進門，知道嗎？」

「啊？」陸鹿嘴角一歪，內心呼嘯。這叫什麼事？他怎麼這麼頑固呀？

「我再三申明，死都不會嫁進你們段家！」陸鹿使勁推他，氣呼呼的強調。

「除了妳，我不會娶別人，也不會再納人。」段勉鄭重的承諾。他知道自己上回錯了，於是這回許下各種保證，要扭轉壞印象。

陸鹿滿眼沮喪，無助道：「麻煩你去娶別人吧！我真心不喜歡你，真的不想進你們段家門，我發誓，絕對真心話，不是故意矯情。」

靜默幾秒，段勉語氣悵然，低問：「為什麼？妳為什麼這麼討厭我？妳不喜歡我什麼？我改好不好？」

陸鹿倒抽口冷氣。冰冷厭女症的段勉幾時這麼好說話了？見他神情格外凝重，眼神也出奇的溫柔，臉色微微帶點緋色，專注認真的低望著她。還別說，燭光下，別有幾分俊逸清朗。

四目相望，各懷心思。陸鹿在思忖著怎麼平和地打消他的固執，段勉自燈下看懷中帶著滿眼迷茫的少女，情不自禁，微微傾身俯臉。

陸鹿發現他的意圖，及時閃過，段勉的唇只能偏了偏，印在她的頰上，深深一吻，挺心滿意足的抿嘴笑。

「登徒子！快放開。」陸鹿惱大於羞。要死了！這人不要臉起來，怎麼這麼難對付？

「不放。」段勉得了點甜頭，更加喜悅，將她攬緊，笑。「我早就想這麼做了。」

陸鹿忿忿瞪他。「以為我打不過你嗎？」

「不是以為，妳是真的打不過。」段勉笑嘻嘻地將她壓在窗臺上，蹭蹭她光潔的額頭。

陸鹿淡定又無語的摸了摸袖子，空蕩蕩的，想抬腿踢襠，無奈兩人之間間隙不夠伸展，她抬不起腿來，只好伸手推他胸，實在推不動，就掐。

「呵。」段勉早就知道她小動作不斷，也由著她去。

不過，掐招都用上了，還有點疼。他只好將她的手也一併握住，放在嘴邊吻了吻道：「好，不鬧妳了。這幾天我有些忙，只怕不能來益城見妳了。」

陸鹿巴不得他忙，正好規劃一下逃跑大事。

「不過妳放心，以後不會有人再敢算計妳了。」段勉說得很肯定。

陸鹿就奇怪了。「你這麼肯定？難不成，在我身邊放你的眼線了？」

「沒有。」段勉快速否認，轉移話題笑問：「妳的及笄禮快到了，想要什麼禮物？」

「什麼都不想要。」

段勉抱了她一抱，仰頭沈吟。「珠花好不好？」

陸鹿嘴角抽了抽。

「嗯，這幾天好好待著，我忙完就過來看妳。」

誰稀罕呀！陸鹿眼神呆滯，完全不想接腔。打也打不過，說也說不聽，這傢伙完全活在自己的世界了！

「好啦，我先走了，妳早點歇息。」還有一大堆事等著段勉，實在不得不離開了。

「哦。」陸鹿懶懶敷衍。

段勉嘴角彎彎笑。「捨不得呀？」

「巴不得。」陸鹿很不給面子地還擊。

段勉也不以為意，湊過臉，想了想，還是把唇印在她額頭，意猶未盡。「有空來看妳。」

陸鹿放棄了反抗，任他摟抱親吻，完全不想回應，只冷冷看著他。

「手爐早晚帶著，別凍著。」段勉執起她的手握了握。

天色實在晚了，恰好雨也停了。段勉不得不起身，鬆開她，退開一步。

陸鹿長吐口氣，舉袖子擦擦額頭。虧得曾經過現代洗禮，不然她早就嚇暈過去了吧？

「妳……」這無心的小動作，卻有點傷到段勉自尊心。到底有多嫌棄他呀？

「快走吧，夜路小心呀。」陸鹿馬上附送一句關切之語。

果然成功引得段勉心情轉好，摸摸她的頭，走到窗邊，溫和笑笑。「真走了。」

「晚安。」陸鹿掛起一絲笑，揮手送別。

段勉跳出窗臺，整理好蓑衣、斗笠，再看一眼窗內燈下的陸鹿，低聲。「關窗，別凍著了。」

「哦。」陸鹿擠個假笑，毫不猶豫當著他的面，迅速掩上門窗。

回頭，那假笑就維持不了，頓時垮下來。不能再拖了！跑路計劃要提前！段家好對付，可是動了情的段勉就不好辦了！她覺得自己很無辜呀，明明什麼都沒做，為什麼會引起段勉的興趣？偏偏還對她動了心思。

佛祖、瑪麗亞呀！她真沒想過要跟段勉再續前緣呀！再說他們前世也沒有多大的緣分好不？她可是被晾了五年，到死也才見到半面而已。為什麼這一世，段勉不躲開，反而要湊上來呢？

這種頑固的少年，一旦情竇打開，那是勢如洪水猛獸，擋也擋不住。她是一點心思都沒動，所以，還是照原計劃跑吧！

第二天，寒意沁人。天氣已轉到初冬，屋裡每天都要燃起火盆。

聽著寒風呼嘯，陸鹿包得像個粽子一樣縮在屋裡。王嬤嬤監督著曾夫子教她舉止禮節，沒一刻放鬆。

陸鹿這時候就格外想念衛嬤嬤一干人等。好在，衛嬤嬤和春草她們的傷勢，也在漸漸好轉。尤其是春草，才剛能下床走動，就巴巴的過來服侍了。

她一來，夏紋、小青、換兒等人也跟著重新進屋，陸鹿身邊又換回舊人。

「春草，別轉了，這屋裡還是老樣子。」

春草卻不放心。「奴婢不在，姑娘屋裡就發生這樣大事，叫奴婢怎麼放心？」

「那是，有些人呀，黑心得很。」陸鹿歪坐榻上，換兒蹲在腳邊給她捶腿。

夏紋嘖嘖道：「沒想到冬梅看著老實，原來是個蔫壞蔫壞的小蹄子。」

「好了，妳們也安靜些吧，這事就不要再提了。」陸鹿指外頭。「讓衛嬤嬤聽見倒還好。若是讓王嬤嬤聽見，可又得來一頓訓。」

「是，姑娘。」她們並不知曉事情的來龍去脈，只不過聽到藍嬤嬤跟玉林嫂子出事，再加上當初冬梅是藍嬤嬤極力推薦的，心裡多少有底，所以也就把冬梅劃為藍嬤嬤一派的心腹，沒什麼好臉色給她看。

冬梅自知理虧，從不爭辯，只指望著曾夫子別暗中折磨就好。

「快未時了，姑娘該去西廂房見兩位先生。」小青看著時辰提醒。

離及笄禮只剩不到兩天的時間了，陸鹿的舉止禮儀不進反退，懶洋洋的勁頭比在益城更甚。

「知道了。」陸鹿不情願的爬起。總要裝裝樣子吧？何況還有個王嬤嬤盯著呢。

外面風大。陸鹿裹緊裘衣，只帶著小青跟換兒兩人穿過長廊去西廂房接受兩位先生的二對一栽培。「小青。」

「奴婢在。」

「去，把小懷叫過來。嗯，就在前面那閣子間，快去。」

小青瞄一眼四周，忙應一聲飛快的跑了去。未時還沒到，陸鹿就出門了，不是她多積極，而是想辦另一件事。

小懷隨時在外院待命，一聽陸鹿有請，急急忙忙就進來了。閣子間是後院用來臨時歇腳之用，沒燃上火盆，有點寒冷。陸鹿袖著手爐，直接問：「益城那四人怎麼樣了？」

「回姑娘，他們循規蹈矩的，再沒惹事。」

「我大哥有沒有盤問？」

小懷笑回：「度少爺這些天忙，沒有親自過問，倒是遣侍墨去送了幾回銀米。」

陸鹿放下心來，然後又問：「他們車把式練得怎樣？」

這個小懷不大好說，遲疑道：「孟大郎雖是嫻熟，可到底還是生手，其他幾個，沒什麼大長進。」

陸鹿搔搔頭，嘆氣。「小懷，你現在去辦件事。」

「姑娘請吩咐。」

「去城裡選輛馬車，交給他們練著。銀錢的話，你去打聽要多少，來我這裡支。」

小懷疑問：「姑娘這是要……」

「你別管，我自有用處。去吧，晚間我要聽消息。」

「是。」小懷低頭應。

陸鹿這才放心的慢悠悠晃去西廂房。

鄧夫子跟曾夫子早就燃起火盆在等她，冬梅乖乖的一旁添茶倒水，盡忠職守。

「冬梅，去瞧瞧大姑娘來了沒有？」曾夫子打發冬梅出去。

鄧夫子端起茶杯抿口，望著窗外陰沈的天氣，嘆。「今年冬天比往年冷多了。」

「是呀，只怕雪天也比去年提早了。」曾夫子感慨。「這日子真快，又是一年過去了。」

「唉！」鄧夫子深深嘆氣。年深日久，鄧夫子自感體力什麼都跟不上了，心有餘力不足似的。她不由自主陷入沈思中——那晚，她被段勉帶過來，其實早就在屋角潛藏一些時候了，只等院子清靜下來。

沒想到，隨後發生的事令段勉當場就黑沈了臉，周身籠上狠厲的戾氣。接著，見陸鹿跟曾夫子兩人聯手，很快掃除障礙，決定以其人之道還治其人之身時，段勉的臉色才算好轉。

直到再次安靜下來，陸鹿淡定的獨自回屋，段勉在廊下黑暗中佇立良久，才轉身叩開曾夫子的門。

「你……」曾夫子打開門，撞上段勉冷峭的眼，才吐出一個字，就想掩門。

「鄧夫子在我這裡。」段勉言簡意賅。

曾夫子大吃一驚。段勉她是認得的，以前在街上見過。但是，他的話怎麼就聽糊塗了？鄧夫子？確定是同一人？

結果還真是！鄧夫子被段勉帶了過來，他冷冷道：「游小姐是吧？」

「啊？」曾夫子這下駭得臉色都慘白了。

鄧夫子苦笑一聲。「我沒招，是他猜出來的。」

「不需要猜。」

她們太小看段勉的智商了。刺客鄧夫子講述八年前巫蠱案時提到游大人，也提及一死一逃的游小姐。她跟曾夫子同在陸府教導小姐們，關係必然親密。而她黑夜行刺，同在梨香閣的曾夫子不可能不知情。推算曾夫子的年歲，十有八九便是游大人僥倖活下來的女兒。

「你想怎麼樣？」游小姐擺出警戒的姿勢。

「談筆交易。」段勉板起臉，認真說。

「交易？」游小姐也就是曾夫子愣了愣，看一眼鄧夫子，馬上答：「可以，只要你放了鄧先生，什麼都可以談。」

「我不但放了她，還可以力保妳們平安無事。」

「條件？」游小姐跟鄧夫子對視一眼。她們兩個聯手並沒有把握打贏段勉，何況，鄧夫子好像被點了穴道，行動不方便。

段勉目光柔和下來，緩緩道：「保護一個人。」

「哦？」驚訝過後，兩位女先生恍然大悟。「陸大姑娘？」

「嗯。」段勉堅定點點頭。

「成交！」二話不說，游小姐當場答應。

段勉也很義氣，馬上解了鄧夫子穴道。不過，他附加了不少條件——這些條件並不苛刻，無非是隨時向他報告陸鹿的一舉一動，若有人欺負她、算計她，可以不必先報告，直接解決就好。

最後，段勉警告了一句。「這是最後一次機會，好好做事，其他的不要多想了。」

其他？無非就是不要有報仇的妄想，尤其是憑著她們兩名弱女子。

「唉……」鄧夫子又是長長嘆氣。

「鄧先生稍安勿躁。」曾夫子安撫道。「君子報仇，十年不晚，這不還沒到十年嘛。」

「我明白妳的意思。」鄧夫子放下茶盅，苦笑。「我們暴露了身分，盡在段世子眼皮子底下，只怕成不了事，所以……」

雖然只有寒風聲，曾夫子卻淡淡提醒。「噓，人來了。」

細碎的腳步聲快速由遠漸近，會這樣踏步的聲音，只有陸鹿。

掩在西風之中，還能聽得如此清晰，鄧夫子很欣慰。「妳的耳力更精進了。」

「多謝鄧先生誇獎。」曾夫子微笑，並不過度自謙。

沈重的腳步是冬梅的，她挑起厚厚門簾，報。「兩位先生，大姑娘來了。」

挾帶著冷風，陸鹿帶著小青和換兒笑吟吟地邁步進門。

這大冷天的，地上濕滑泥濘。小懷只是一名不起眼的小廝，就算他是為大姑娘辦事，出門在外也是沒有套馬車的資格。這不，他只得袖著手邊走邊等，看能不能蹭上一輛進城的牛車。

他運氣還算不錯，這條通向益城的土路，不少進城的牛車趕著貨去做買賣，順路載一名陸家別院出來的小廝，那是再簡單不過。進了益城，他道過謝，直奔向毛賊四人組的住處去了。

偏巧的是，步出酒樓的常克文眼尖看到他了。常克文停步，也不急於上馬，而是若有所思地盯著小懷的背影。

旁邊的段勉俐落翻身上馬，見狀便扭頭問：「怎麼啦？」

「看到熟人了。」

「誰？」

常克文挑眉向他笑。「你一定感興趣。」

段勉嗤之以鼻，他勒勒韁繩。「這益城沒我感興趣的人。」

「哦，包括陸大姑娘？」常克文眼裡帶著促狹的笑意。

果然，段勉手一頓，立即看向寬闊的街道。陸鹿要是偷偷溜回益城，他一點都不意外，畢竟她就不是個安分守己的人。

「不是她，是她身邊的小廝。」

段勉沒好氣地冷冷白他一眼，重新抖抖韁繩。「走吧。」

常克文也翻身上馬，與他並排而騎，笑道：「這位陸大姑娘是我見過最不拘一格、最不按牌理出牌的閨閣小姐。」

「呵。」段勉把這話當褒義，聞言只微微一笑。

「行為雖出格大膽，卻也在情理之中。為人心思細膩深沈，為常人所不及。」常克文繼續滔滔不絕地誇道。

段勉越聽越擰眉，他眼神平淡地瞅一眼常克文。「你們常見面？」

「這倒沒有。」常克文話裡帶著可惜。「見陸大姑娘一面，可不容易。」

「嗯哼。」段勉這才放下心來。

「不過……」常克文手托下巴沈吟。「陸大姑娘偏居郊外別院，又因回益城時日並不長，結交的閨友有限，可能會很無聊吧？不如……」

「你想幹麼？」段勉臉色拉下來。

常克文不以為意地笑道：「我家小妹跟陸大姑娘有點交情，在下想讓小妹這兩天找個機會去拜訪一下，陪陪陸大姑娘罷了。」

段勉提防心再起，疑惑。「常公子，你這關心過頭了吧？」

「非也。」常克文笑了。「在下當陸大姑娘女中豪傑，早有結交之心。恰好，因小妹緣故，加之前幾天碰巧遇到一件舉手之勞的事，想必陸大姑娘不會介意。」

「令妹？」段勉在益城有眼線，但不怎麼關心這些閨閣女子的舉動。

而當時寶安寺，小白差點被顧瑤扔掉解決的事，他並不知曉。是的，雖發生在他眼皮子底下，可誰會把這麼件小女子間雞毛蒜皮的瑣事講給他聽呢？除了常克文。

初冬，小院寂寂，殘枝枯葉落滿地。毛小四拿著一把跟他差不多高的掃把，心不在焉的東掃一下、西掃一下。枯葉沒掃去，反倒帶起污水橫流。

小懷推門進來，正好看到毛小四吸溜下鼻涕，神情怏怏的。

「小懷哥，你來了？」毛小四看到他上門，還是很高興，丟下掃把迎上前。

小懷少年老成的點點頭，問：「其他人呢？」

「去學駕車了。屋裡坐吧。」毛小四年紀小小，禮數做得十足呀。

進了堂屋，正中燒起一盆火，發出陣陣香味。毛小四笑嘻嘻的拿火耙子捅捅火盆的灰，扒出幾個紅薯來，敲了敲道：「還沒熟，再煨一下。」

小懷順勢坐下，伸手烤火。「孟大哥什麼時候回來？」

「哦，就快了。」毛小四因為人小個子又矮實在不好學駕車，所以一直充當看家的角色。當然，他前期也鬧著要學，但放手讓他試了試，卻連轡繩都握不緊，不是駕車，而是被馬車駕著走，所以，他就再也沒有吵著學駕車了。

毛小四又端來杯熱茶遞上，疑問：「陸大小姐有什麼吩咐嗎？」

「有，不少。」小懷喝口熱茶，先暖暖胃。

「那你稍坐，我去叫哥哥們回來。」

「好。」小懷點頭，安靜的等候。

毛小四推門撒開腿就跑走了。火盆裡的紅薯香味越來越濃，小懷嚥嚥口水，畢竟不敢擅作主張。他是代表陸大小姐沒錯，可他同樣也只是陸府的小廝，身分跟孟大郎幾個沒什麼差別，甚至還不如他們——人家好歹是自由身。

只是烤紅薯散發的香味一陣接一陣的往鼻子裡竄，他忍不住拿火耙子刨了兩刨。看看門外，動靜皆無。

想來就吃他們一個烤紅薯也沒什麼大不了吧？

小懷到底也是小孩子心性，在灰堆裡扒了下，挑出烤得最熟最香的一個來。冒著熱氣拿在手裡，正在拍灰，忽聞門外腳步聲響，不等他有所行動，門簾一挑，黑壓壓進來好些人。

「孟大……」他還當是孟大郎一行人回來了，話說到一半，抬眼再看，嚇得騰身站起。

段勉黑沈著臉跟著常克文進來。

「段、段世子，常公子。」小懷將紅薯往盆裡一扔，急忙見禮。

段勉打量下四周，走近看一眼火盆裡散發香味的紅薯，再把視線盯在他臉上，問：「你是陸大姑娘身邊的跑腿小廝？」

「是、是的，小的賤名小懷。」

段勉只冷眼瞅定他，不語。

常克文上前溫和道：「小懷，陸大姑娘怎麼又把你派出來了？」

「回常公子，大姑娘囑咐小的過來看看孟大哥幾個過冬的衣服可添置齊備了。」小懷眼珠一轉，就想好了說詞。

「是嗎？他們幾個的生活安置，不是讓你們家度大少爺接手過去了嗎？」常克文跟陸度時有往來。

小懷抹抹額頭，陪笑說：「饒是如此，大姑娘心善，還是惦記著鄉親。」

「鄉親？只是鄉親？」段勉聲音很是狠戾。

小懷嚇得縮縮頭，硬起頭皮編說。「是、是咱們陸大姑娘在鄉莊裡認識的幾個熟人，然後……」

「然後就出錢出力的幫他們在益城站穩腳跟？還不惜動用人脈去衙門撈人？」

聽段勉這麼一說，想必前些天的事蹟，常克文都跟他說了，小懷便點點頭應聲「是」。

「哼！」段勉只覺荒唐可笑。騙別人還行，騙他？怎麼可能！鄉親？幫忙？騙鬼去吧！

那天北城外是誰毫不猶豫扳斷毛小四的手呀？怎麼當時不認鄉親而結下仇呢？這個騙子！

孟大郎四人結伴回來，進門就看到常府幾個小廝加上段勉的小廝散在屋簷之下。

毛小四轉身就想跑出去。

「站住！」王平大喝一聲。

院門被關上，四人滿心不安的陪笑。「各位爺，有什麼事呀？」

「進去。」鄧葉歪歪頭。

孟大郎到底鎮定些，認得這一撥人不是土匪強盜，看了一眼堂屋，簾後有人。

李虎扯扯他的袖子。「大哥……」

「沒事，走一步看一步。」孟大郎安慰三個小弟，搶先一步進門。

看到段勉和常克文，他們呆了呆後，安靜的行禮，垂手侍立一側。

段勉背負雙手，眼光鎖定孟大郎，一個字。「說。」

「不知世子爺想知道什麼？」

常克文笑咪咪道：「所有跟陸大姑娘的事。比如，你們是怎麼從冤家對頭和解成鄉里鄉親的？」說來，他老早就見過這群窮小子，不過上回撈他們出來，雖說樣子狼狽，但與最初髒兮兮的模樣還是相差頗大，這才沒認出，真是大意了！

「呃……」五人面面相覷，包括小懷。

段勉的臉色陰沈得快結冰了，目光尤其不善，大有不招供便上刑的架勢。

孟大郎求助的眼神看向小懷，他可不敢輕易透露跟陸鹿的協議呀！可對方一個是世子爺，一個是知府公子，他誰都得罪不起呀！小懷是陸大小姐的親信，到底要怎麼做，還得等他指示。

小懷目光閃躲──他也不敢接茬呀！大姑娘手段了得，有的是辦法收拾他，眼前這兩位也有的是辦法讓他開口呀！怎麼辦呢？

堂屋裡一時陷入僵局。

「哧哧──」烤紅薯的香味越來越濃，快焦糊了。

毛小四嚥嚥口水，舔下嘴，眼饞的盯著火盆。

段勉使個眼色給常克文。「帶走。」

「行。」常克文二話不說，揚頭喚：「來人！」

「等等！」孟大郎不服氣，梗起脖子問：「世子爺，你們憑什麼要把我們帶走？」

段勉嘴角勾起絲冷笑。「北城慣偷，攔路搶劫，專門劫偷單身路人，結夥作案，官府屢捕不中，竟然還敢質問為什麼帶走你們？」

孟大郎後背一層一層冒著冷汗。老底這麼快就被掌握了？

「你們是自己招了，還是要到公堂之上讓板子侍候？」常克文也慢條斯理的加入威脅。

「我、我們早就洗手不幹了。」李虎傻愣愣道。

常克文好笑。「早就？哦，那先頭的苦主就一筆勾銷了？誰來勾銷？陸大姑娘？」

「不是。」小懷急忙上前。「跟我家姑娘無關。」

常克文抿抿嘴角，微笑。「那就是與陸府度大少爺有關嘍。」

「不是，跟度大少爺也沒關係！」毛小四跳腳否認。

段勉冷眼看去，心裡大致有個底了，再開口。「給你們最後一次機會，說！」

第五十七章

連綿的冬雨過後，天氣稍微好轉，這一天是陸鹿回歸益城的日子。

明天就是她及笄成人的日子了。攏著手爐站在廊階上看衛嬤嬤帶著人搬行李，春草等人也竄來竄去的高興壞了。

只有換兒苦著臉，她也想跟去益城，可惜陸鹿把她留在別院了，雖然特意交代過，讓她單管陸鹿這座院子，算得上有點體面，以後也不會有人欺負她，可她心底還是想跟去益城開開眼界。

整頓過後的別院，算不上煥然一新，無非是全部換上太太信任的人，加上陸鹿慧眼挑選出來的，所有姨娘派的、沾親帶故的，或者發賣或者退回益城府裡做粗活，便都不待見了。

有王嬤嬤親自監督，沒有人出頭鬧事。私底下雖然也有人跑去益城報信，不過易氏自身難保，哪裡顧得上這幫奴才們的死活？

陸鹿是個唯恐天下不亂的人，尤其深惡痛絕易姨娘的所作所為。

她特意修書兩封，一封轉交到陸度手裡，一封直接就送到陸靖手裡。字跡雖然難看點，但事發內容大致都寫得很流暢，於是，藍嬤嬤等人的行為就這麼直接而赤裸裸的進入陸靖的眼皮子底下，直觀又淺顯易懂……

準備妥當後，陸鹿坐進馬車，親自來接人的是陸應，他跟陸鹿同坐馬車內，抬眼看看淡定自如的嫡長姊，說：「姑母一家都到了，就等妳了。」

「哦。」陸鹿想了想，問：「一家人都來了？」她還以為只來姑母一人呢。

「嗯，兩位表姊都到了。」

陸鹿對什麼表哥、表姊的一點印象都沒有，所以毫無反應。

陸應清清嗓子，又說了一句。「易姨娘病了。」

「是嗎？」府裡姨娘病了，也算個事？

「爹爹送她回易家養病了。」陸應添加一句。

陸鹿一下瞪圓了眼，驚奇問：「為什麼送回易家去？傳染病嗎？」

「妳真不知還是裝糊塗？」陸應對她的問話頗為不滿。

「真不知。我在別院，能知道什麼呀？」

陸應無語了，輕嘆一聲。「好吧。哦，對了，有件事，姊姊只怕聽了歡喜。」

「說來聽聽。」

陸應似笑非笑道：「藍嬤嬤她們到了人牙子處，聽說在等買家時，傷勢發作，臥床不起，請大夫一瞧，說是傷上塗抹的藥有問題……」

陸鹿眉毛輕微一挑，還是堆起滿臉的笑。「然後呢？」

「追查下去，竟然是楊家生藥鋪秘製的敗血粉末。姊姊，妳說怪不怪？」

「怪，太奇怪了！」陸鹿誇張的拍拍手，而後追問：「那她們人呢？」

「她們呀，聽說奄奄一息了。家裡來人把她們贖了回去，只怕這病是治不好了。就算不死，也得落下終身殘疾。」

「只是殘疾呀？」陸鹿帶著遺憾嘆氣。這兩婆子倒是命大，這樣都不死？

陸應臉上掛著古怪的笑。「是呀，命大，福氣也大呀，爹爹還親自去瞧看了一回呢！」

「什麼？爹爹竟然去瞧看她們？」陸鹿眼珠飛快轉了轉。

陸應維持著古怪的笑意，補充道：「嗯，爹爹瞧回來沒多久，她們的病就更嚴重了，還不曉得能不能捱過這冬。」

「老天有眼！」陸鹿望望上空。

陸應笑臉一僵，反而不知該說什麼了。

「那麼，易姨娘隨後就病倒，被爹爹送回易家了？」

「沒錯。」

「那真再次感謝老天開眼了。」陸鹿合起掌笑咪咪說。

陸應忍不住了。「大姊，什麼意思？」

「就是大家心照不宣的意思。好啦，多謝應弟告訴我這個好消息。嗯，我心情好多了。」

陸鹿的心情非常好，但陸明容和陸明妍卻相當不好。計劃失敗，原本以為掩過去了，沒想到接下來陸靖跟龐氏動作頻頻。

首先，陸明妍身邊的藍嬷嬷被找藉口打發出去了。陸明妍哭鬧不休，徑直跑去陸靖跟前求情，反而被陸靖訓斥一頓，接著派了個厲害的嬤嬤管教她。

易姨娘心驚膽戰的懸著心，打聽到藍嬤嬤跟玉林嫂子被抬回人牙子那裡，趕緊安排人手去買，沒想到，兩位病情嚴重，動彈不得，只好先請醫救治。

請的自然是楊家的大夫，楊家大夫慧眼如炬的指出，令她們傷勢加重的藥出自楊家生藥鋪。這下把楊家又牽扯進去了，楊家自然是不肯承認，反指控定是陸府有內鬼。

這麼東拉西扯，驚動事先得到消息的陸靖和陸度。陸靖親自走訪察看，回來後，臉色鐵青。易姨娘當晚就病倒了，第二天讓陸靖直接送回易家休養去了。

「錢嬤嬤，現在怎麼辦？」陸明容扯著自個兒嬤嬤的袖子，眼淚直掉。

錢嬤嬤嘆氣，小聲道：「二姑娘別急，等等看。」

「等什麼呀？姨娘她都讓爹爹送走了，是不是我們也沒好果子吃？」

「不會、不會的。二姑娘，妳年紀小，諸事不知，暫時不會牽連到妳，放心吧。」

「嗚嗚，錢嬤嬤，我想去看看姨娘。」少了易姨娘在身邊，陸明容覺得自己少了主心骨似的，很是驚怕。真是偷雞不成蝕把米，算計陸鹿不成，倒把心腹親信賠進去，連易姨娘都被遷怒了。

「二姑娘不可任性。眼下府裡正在忙大姑娘的及笄禮，妳暫且安心。等這陣風頭過後，咱們自然想辦法把姨娘接回來。」

「又是及笄禮，又是她！」陸明容面容可怖的惱了。

錢嬤嬤趕緊示意丫頭去瞧瞧外邊可有人路過。明園大多還是舊人，可自從藍嬤嬤走後，也換上好些新面孔，以後說話必須更加注意，免得讓龐氏抓到把柄。

陸明容氣得摔了一個茶杯。全是因為陸鹿！要不是她，自己跟妹妹的日子不曉得多愜意呢！為什麼她不死在鄉莊呢？

陸靖還是惦記著這個遠嫁燕城的妹妹，多次出門談生意，路過燕城都要見一見的。

陸端因為年歲漸長，原本火爆的脾氣收斂了點，對大哥的態度也客氣多了。

正好，趁著陸鹿及笄，陸靖想修復與妹妹的關係，便特意邀請她當正賓。而陸端也想跟娘家兩位哥哥多走動，人老了，就覺得親情特別可貴。此外，也想順道看看前頭大嫂唯一的嫡女長成什麼樣了？

兩兄妹一拍即合，這事就這麼定了。

且說，陸端已到了兩天，卻不見陸鹿。問及方知被送到別院去學規矩了，就不大高興。這天，她在石氏屋裡發著牢騷。「二嫂，妳說這叫什麼事？好好的嫡小姐，不是送鄉莊就是送別院，存心欺負人吧？」

石氏和善，安撫她。「話不能這麼說。鹿姐之所以被送到別院，那是事出有因。」

石氏便講了陸鹿在學堂跟人打架的事，還把楊氏娘家姪女打傷的事都一五一十給陸端說清楚了。在場的還有兩位表小姐喬遠璐和喬遠瑟，她們是標準大家閨秀教育所教導出來的，乍一聽此事，聞所未聞，吃驚得下巴快掉了。

陪坐的陸明姝笑笑補充。「是真的。我在現場，親眼所見，明珠額頭都破了，流好多血，聽說差不多破相了，這些日子一直閉門不出，誰也不肯見呢！」
「她、她打人？為什麼？」
陸端也很震驚。劉氏性格溫柔嫻淑，女兒怎麼會這樣？
陸明姝想了想，道：「開始是拌嘴，然後明珠吵輸了，氣不過，就先動手了。」
「哦，別人先動手的？那難怪。」陸端很護短。
誰先動手，至關重要，先動手的，有理也變沒理了！
「是呀。拌嘴就拌嘴，先動手就不對嘛。」陸明姝撇撇嘴。
喬遠璐好奇問：「先生不管管嗎？」
「當時先生不在。」
石氏搖頭嘆氣。「再怎麼說，小姑娘家家的動手打架，有失體統，何況是咱們陸府，這傳出去多不好聽呀。」
「是呀。」陸端這才算明白為什麼要把陸鹿給送到郊外去了。明面上看是罰，實則是避風頭。
「可是母親，我聽二姊姊說，大姊姊在郊外還把羅嬤嬤給氣回來了。」難得有小夥伴，陸明姝天真的爆料。
「這又怎麼說的？哪裡冒出個羅嬤嬤？」陸端眉尖擰緊。
石氏輕輕瞪一眼口無遮攔的陸明姝，笑。「偏妳耳朵尖。」
「嘻嘻。」陸明姝調皮的依著石氏撒嬌。「二姊姊跟四妹妹無意中提起，我就好奇多嘴問了幾句。沒想到大姊姊膽子這麼大，竟然敢把羅嬤嬤氣回來！不過，後頭的我就不知道了。」

陸端看著石氏，頗有等著往下聽的意思。

石氏只好無奈苦笑。「聽說這位羅嬤嬤是宮裡出來的，益城人家都搶著請她去教姑娘、小姐們。大老爺那邊花了重金請來專門教鹿姐舉止禮節，到底是在鄉莊養大的，原就比別的姑娘家頑皮，沒想到才去半天，羅嬤嬤就氣沖沖地回來了。」

「哎呀？有這事？」陸端撫撫心口。這聽著，就是無法無天的鄉下野丫頭行徑呢！

石氏微微一笑，抿口手邊茶，繼續道：「後來，老爺親自帶著度哥、應哥護送著羅嬤嬤過去……到底發生什麼事，我也不大清楚，只曉得鹿姐為此挨了十板子。」

「啊？」陸端再次吃驚，兩位表小姐也石化中，驚駭得不知說什麼好。

「沒事沒事。我聽說，完全就是做做樣子，鹿姐並無大礙。」石氏忙笑道。「後來老爺氣也消了，又請了學堂的曾先生過去。」

「二舅母，羅嬤嬤呢？」遠璐聽著好像少了一個人似的。

陸明姝搶著笑說：「羅嬤嬤上京去了。說是教不了大姊姊，要伯伯另請高明呢。」

「哎呀！」陸端這一席話聽下來，煩惱陡生，揉揉眉心。「聽著是個不省心的主！」

不省心的這位，正在進城途中……已經進城的陸鹿挑起轎簾一角，歡喜的到處張望。還是城裡好，熱鬧繁華，生機勃勃。

城街中心的某座酒樓之上，鄧葉低頭一直目送著陸家的馬車駛出視線，這才滿意的掩上窗戶。

常克文掩面苦笑。「至於嗎？這麼緊迫盯人。」

鄧葉搖頭。「放以前，何至於，但現在嘛，世子爺吩咐，不得不認真盯著。」

「這麼看來，陸家大姑娘真是入了段世子眼了？」

「不止哦。」鄧葉還喟嘆一聲。「只怕入了心了。」

常克文聞言一愣，看一眼鄧葉。段勉這次是志在必得嗎？可他得到的消息，陸府可是心向三皇子的呀？只怕有好戲看了！

陸府也在上演好戲。

陸鹿回來，自然是先去外書房見過陸靖。外書房溫暖如春，兩位清客門人也在座。施禮後，陸鹿就等著陸靖訓話。

陸靖看她好幾眼，嘆口氣，搖頭。「明兒之後，園裡再派幾個老嬤嬤服侍，從今起，一概不許出門。」

陸鹿嘴角扯了扯，心裡不以為然，表面還是答應了。「是，爹。」

「去吧。」陸靖實在對她無語，揮揮手。

「是。」陸鹿也不想面對他，行禮後便直接退出書房。

她一退出，陸靖就坐椅上長嘆，對著門客無奈。「鹿姐這樣，叫我怎麼放心把她嫁入京城？野性難改，只怕連累陸府。」

「老爺多慮了。貴人瞧中的，可不正是大姑娘的膽量與勇氣？璞玉難得，好好打磨，假以時日必放光彩。咱們府上只怕以後還要多仰仗大姑娘幫扶呢。」

「哼！她不扯後腿就是祖上積德了。」

另一個門客又問道：「陳國公那邊可有消息？」

陸靖眉心更添一重煩惱。「唉！說好及笄日過來提親下訂，怎麼今天還沒消息呢？」

「要不，派人去打聽打聽，或許已在路上了吧？」

陸靖想了想，也有可能，便道：「說的也是。」

門客便領著幾個心腹小廝出城去打聽，看陳國公的人可在趕來益城的路上。

這裡才忙完，鄧夫子和曾夫子又求見。按理說，兩位女先生見過龐氏就行了，只是她們身分並非下人，也非內眷，而是教書先生。陸靖雖只是個商人，可對識字教書的先生一向尊重，便客氣的將兩人請了進來。

鄧夫子自然把先前的理由又說了一遍，沒有什麼太大的破綻。當然，陸靖也不在意，人平安回來就好。幾句客套話後，鄧夫子便提出新要求。

「什麼？搬到竹園去二對一親自教鹿姐？」陸靖聽得茫然。

曾夫子笑著解釋。「府裡其他姑娘舉止言行俱有度，唯大姑娘自小在鄉莊長大，野性未泯。雖然這兩天，她乖巧懂事的跟著學習，到底也只學得皮毛。不如趁著學堂放冬假，我和鄧先生左右無事，便想就近貼身一對一的教導大姑娘，務必讓她行為有章、舉止有度。陸老爺，可行否？」

太好了！太可行了！陸靖巴不得呢。

他就煩惱陸鹿太難管教了。自己當爹的不好親自教導，龐氏是繼母，又得掌管內宅，事務多，哪裡管得過來？而學堂兩先生，原來一直是拿多少錢辦多少事，一概不親近陸府內宅女眷，現在她們竟然主動攬過教導陸鹿的責任，這簡直是打瞌睡有人送枕頭。

「行，那就有勞兩位先生了。」陸靖大喜過望，不忘施一禮答謝。

鄧夫子與曾夫子對視一眼，笑道：「陸老爺客氣了。」

自然的，兩位先生就不再去梨香閣，而是直接搬到竹園左右廂房安頓了。

此刻，還蒙在鼓裡的陸鹿，正在龐氏正屋拜見姑母陸端。

陸端笑咪咪地扶起她，塞了一只碧玉鐲子作見面禮，將她從頭到腳打量過後，眼眶不由泛紅。「像，真像！」

「姑母可是想起我的生母了？」陸鹿口無遮攔地笑問。

陸端抹抹眼角點頭。「眉眼一模一樣，可惜……」

可惜劉氏看不到長大成人的女兒了！龐氏一旁拉長著臉，默默喝茶。

「表姊好。」兩位表小姐等不及，上前盈盈見禮。

陸鹿也忙斂容，各還一禮，笑道：「兩位妹妹好！好漂亮！」

她說得直白，喬遠璐與遠瑟相顧會心一笑，也客氣回道：「謝謝表姊誇獎。」

陸明容和陸明妍可是不加掩飾的向她冷下臉，行禮也是疏離得很。

陸鹿一點不介意，禮畢後，還嘴特別賤的問：「咦？怎麼不見易姨娘？」
「咳咳。」朱氏等人都緊張的看一眼龐氏，假意乾咳。真是哪壺不開提哪壺！
「哦，易姨娘生病，娘家人接過去住幾天。」龐氏平平淡淡回。
「哎呀，嚴重嗎？」陸鹿關切問。
陸明容實在看不下去了，忍著厭惡地回她。「還好，一點小毛病，過幾天就好了。」
「為什麼一點小毛病就要回娘家去養呀？難道咱們陸府還養不起一個生小病的姨娘？」
一下子響起好幾道抽氣聲。
龐氏的臉色徹底拉黑，也不答，而是向丫鬟吩咐。「大姑娘趕半天路，累了，讓廚房多做些姑娘愛吃的菜。」
「是，太太。」
「鹿姐，妳先回去歇息吧，明兒是正日子，好好養足精神。」龐氏直接趕人。看來這幾天的別院生活沒把她性子磨平，越發膽大妄為、沒規沒矩的。
「我陪鹿姐過去吧。」陸端起身挽著陸鹿。她還有好多話要細細過問陸鹿本人呢。
龐氏也樂得輕鬆，堆了個笑。「那就有勞姑太太了。」
兩個表妹自然也對陸鹿充滿好奇，一致要跟著去竹園。
等到了竹園，陸鹿才曉得，兩位先生不回梨香閣，而是搬來跟她同住了。
這叫什麼事呀！陸鹿對天吐氣。身邊人越來越多，她還怎麼溜？就是召見小懷，只怕也不能光明正大了！

衛嬤嬤領著春草等人規規矩矩的見過陸端和兩位表小姐，便忙活開了。歸置行李還是小事，待客之道不能少。讓一行人進裡屋，裡頭早就燒了地龍，屋裡暖洋洋的。

陸鹿請姑母、表妹落坐，她徑直去換了家常衣服出來作陪。

「鹿姐，快坐下，咱們姑姪好好說說話。」陸端招呼。

「是，姑母。」

「妳在鄉莊受委屈了吧？」陸端摸著她的小身板，疼惜道。

陸鹿據實回。「還好，沒受多少委屈。」

「可吃了不少苦頭吧？」

「也還好。比起莊子裡的村民，還算衣食無憂。」

陸端不由拿帕子抹淚。「這孩子，就這麼心眼實誠。妳是陸府嫡大小姐，怎麼可比鄉莊村民呢？」

「哦。」陸鹿心想，那就不比唄。

「妳也別怪姑母不管妳。前些年，喬家……」陸端嘆氣。「喬家我也作不得主。」

「沒事，我沒怪罪過姑母，是我命苦，合該受這些煎熬吧。所幸現在熬出頭了，姑母該為我高興才是。」陸鹿假意地安慰她。

陸端給逗得哭笑不得。「妳、妳這鹿姐，倒生了張伶俐的嘴。」

「對了姑母，妳跟我生母原本關係不錯吧？能跟我說說，我生母是什麼樣的人嗎？」

陸端深深嘆息。「是個好人！」

這是發好人卡的節奏嗎？陸鹿覺得太籠統，想聽詳細的。劉氏與陸靖也算相識於貧困之中，在陸靖剛白手起家時就相識，進而求親。那時，劉氏是私塾先生的獨女，在陸靖的商號幫忙管帳，久而久之，兩人間互相有點意思，陸家便順理成章的求親。

自然，這門親事毫無懸念的結成。先頭那幾年，陸靖兩兄弟忙於生意，正是最艱難的時刻，內宅基本都是劉氏在打理，雖然後來添了石氏，她還是最忙的那一個。

兩夫妻都忙，也就沒要孩子。直到陸家商號漸有起色，才商量著生兒育女的大事。偏巧，陸家兩老生病，而後又是陸端出嫁，這麼一折騰下來，陸翊那邊反倒先生了陸度。

這下，劉氏有點急了。她一直覺得，陸靖是長子，那嫡長孫就該出在長房。在她懷孕期間，陸家兩老口相繼過世，操勞喪事導致她過度勞累，沒多久，劉氏就生下了陸鹿，大出血沒搶救過來，第二天就去了。陸靖那年倒是極盡哀苦，撫棺慟哭一晚，也病倒了。

「是嗎？我爹還病了？」

「是。這喪禮還是二哥、二嫂料理完畢的。大嫂是個好人，跟二嫂的關係也相處得不錯，總之，這滿府就沒有人說大嫂壞話的。」

「圖虛名。」陸鹿把頭轉一邊，小小聲吐槽。劉氏也太要強了。就因為要強，圖好名聲，把自己的命也賠進去了，多划不來呀！只跟陸靖共了苦，還沒享受到甘就這麼去了，白白便宜了龐氏。

「唉！每年她的祭日我都會拜祭，今年正好，就在府裡祭祀吧。」

陸鹿掐指一算，翻眼。「就是後天呀？行，我跟姑母一起拜祭我娘，求她在天之靈保佑我平平安安吧。」

喬遠璐忽然正色，問道：「大表姊還求保平安？」

「是呀，有什麼不對嗎？」陸鹿轉面向她。

「大表姊膽量過人、身手又好，只怕該求平安的是其他人吧。」

「什麼意思？妳是說我身手好膽子又大，常打其他人，所以他們該求平安嗎？」陸鹿這人，一向喜歡把話挑明說。

遠璐臉色一僵，怎麼她就不曉得說一半留一半呢？

「大表姊，姊姊不是這個意思。」遠瑟出面打圓場。

陸鹿盯著遠璐，不鹹不淡追問：「那麻煩表妹說清是什麼意思吧？我這個人心眼小、度量小，最愛以小人之心揣度別人。」

「我、我沒什麼意思，就是隨口說說。」遠璐讓她逼得很窘。

陸端瞪眼。「一人少說兩句。鹿姐，妳的事我也聽說了，放心，姑母不信的。」

「哦，姑母聽說了哪幾件事？有些確實是真的。」陸鹿實話實說。

陸端也呆了呆，這孩子怎麼這麼不會說話呀？

遠瑟最小，也才十一歲，立刻興奮追問：「大表姊，段世子跟妳的事，是不是真的呀？」

「嗯，段世子為了救我抱過我是真的，寶安寺贈我手爐是真的，其他的，有待求證。」

陸鹿索性攤開說。

兩位表小姐對視一眼，震驚。「竟然是真的？」

「嗯。不過僅限於此，無關風月，妳們年紀小小的，不要想歪了。」陸鹿還拿出姊姊款來教訓表妹。

遠璐氣惱。「我們才不會想歪了。」

「那就好。」陸鹿又轉向陸端。「姑母，多謝妳千里迢迢來當我及笄禮的正賓。」

「一家人不說兩家話。」

「還是要謝謝姑母。」陸鹿正容施一禮。「也謝謝姑母告知我亡母前事。」

「妳這孩子，叫我說什麼好？」陸端扶起她，疼愛道：「妳這麼懂事，大嫂在天之靈一定很欣慰。」

「但願吧。」陸鹿嘀咕。但願累死累活小半輩子的劉氏在天之靈真的可以安息了。

第五十八章

是夜，風寒且厲。陸鹿撐腮思忖：亡母祭日也不能跑，那就大後天跑？明天估計會有益城富商太太們來觀禮，人多混亂，應該能把消息遞送出去了。

春草捧著新做的衣裳，請她挑選一款明天要穿的。

「又不是成親，挑什麼吉服呀？就那件黑邊的吧？」

「去。」衛嬤嬤聽不過她的喪氣話，拍桌子惱道：「大姑娘，妳再這麼口無遮攔亂說話，小心又惹到老爺賞妳板子。」

陸鹿扭臉小聲。「他敢？再賞板子，我非跟他拚命不可。」

衛嬤嬤轉頭看一眼春草手裡的吉服。「留下那件粉紅鑲邊的夾襖。」

「粉紅？」陸鹿急忙扭回臉，果然看到中間夾雜著一件粉豔豔的新衣，不由齜牙。「不要不要，土氣又俗氣！」

「妳懂什麼？姑娘家家的就要穿得喜慶些。」衛嬤嬤作主敲定了。

陸鹿也不反駁，只向春草使個眼色，春草抿嘴笑，點頭。「是，衛嬤嬤。」

「行了，姑娘也趕緊歇吧，明兒還要早起祭祖。」

「還要祭祖？又不是清明？」

「呸呸呸，大吉大利。」衛嬤嬤又是一陣氣惱，指著她。「妳說妳這毛病啥時才改？」

陸鹿掩嘴嘻嘻笑。

「及笄禮一過就是大人了，得向祖先告知一聲，家有兒女長成。」衛嬤嬤解釋了一下祭祖的意義。

「哦，這麼個意思呀！代表成年了，可以獨當一面或出嫁了吧？」陸鹿若有所思。「古人出生率高，但死亡率也高。養到成年不死，確實不容易呀！得跟祖先報報喜。」

衛嬤嬤聽她這麼胡言亂語，差點要去抽雞毛撣子教訓她。嬉鬧一回，吹燈熄火，安靜下來，竹園沈寂在冬夜中。

陸鹿窩在熱烘烘的被窩裡還沒睡著，明天正式滿十五歲，虛歲十六，古代是可以嫁人啦！要跑路了，還有不少遺憾。首先，易姨娘母女仨沒受到應有的懲罰，不甘心。其次，生母留下的盒子沒解開，萬一是死亡真相呢？還要不要替母報仇了？最後，大冬天下江南，路上不好走吧？對了，要不要攛掇著兩位先生當保鏢呢？女的，正好可以貼身保護她。

這個念頭燃起陸鹿的一腔熱血，她披衣下床重新點起燈，正要去秉燭跟曾先生夜談，看能不能勸動，實在不行，出錢買動也行。

「咚咚。」窗格有輕微叩響。陸鹿正在扣盤扣，低頭隨口一問：「誰呀？」

「是我。」

「呃？」手停在扣子上，陸鹿頭皮發麻。段勉？又是他！

陸鹿眼珠子轉轉，思忖怎麼打發他走，卻又響起叩窗聲，在這寂靜的冬夜，顯得清晰。值宿外屋的春草睡眼濛濛問：「姑娘？要起夜嗎？」

「沒事，妳睡吧。」陸鹿挑件厚厚裘衣披上，然後一口氣吹熄了燈，打開後窗。

段勉沒想到她竟然翻出窗外，急忙接下，低聲。「怎麼出來啦？」

「你還好意思說？」陸鹿推開他，借著月色氣惱瞪他。「誰叫你半夜跑來敲窗的呀？」

「呵。」段勉搔搔頭輕輕笑了。

「跟我來。」此處不宜說話，陸鹿率先去找偏僻地方。

「嗯。」段勉還幫她把窗關嚴實點，省得被風吹得噼啪響。

老地方，小雜屋。段勉帶有火石，屋裡原本就有油燈。

孤燈殘影之下，段勉望著陸鹿微微一笑。俊臉如畫，眉峰凌厲，眼神卻帶著溫暖之光，嘴角微翹，下巴方正，配著他一身黑裘皮外套，襯得人高大挺拔。

「咦喲！不錯。」這個時候了，陸鹿還沒心沒肺的調侃一句。「帥！」

段勉稍微羞窘一下，看著她又袖起手，皺眉問：「沒帶手爐嗎？」

「走得急，沒帶。」陸鹿攏攏外套，板起臉。「你怎麼又來了？」

「不歡迎？」

「當然不歡迎。段勉，你不要揣著明白裝糊塗，我已經把話說很明白了……」話還沒說完，段勉上前把她的手握在自己大手中，搓了兩搓。

「你、你幹麼？」陸鹿大驚失色，想抽手，卻被他握得死緊。

兩人相距甚近，四目相對，段勉定定看著她，眼神複雜。

「段、段勉？」陸鹿皺起臉快哭了。怎麼辦？段勉是來真的，他是真的動了情，可她沒有呀！救命！

「陸鹿，妳沒有選擇了，除了嫁給我。」段勉肯定道。

陸鹿沒作聲。她當然有選擇，跑路或者嫁給陳國公的世子。

「陳國公的禮，明天不會送來了。」

「什麼？」陸鹿茫然睜圓了眼。

段勉幫她將手搓熱，輕輕笑。「他們說好，在妳及笄禮當天，陳國公派官媒來求親，禮單都準備好了，不過……」話語未盡，卻不言而喻。

消息有些突然，陸鹿第一時間沒法好好消化，直愣愣盯著他。

見她這呆呆傻傻的模樣，段勉只覺得滿心的疼惜，食指在她唇上輕輕一撫，坦然笑。「不過，他們明天不會如願了。」

「你、你們做了什麼手腳吧？」陸鹿下意識地問道。

「是。」段勉也不瞞她。

陸鹿沒意見，無意識「哦」一聲。然後，專心致志的抽手，再抽。

段勉的悶笑在她頭頂漾開。

「放手，說話就是了，把手拿開。」

「好。」段勉這次很聽話，鬆開手，不等陸鹿鬆口氣，腰間就被他一箍，整個人又傻了。這進度也太快了吧？耍流氓呀！說這人有厭女症，她還真不信！八字沒一撇就動手動腳的，還這麼想當然，當她死的呀？

陸鹿抬腳要踢他，段勉早就料到了，將她擁到牆邊輕輕壓制住，低聲。「別亂動。」

「明明是你在亂動。段勉，你給我快點鬆手。」陸鹿那一套制敵擒拿在他面前通通不管用了，施展不開。

「我不做什麼，就抱抱妳。」段勉下巴蹭在她額頭，滿足喟嘆。

陸鹿無語地翻白眼。好吧，她也不是正兒八經的古代女人，更不是什麼貞節烈女性子，就由得他抱吧？抱累了，自然就鬆手了。

「行，你抱吧，再給你半刻鐘。」陸鹿索性全身放鬆，死魚一樣的配合。

「陸鹿……」段勉連名帶姓的低喃。

陸鹿打個激靈，臉皮熱了熱。這語氣、這氣氛，大大不妙啊！

「我只娶妳一個，不會再有別人。」段勉再次保證，一面攬緊她，好像在做保證似的。

「呃……你，要不要先跟你家長輩商量商量？」陸鹿哭笑不得。

段勉一手托起她下巴，認真又鄭重。「我的親事，我能作主。相信我。」

「呵呵。」陸鹿訕笑。信你才怪！不過也懶得反駁他，反正雞同鴨講，扯不清，就讓他自以為是去。

「在想什麼？」段勉不滿意她眼神飄忽，湊近她溫柔地問。

「你要沒什麼事，就鬆手吧，我明天還有事要早起呢。」陸鹿對他的柔情無動於衷。

段勉神情一滯。這傢伙，完全狀況外呀！

「妳就這麼討厭我？」這個問題，段勉明裡問過，也暗中自問過，卻只覺得委屈，他哪裡做得不對，令她這麼抗拒？好吧，就算前期賴帳，故意跟她作對，可他不是在儘量改正嗎？難道還是不能挽回點印象分嗎？

「沒有，不討厭。」陸鹿冷靜回。

段勉目不轉睛地凝視她。

「但不想嫁。段勉，麻煩你考慮我的感受行不行呀？你不能這麼霸道好吧？」

段勉嘴邊浮出個澀笑。他也不想霸道、也想兩情相悅呀！可是，她那麼排斥他，一點機會也不給，都悄悄安排跑路了，叫他怎麼循序漸進、水到渠成呢？

「好，我不霸道，那妳要我怎麼做？」

「從現在起，別來煩我。咱們大路朝天，各走各的，行嗎？」陸鹿這是真心話。她是真的不想前世今生都跟段勉扯上關係。

「不行。」段勉淡漠的否決。

「哦，那我就沒什麼好說的。」陸鹿放棄溝通，繼續鬆鬆垮垮地任他抱著。

段勉定定看著她，臉色相當不好。

小雜屋靜得可怕，只有孤燈輕微的爆了爆燈花。一會兒，段勉鬆開她，從懷裡摸出個小小錦盒，低聲。「送妳，看喜不喜歡？」

「呃……」陸鹿斜他一眼，不肯接。

雙方對峙一陣，段勉執起她的手，硬塞過去，嘴角挑起苦笑。「打開看看。」

「謝謝，我不能收。」陸鹿推託。

「打開。」段勉聲調冷下幾分。

陸鹿嘴角歪了歪，這傢伙，變臉還真快呀！前一秒溫情脈脈，後一秒就冰冷霸道。

「不要。」陸鹿抬下巴，作對到底。既然對他無意，就不能再收他的東西了！那些已經收了的，她會想辦法還回去。

段勉眼神都變了，凌厲而冷酷。

陸鹿被他突然轉變的氣場所震懾，縮縮頭，訕笑。「你，想幹麼？」

段勉不答，以眼神逼視她。

「哎呀，天色不早了吧？外頭起風了，明天八成是個陰雨天呢。」陸鹿開始東張西望，就是不肯接觸他的視線。

段勉也不言語，直接伸手，捏起她下巴，固定好她亂晃的小腦袋。他指腹有繭，常年握刀射箭形成的，很有力，陸鹿不得不與他四目再次近距離互視。

陸鹿瞪著臉色微黑的段勉。咦喲，夜色燈下看，五官好正呀！眼眸好黑好亮，眼睫毛竟然滿長的。皮膚雖不算細膩，但光潔沒有疤痕，嘴唇清晰有型，不薄不厚，適合接吻……啊呸呸，想哪兒去呢？

陸鹿忽然面皮染紅，自嘲自己竟然想歪了。

想歪了的還有段勉。兩人實在湊得太近，他也將眼皮子底下的陸鹿看得一清二楚。面龐微有嬰兒肥，但輪廓漸成；眼睛真是靈活俏皮又好看，配上臥蠶，不笑也盈盈，鼻子白膩小巧，嘴真小，嘴角微微上翹，可愛又嬌憨。

至於皮膚，屋裡燈太暗，可觸手滑嫩，像豆腐塊，滑不溜丟。段勉只覺喉頭一緊，嘴巴乾燥。他舔了舔唇，鬼使神差的緩緩俯下臉朝那張彎彎小嘴而去。

「哎，段勉，你這裘衣好厚實好滑哦。」陸鹿忽然摸著他的外套驚叫。

「什麼？」段勉嘴離她的臉不到一寸，生生停下。

陸鹿偏低下頭，伸手在他外套上順毛逆毛的滑兩下。「極品貂裘吧？很貴吧？」

「呵。」段勉被她這麼一打岔，心裡那點綺念也只得壓下，輕笑。「妳喜歡？」

陸鹿趕緊搖頭。

段勉卻伸手解下，二話不說，披她身上。「送給妳。」

「我不要！」陸鹿慌張推卻。「我就隨口說說。」

「別動。」段勉制止她拉下大衣後，將錦盒打開，遞到她面前，小心問：「喜歡嗎？」

盒裡擺著一枝珍珠鑲嵌的珠花，款式大方簡潔，六顆珍珠，中間那顆圓潤飽滿，色澤均勻，有指頭那麼大，周邊五顆稍小，色澤上也不遜色。小雜屋這麼昏暗的環境下，珠花散發出柔和、晶瑩的光澤，如流水淌過，奪目卻不刺眼。

「好美！」陸鹿情不自禁地發出讚嘆。

段勉愉快的彎翹嘴角，眸光比寒星還亮，輕聲柔和。「我幫妳戴上。」

「我不要。」陸鹿再次拒絕，神態堅決，不容置疑。

段勉稍稍滯愣了下，也不多說，而是直接動手。他傾身前壓，一手扶正陸鹿的後腦，一手舉起珠花試圖幫她戴上。

「我說了我不要！」陸鹿火冒三丈，猛地推開他，惱怒的橫起眼。

段勉上身往後晃了晃，下盤穩穩的，絲毫不退步，眼神轉為冷戾。

「你死纏爛打做什麼？我又不喜歡你！」陸鹿顧不得對方的自尊心了，把話挑明。

「我喜歡。」段勉低沈嗓音。

陸鹿快瘋了，沮喪著臉。「麻煩你另找個人喜歡吧？」

「不能。」段勉陰鬱盯著她。

「放過我吧？我只是個沒教養、沒規矩的鄉里村姑，段世子，你擦亮眼睛找別的女人去吧？陸明容怎麼樣？長得不錯吧。」陸鹿病急亂投醫了。

段勉眼色又暗了幾分。

「那就陸明姝？長得美、心眼好、脾氣軟，行動舉止完全就是大家閨秀的標準。」為了能脫身，陸鹿把陸明姝也給扯上了。

段勉磨牙了。

「這個不滿意？那，這樣，你還瞧中誰，我幫你搞定她。」陸鹿又開出條件。

「低頭。」段勉接的話茬跟她完全不沾邊。

陸鹿莫名其妙。「什麼？」

段勉不吭聲，重新將她困守在牆與他之間，手上的力道加大，箍牢她後腦，硬是霸蠻的將珠花插入她髮髻中。

陸鹿快吐血三升了。伸手欲拔珠花，卻聽他淡漠地表示：「妳要拿下，後果自負。」

「什麼後果？」陸鹿還不信了。

段勉勾勾唇，竟然是抹邪笑，然後視線引著她目光轉向小雜屋那張破舊窄榻上。

他曾經在這裡躺過。

什麼意思？陸鹿眼神是追過去了，卻一時沒回過味來。那張榻上，空空如也呀？等等，不是她想的那個意思吧？她震驚的抬眼，正好與段勉幽黑眸光相撞。「你……」

「嗯，妳想的，正是我所想的。」段勉忽然來這麼一句曖昧不明的話。

陸鹿脹紅了臉，卻嘴硬道：「呸，我想什麼啦？我在想，你是不是又負傷，可以去那張榻上躺躺了。」

「對，我也這麼想。」段勉執起她的手放在自己心口，慢騰騰道：「是，傷得很重，想妳扶我過去躺躺。看，咱們不就想一塊兒去了嗎？」

「啊啊啊！」陸鹿這個羞、這個氣、這個窘啊！當即動起手來，加上腳，誓要把這悶騷登徒子踢開。她一個現代國際女盜，被一個古代少年調戲了，調戲得還很聰明。說隱晦吧又露骨，說直白吧卻又含蓄，她沒臉見人了！

「呵。」段勉這下開心了。三兩下就把暴躁氣惱的陸鹿給制伏在懷中，輕笑。「別亂動，否則，我真要把妳抱去那張榻上。」

「你這個混蛋！」陸鹿還想垂死掙扎。可兩人體格和力氣完全不是一個等級的，而她那點可憐的擒拿格鬥術，對付訓練有素的段勉跟撓癢癢似的不起作用。

「鹿兒，別動。」段勉轉換自如，語氣溫柔起來。大概是占了上風吧？

「咦喲，你要肉麻死我呀？」陸鹿要起雞皮疙瘩了。

「呵，好聽，鹿兒很好聽，以後沒人時，我就這麼叫妳了。」段勉看她一臉羞澀，發現新大陸一樣，又低低多喚了幾聲。

陸鹿臉皮脹得紫紅，頭頂上蹭蹭冒怒火。「閉嘴。」

段勉一點也不聽話，還擅自作主。「妳叫我聲哥哥。」

「我、我自己有哥哥。」陸鹿吞吞口水，被嚇著了。

「不一樣。來，叫聲聽聽。」

「別逼我。」陸鹿額頭冒汗了。怎麼辦？少年情懷，還入戲了！太可怕了！她好想現在就捲鋪蓋開溜啊！

「來，一聲就好了。」段勉擁緊她，不依不饒。

陸鹿死都不開口，拉長臉，裝死中。

段勉沒縱容她情緒，而是依自己的好心情，托起她下巴，笑。「不叫，我親了。」

「我、我叫。」兩害相權取其輕，陸鹿趕緊做出選擇。

段勉滿意的洗耳恭聽。

「段、段小哥？」陸鹿狡猾地玩個心眼。反正這個時代，段勉是比陸鹿大嘛，叫聲小哥，不吃虧。

「換個。」段勉不好糊弄。

「段，大哥？」媽呀，好像江湖武俠哦。

「再換。」段勉搖頭。

陸鹿惱了，伸手指戳他。「不是叫一聲就好了嗎？我都叫兩聲，快點放我回去！」

「叫到我滿意就放妳走。」

陸鹿氣鼓鼓的，可惜打不過他。

段勉指腹摩挲著她滑嫩的下巴，心底某種情愫像冒開水似的咕嘟翻滾。

氣氛不對勁，陸鹿感覺到他的體溫在迅速升高，而眼神也染上別樣的色彩，急忙道：「我、我想到了。」

「想到什麼？」

「一個令你滿意的稱呼。不過說好，你滿意了，就要馬上放我回去。」

段勉忍著咬她一口櫻唇的衝動，輕笑。「好。」

陸鹿清清嗓子，不大好意思大聲說，湊到他耳邊。「阿勉哥哥。」

段勉心底深處像什麼東西彈開一樣，溢也溢不住的濃情密意瞬間化開。他將陸鹿箍緊，呼吸急喘。「鹿兒，再叫一聲。」

「不是說好……」

「鹿兒。」段勉低頭一口含住她柔軟的櫻唇，輕吮著唇瓣的每一處。

陸鹿眼睛瞪得滾圓——被強吻了？不可思議，她一個現代靈魂竟然在不情願的狀態下被一個古代少年強吻了。呃，也不算少年，按齊國律法，十九歲男子早就可以成親了。

她微訝的張嘴，段勉無師自通的立即探舌，與那香滑小舌纏繞吮吸起來，彷彿沙漠飢渴的人好不容易才遇到的甘泉。

「嗚嗚……」陸鹿奮力推搡。

氣息不平的段勉微微離了她的唇，眼神灼熱的看著她。陸鹿氣息也不大穩，一半是氣一半是惱。她惡狠狠地用眼神剜著他，一時不知該說什麼。火熱的男人氣息噴灑在她生暈的頰畔，昏暗的燈光下，尤其嬌豔欲滴。

「鹿兒！」段勉湊唇在她額頭一點，溫柔似水道：「妳只能嫁我了！」

陸鹿歪頭，抹抹嘴角，很無奈。「可以放我回去了吧？」

「一會兒，再抱一會兒。」段勉將頭埋下。小半晌，他悶悶笑。「我很喜歡妳叫我阿勉哥哥。」

「哦。」要不是為了擺脫他，才不會叫呢！陸鹿忿忿腹誹。

「珠花是我送妳的信物，好生戴著。」

陸鹿很想取下來。

「還有那把刀。」

「什麼刀？」陸鹿茫然。

段勉捏捏她臉，提醒。「就是妳從我身上搜走的那把刀。那是我段家代代獨傳世子的傳家物。妳無意中拿走，這是天意，說明冥冥中上天讓我倆以刀為媒。」

「切！」陸鹿翻個白眼，才不信這套，當即表態。「我一會兒就還給你。」

「咦，妳不是一直不承認在妳手裡嗎？」段勉難得戲謔笑問。

陸鹿一頭黑線，只好自打臉。「好，我承認，是我拿走的。我用來防身的，不過，早知是你們段家的世子標配，我早還給你了。」

「不用，妳留著防身。」

世事難料呀，陸鹿沒想到現在她肯還，段勉還不肯收了。陸鹿不多糾纏，推他。看起來也不是五大三粗的，沒想到這麼結實，愣是沒推動。「行，那你快走吧。」

段勉有些戀戀不捨，這情竇一旦打開，關也關不上了。

「天色不早了，快讓我回去吧，明兒還要早起呢。」陸鹿姿態放低求。

「好吧。」段勉忍不住鬆開她，又飛快在她唇上輕輕一啄，笑。「鹿兒，這些天乖乖在園子裡，有空我會來看妳。」

「呵呵，你忙你的吧！不用來看我，我好得很。」陸鹿鑽出他懷中，向門口快步走去。讓他看，她反倒不好了！

「呵，別想歪主意。」段勉突然叮囑一句。

陸鹿聽出他語氣不對，腳步一頓。「什麼歪主意？」

段勉背負雙手，笑得不懷好意。

「算了，隨便你怎麼想，晚安。」陸鹿嚇了一跳，趕緊開門竄出去。她還真怕這傢伙一時興起，又起什麼么蛾子呢。畢竟，年輕的感情熱烈而奔放，無關古今。

冬夜極寒，陸鹿低頭快走，很快回到後窗下，段勉不聲不響陪著她走過來。

「喏，你的外套。」陸鹿解下黑裘大衣遞給他。

段勉起初沒接，略一沈思，自己這外套明顯是男人款，縱然送給她，估計也是壓箱底，還可能惹來是非，傷了她的名聲，萬一惹得家裡大肆反對，那就糟了，不如趕明兒做一件適合她身量的。

想到此，他接過大衣，小聲道：「好生歇息。」

「嗯。」陸鹿偷偷開窗，翻進去，俐落的掩窗，悄悄爬上床。

段勉還站了片刻，聽屋裡沒動靜了，抹抹嘴角，露出會心一笑，轉身融入夜色中。

陸鹿苦惱了半宿。

沒想到事情會發展到這地步，她是一丁點也沒想到段勉會喜歡自己。不是厭女症嗎？不是冰冷少年嗎？為什麼會這樣呀？她真的一點暗示都沒給他，沒給過溫柔語氣，也沒玩過手段呀，為什麼是她？

帶著這種懊惱還有絲不安，陸鹿第二天起床，氣色十分不好。

春草、夏紋大清早就忙開了。今天陸府的焦點可是自家大姑娘，梳洗打扮比平時拖了一刻鐘才搞定。先去祭祖告先人，接著還拜了亡母劉氏。

繼續有觀禮的客人來到，大多是益城平時跟陸府打交道的富商們，知府家禮數也送到，常芳文身為禮贊，也早早就來了。這個贊者一般是及笄者的好友或姊妹，陸鹿直接略過了陸明容幾個，邀請了常芳文，後者也欣然應約。

時辰到。

陸靖夫婦立於正堂東面臺階等候賓客。有司捧托盤站在西面臺階下，客人立於場外等候。樂聲起，開始。先是正賓陸端來到，相互行禮後請入主賓位，客人入場落坐觀禮位，等賓客就座，陸靖夫婦才坐於主人位。

接下來開禮，陸靖致辭，大意是今天是長女成人禮，感謝各位賓朋光臨。

成人禮正式開始。常芳文出來位西階，陸鹿走出來，面向南朝賓客行禮，然後面向正前方跪於墊子上，由贊者為其梳頭，把梳子放座位南邊，接著就是正賓陸端起身，由主人相陪。

陸鹿轉東正坐，有司奉上羅帕和髮笄，正賓陸端走到陸鹿面前，吟頌祝辭，吟畢為她梳頭加笄，再回原位。陸鹿再起身回東房，常芳文從有司手中取過衣服，為其更換上配套的素衣，出房向父母行正規禮，感念養育之恩。

接著，陸鹿再次面向東正坐，姑母再洗手復位，有司奉上一支精美的髮釵，陸端接過，走到她面前又是吟頌祝詞。簪上髮釵後，陸端回歸座位。

常芳文象徵性的為她正正髮釵，回東房更衣。再次出來行禮。一直到第三次，加釵冠，身著象徵成人的寬袖禮服，行禮，流程差不多過大半。取字什麼的，原本是要省略的，商家不講究，不過陸端執意，還是特意給取了個「之蘋」。

還不如取個呦呦呢！好聽十倍。陸鹿心裡翻白眼。

接著陸鹿跪在父母面前聆聽教誨，再向在場所有參禮者行正式的揖禮答謝。禮成，陸靖面向諸賓客宣佈。「小女陸鹿及笄禮已成，多謝各位親朋嘉友盛情參與。」

最後，就可以大擺酒席招待客人了。

第五十九章

「哎喲，累散架了！」陸鹿轉回竹園，直接撲在榻上。

常芳文扯她，笑。「陸姊姊，妳可規矩點，小心被人看見了。」

「沒事，我這園子，一般人不會來。」

春草幾個手忙腳亂的幫她除去禮服，換上家常新服，重新洗面綰髮，再將髮釵正冠什麼的都戴上。

「咦？這珠花好漂亮！」常芳文欣喜地湊上前瞧看。

「妳喜歡？送給妳啦。」陸鹿二話不說，摘下來遞給她。

常芳文連連擺手。「不、不，陸姊姊誤會了。」

「沒事，拿著。」陸鹿死活要塞她手裡，笑咪咪。「謝謝妳能來當我的及笄禮贊者。」

「不客氣。陸姊姊的及笄禮，我怎麼可能不來呢？」

「明姝，這支珠花送妳吧？」陸鹿見常芳文不肯接，轉頭又送。

陸明姝抿嘴笑。「謝謝大姊姊。只是今天是大姊姊的及笄禮，從來只有收禮，哪有滿屋子送禮的？」

「哦？原來今天不宜送禮呀？」陸鹿只好訕訕收回手，不情願的擱在首飾盒裡。本想也沒法全帶走，送人才不算浪費了……

「禮沒到？」外書房，陸度和陸應清查來賓送禮，對著單子怔了怔。陳國公府的人沒到也罷了，禮也沒到？怪事！不是說好陳國公府趁著今天好日子要正式提親嗎？賀客沒到，禮總要送到吧？

陸度和陸應兩個面面相覷，感覺出一絲不對勁來。難道京中有變數？

陸府熱鬧大半天，賓客也漸漸散去，龐氏正回房裡去掉釵環好生歇著。忽然王嬤嬤和四個大丫頭都在外間驚呼。「老爺來了。」

陸靖不是在外院接待男客嗎？難道男賓客也散淨了？龐氏心裡納悶。

陸靖手裡捏著張請帖，大步進屋。

「老爺，怎麼啦？」

「西寧侯府的請柬。」陸靖往她跟前一送。「下元節請府裡女眷上京觀祭禮。」

「什麼？」龐氏這一驚可不小。接過一看，確實是段府的正式請柬，言語措辭很是客氣得體，表達西寧侯府有來有往的熱情好客之風。

龐氏觀後笑了，道：「也不算多出奇，今夏段府夫人、小姐下益城賞荷，咱們府裡也出過力。想必是回邀常府，順道也邀了咱們家。」

陸靖點頭。「妳說對了一半，確實也請了常府女眷。」

「那另一半是什麼？」

陸靖嘆氣。「挑在這個時候送請柬倒也罷了，還送來一挑禮物，說是祝賀鹿姐成年。」

「這……」龐氏無話可說了。這陣仗擺明是衝著陸府來的呀！

竹園。

陸鹿閒得無聊，正跟兩位女先生說話，聽到傳來的消息，臉上表情很糾結。意料之中，又情理之外。她知道段府會以下元節的旗號請陸府女眷上京，主要就是段老太太想親眼見她，可她沒想到偏挑今天，還送了一挑禮物來。這……司馬昭之心吧？

鄧先生和曾先生笑咪咪的恭賀她。陸鹿深深垂頭，哭笑不得，然後無精打采的送客。

兩位女先生也不知怎麼搞的，就賴在竹園東、西廂房，是以，陸鹿怕逃跑的事曝光，只好另找個藉口。「我去母親院裡一趟。」

她帶上春草、夏紋和小青出園子。

鄧夫子在廊下目送她離開。「妳說她行動是不是透著古怪？」

身後的曾先生抿嘴笑。「由她去。」

「要不要跟上去看看？」

「不用吧，易姨娘不在府裡，想必那兩姊妹翻不出花樣來，縱有小算計，大姑娘也自有應對之策。」

鄧夫子想了想點頭。「好吧，那我先進屋歇歇。」

「鄧先生，妳呀，過於小心謹慎了吧！」

鄧夫子正氣凜然回：「受人之託，自當盡力。」

「行了，我知道了。」曾夫子抿著嘴笑，推她進屋，然後招手喚：「冬梅……」

天色漸暗，草木掛霜。陸鹿確定就只有主僕四人後，長鬆了口氣，向小青道：「去把小懷叫來……嗯，就在穿堂側門等著。」

「是，姑娘。」小青比春草、夏紋更聽話，姑娘說什麼照做就是。

春草不解。「姑娘，這大晚上的叫小懷進來做什麼？有什麼事，吩咐一聲讓他去辦就好了。」

「有吩咐，不過，只能當面吩咐。」

陸鹿快步帶著兩人趕往龐氏的後堂屋，龐氏屋中也挺熱鬧的。朱氏、郁氏和陳氏幾個妾都在，陸端自然也在，她們圍著一箱子嘖嘖稱奇。

丫頭挑簾子，報道：「大姑娘來了。」

陸鹿邁步進門就收獲了數不清的注目禮。

朱氏先笑著招呼。「大姑娘來得正好。」

「鹿姐，快來瞧瞧。」陸端也歡喜地招手。

陸鹿帶著笑，先給龐氏等人行禮後，方探頭看向那個鑲鐵正四方木箱，天真笑問：「這是什麼呀？」

陸明妍撇嘴。「送妳的禮物。」

「哇，這麼多？」陸鹿湊近再一看。箱內滿滿金銀珠寶，明晃晃的差點亮瞎她的眼。

郁氏指著桌上布疋道：「吶，這裡還有，這些綾羅綢緞全是貢品呢。」

「呵呵，多謝。」陸鹿還滿高興的。不錯、不錯，過一個成年禮，竟然獲得這麼多禮物，若能帶走這些金銀，那真是樂翻了！

「西寧侯段府送的？」陸鹿沒心沒肺地笑。「那可多謝了。」

龐氏一干人等都望著她，無語。

陸鹿其實只想來晃一圈，然後趕緊回去交代小懷辦事，卻被龐氏留住了。

「都先出去，鹿姐且留下。」龐氏轉向陸鹿細聲說話。「妳今日舉止儀態都不錯，想來兩位先生也下了番苦心。從明兒起，除了早晚，妳可以不必過來了。」

「是，母親。」陸鹿心裡一喜。不用過來盡孝，她正好行事。

「還有，這西寧侯的禮，的確是不能收，這也是老爺的意思，不過是叫妳來開開眼，明兒就得送回去。妳心裡不要有什麼怨言，這是為咱們陸府好。」

「是，我知道了，但憑爹爹母親作主。」陸鹿焉會不知這禮物不能收，收了，陸府就百張嘴也說不清了。真是可惜了這些大好金銀呀！

「嗯，妳明白就好。」龐氏相當滿意她的乖巧反應。

陸鹿現在只有一個心思——準備動身！

小懷心事重重的等在穿堂避風處，小青在廊下張望，看到有燈籠就避了一避。

「小青。」是春草，輕輕喚聲。

「哎，在這裡。」小青急忙迎出去。

陸鹿大步流星過來，手一擺。「妳們去外面守著，我有要緊話跟小懷交代。」

小懷苦著臉，低頭行禮，安靜聽候。

「怎麼樣？他們現在怎麼樣？」

不用加人稱，小懷就知道陸鹿問的是什麼。「回姑娘，孟大哥他們都很好。」

「買到馬車沒有？」

小懷聲音小小地回。「買好了。」

「馬匹呢？」

「也、也準備好了。」

「謝天謝地。」陸鹿欣喜抬抬頭，合掌。旋即又問：「他們車技如何？」

「還、還行吧。」小懷嘴角直扯，心虛的答，接著又補充。「一般平路沒問題。」

陸鹿攏起雙手，轉轉眼珠。「顧不得了，就這麼著吧。小懷，現在我再交派你一件事。」

「姑娘請吩咐。」

「附耳過來。」陸鹿警醒地小聲勾手。

小懷眉角一挑，不情不願的歪過身去。

「你這樣，後天……」嘀嘀咕咕一陣，小懷的臉色越來越綠。陸鹿沒在意他的臉色，還以為是凍的，只是重複確認了下。「聽明白沒有？」

小懷沒作聲，抿緊唇好像在下定什麼決心。「姑娘、妳是不是要……」

「嗯？把話說完呀。」

小懷鼓起勇氣，壯膽問：「姑娘妳是不是要出遠門？」

「不是我。」陸鹿自然不肯承認，笑咪咪道：「是為兩位先生準備的。」

「兩位先生？」小懷一愣。

陸鹿嘻嘻笑。「沒錯，鄧夫子和曾夫子。恩師嘛，她們老家在外地，這離年關也不遠了，早點準備，趁著天色暖和，地面不滑，送她們回去過個好年，開春再回來教導我。」

「是、是嗎？」小懷糊塗了。

「是，沒錯。好啦，照辦去吧。」陸鹿連連擺手。

小懷摸摸頭，皺眉嘀咕。「那段世子又氣又急什麼？」

「什麼？你說什麼？」陸鹿耳尖，好像聽到什麼「世子」。

「沒、沒什麼，小的這就去了。」小懷唬一跳，連忙告辭。

陸鹿舒心一笑，掏出一小袋子拋過去。「吶，賞你的。」

「多謝姑娘。」小懷接過賞錢，滿心歡喜的領命而去。

第二天是陸鹿生母的祭日，陸靖還是領著龐氏一干人等去祭掃了一下，至少裝出樣子。

陸鹿也在亡母牌位前痛哭流涕，聊表孝女之心，最後由陸端親自扶著勸了幾句，便在竹園茹素一天，也不事梳洗，罷停一天娛樂。平平靜靜的，眨眼就到了未時。陸鹿清心寡慾的在屋裡烤火發呆，被衛嬤嬤強行塞了針線，只好有一下沒一下的一心二用。

萬事俱備，只等明天動身，屋裡丫頭帶誰呢？春草是肯定的，夏紋要不要帶上？衛嬤嬤呢？如果不帶上，自己悄沒聲息跑掉，會不會連累她們？如果帶上，會不會連累自己？還有兩位先生，總是形影不離的，怎麼甩開？

「姑娘，姑娘……」夏紋氣喘吁吁跑進屋。

陸鹿淡定掃她一眼。「什麼呀這麼急？」

「易、易姨娘回來了！」

「什麼？」陸鹿騰地站起來。

夏紋忙補充道：「是外院的婆子告訴我的。說易姨娘從娘家回來，穿得那叫一個素淨，正在外書房裡求老爺呢。」

「她、她求什麼？」陸鹿覺得這易姨娘臉皮真是厚呀！都被送回娘家了，還好意思出門？還好意思上門求陸靖？咦，對了，話說，她是怎麼進門的？

夏紋小聲道：「婆子沒敢靠近偷聽，好像聽到易姨娘哭得很傷心，斷斷續續說什麼姊姊祭日之類的……」

「我靠，太不要臉了！」陸鹿一下就想明白了。今天是劉氏祭日，別看龐氏是官吏庶女出身，那也是填房，也得裝模作樣的拜祭一番，何況幾個妾室呢？

易姨娘是陸靖最早納的妾室，還生養了兩個女兒，其中一個跟元配太太嫡女降生相差不過幾個月，所以兩個女人是共同相處過一段日子。不論當年相處是否融洽，先太太祭日，她這個妾室回府拜祭，理論上也說得過去。

這事，陸鹿真不好出面。人家妾室要拜祭她的生母，好意思攔阻？也攔不住！

陸府下人們真是八卦又長舌，很快把易姨娘回來的消息散播得到處都是。陸明容兩姊妹驚喜不已，特意穿得樸素大方急急跑去外書房求情。

此時陸靖讓易姨娘給哭求得心也軟了。再怎麼說，易氏可是曾跟他共患難的妾。在他還未真正發達時，就她跟劉氏陪在身邊，幫著料理後宅，又生了兩個女兒，多少是有感情的。

「老爺，妾身只求拜祭劉姊姊，並不奢求其他。求老爺成全。」易姨娘哭得哀傷，伏地不起。

陸靖按按額角，還是忍不住拉長臉。「妳要真有這份心，就不會背地裡使下作手段算計鹿姐了。」

易姨娘哭得更傷心了，一把鼻涕一把淚道：「老爺，妾身實在是冤枉。這原本是藍嬤嬤那老奴所為，她瞞著妾身暗中行事，妾身也是東窗事發才曉得。只是念她是四姑娘教養嬤嬤，妾身便不忍責罰。老爺明鑑。」

翻供了呀？陸靖很無語地看著風韻猶存的易姨娘。藍嬤嬤姊妹倆如今一殘一賣，她倒好，開始撇清自己，污水倒潑在趕出去的奴才身上。

陸靖低眼沈思。他走訪調查，確實是藍嬤嬤在整件事上穿針引線，幫凶是跑不了的，至於主謀，她圖什麼呀？還不是因為易姨娘的指使！

只是，藍嬤嬤在被發賣出去時也並沒有招供出易姨娘，別院的藍嬤嬤和玉林嫂子倒是親口承認用下流手段算計大姑娘，但直接碰面的仍是那「藍嬤嬤」。

所以，其實陸靖也沒有得到確切指名易姨娘是主謀的口供。

「老爺……妾身也有錯，疏忽對四姑娘身邊婆子、丫頭的管教，你罰妾身也是應該的。

只是今日，請老爺允許妾身拜祭劉姊姊一回，祭拜完後，妾身自回易家，絕不會令老爺為難。」

「起來說話。」陸靖煩惱地擺擺手。

「謝老爺。」易姨娘也跪久了，膝蓋麻痛，撐起身來時，還打個跌，差點又跪倒了。

陸靖嘆口氣，扶起她，又憐又氣。「妳說妳這是何苦？」

「老爺，妾身知錯了。」易姨娘小小聲地低頭說道。

陸靖皺下眉。「妳知道錯在哪裡了？」

「妾身……」易姨娘沒想到陸大老爺不依不饒的，一定要為陸鹿討公道，心裡越發忿恨，面上卻抹抹淚，哀戚道：「妾身沒有及時發現藍嬤嬤的陰謀，制止不力，差點令大姑娘遭罪。請老爺容妾身祭拜劉姊姊後，向大姑娘賠禮認錯。」

「嗯。」陸靖對她的恭順態度還是挺滿意的。他一氣之下把妾給送回娘家，想接回來，自然得找個好藉口。如果易姨娘還能取得陸鹿的諒解，那就是順理成章的回歸，就連龐氏都沒法挑出刺來。

竹園。

陸鹿正在裝傻，也不出面，她倒要看看陸靖怎麼辦？易姨娘打著拜祭先頭嫡室的旗號回來，等她祭完，看她還有什麼藉口賴下來？

沒想到，一個時辰後，丫頭來報。「姑娘，易姨娘來了。」

「什麼?她還敢來見我?」陸鹿震驚了。

易姨娘不但來了，還是陸靖親自領來的，一進來，就把所有婆子、丫頭都趕出門。陸鹿向陸靖見禮後，望著易姨娘抿唇不語，誰知易姨娘也是個臉皮厚的，左右無人，當著陸靖的面就跪下了。

「哎喲，易姨娘，妳這是幹麼?快快起來。」妾室再是妾，那也是長輩。陸鹿縱是嫡女，也不能受她這麼大一跪。

易姨娘懇切的低頭道歉認錯，言詞很是哀哀切切，當然，還是把陸靖知道的惡行推給了如今也不知在哪裡的藍嬤嬤。

「哦，原來是這樣呀，多謝易姨娘告知真相。」陸鹿扶起她來，驚訝的嘆氣。「原來通通是藍嬤嬤所為。」

「是，都是她鬧的。所幸大姑娘吉人天相，逢凶化吉，不然，我真是無顏見劉姊姊，也沒臉來見大姑娘。」

「易姨娘，這事跟妳沒關係，何必自責呢?」

「到底是四姑娘的教養嬤嬤，也是我疏於管教，太過寬縱她們。」

陸鹿驚訝。「哦，四妹妹的嬤嬤原來歸姨娘管教呀?」

這話說得就有點挑撥的意味了。龐氏管理著後宅，還得跟外頭太太們的交際應酬，便分了些事務讓幾位資歷深的姨娘去管，各位姑娘、少爺身邊的婆子、丫頭，便是由各自生母管理。

出了事，龐氏不管別的，只找姨娘們是問，所以這次藍家姊妹出事，龐氏便將矛頭對準了易氏；自然，陸靖調查後，也認可了，便一氣之下將她送回娘家。

易姨娘陪著小心，堆起苦笑。「是、是，是我大意了，請姑娘原諒。」真拉得下臉！當著陸靖的面，一個妾室低聲下氣給她陪禮，真是其心可誅。

「鹿姐，妳看這事，就這麼揭過吧？」陸靖淡淡開口了。他心裡已打定讓易氏回來的念頭，便不由自主的幫腔。

陸鹿天真地攤手。「爹爹，什麼事揭過？」

陸靖起身，懶得解釋，對易姨娘道：「先回去，我自有分寸。」

「是，老爺。」易姨娘暗喜。私自回歸跟被接回來，性質可大不一樣。她自然希望明天能風風光光被陸靖接回來，強過現在這樣哭哭啼啼求情回來！

「對了，易姨娘，妳在易家過得可好？明兒我陪著二妹妹、四妹妹去瞧看，可好？」陸鹿裝作聽不懂陸靖話的意思，還笑著問道。

明天去看望？人家明天就要回來，別裝傻了！陸靖瞪她一眼。「鹿姐，這事妳別管了，就這麼著吧。」

「爹爹……」陸鹿還想多嘴。

陸靖已經向外頭喚。「來人，套我的馬車送易姨娘回去。」

「是，老爺。」

陸鹿在內心翻個白眼。看來這是板上釘釘，不容駁回了。

堵心的還有龐氏。她端坐榻上，手裡撥弄著手爐。

王嬤嬤親自奉茶上前，小聲道：「太太，易姨娘這一招高明呀。」

「她一向有些小聰明。」龐氏抿口茶放下，按按嘴角嘆。「出這麼大事，都讓她給竄回來，還真是小看她了。」

王嬤嬤輕輕在她跟前彙報。「聽說是把所有過錯推到藍嬤嬤身上了。」

「哼，偏生這樣的鬼話，老爺還信了。」

王嬤嬤也跟著嘆氣。「不但信了，老爺還帶著去竹園見大姑娘呢。」

說到這個，龐氏又來氣了，狠狠敲一下榻几，磨牙道：「我還道鹿丫頭有些能耐，沒想到，三言兩語的，反而成全了那個賤婢。」

王嬤嬤卻皺起老眉，勸：「太太，這事只怕大姑娘也奈何不了。老爺是鐵了心要把易姨娘接回來，大姑娘縱然不肯，也沒理由鬧騰呀？」

「嘁。」龐氏撇嘴不屑。「她以往鬧騰，什麼時候找理由了？」

好吧，兩人都岔到一處去了。龐氏等著陸鹿鬧騰阻止易姨娘回府，陸鹿還指望龐氏拿出正室的款來攔阻呢？各自打著小算盤，反而便宜了易姨娘這番苦心。

不過，龐氏心塞一陣，就暫時丟開，她還有更重要的事要處理。

段府那請柬怎麼辦？她是極想上京去，陸靖卻在猶豫，說要考慮斟酌。

陸鹿已經開始做最後的收尾準備。

「衛嬤嬤，這裡有五百銀子，妳拿著。」陸鹿大方的送出一張銀票。

衛嬤嬤當場傻掉了。大姑娘特意把丫頭們攆出去，原來是單獨給她銀子，為什麼呀？

「這麼多年，多謝衛嬤嬤護我長成，一點心意不成敬意。」陸鹿原本還想多給一點的，就怕衛嬤嬤過分猜疑。

「這……姑娘說什麼話？這是老奴應該的。」衛嬤嬤抹抹眼角，挺感動的。

肉麻煽情的話陸鹿也說不出來，便強塞給她，還悄悄叮囑。「好生收著，別讓其他人知道了。」

衛嬤嬤推辭。「多謝姑娘，只是這錢我不能收。」

「讓妳收就收下，就當我提前給妳的養老錢，行不行？」陸鹿霸蠻的塞到她手裡。

這就開始給養老錢了？什麼意思？衛嬤嬤一陣錯愕。

「衛嬤嬤，妳別多想了。不就今天是亡母祭日，我心裡難受，又想起妳這麼多年不離不棄陪在身邊，想多孝順妳一下，就當我替先母感謝妳，行吧？」

「這……」衛嬤嬤一聽她提及劉氏，頓時傷感，捏著銀票感嘆。「姑娘要這麼說，老奴恭敬不如從命。」

「嗯，就這麼個事。小心收好，別讓人看到了。」陸鹿又吩咐一聲。

「噯，老奴曉得。」衛嬤嬤頻頻點頭。突然多筆鉅款，她會妥善保管好的，只是，她仍有些疑惑。「姑娘，妳哪來的這筆銀子？」

「哦，是昨天二叔、堂哥、堂弟、堂妹們聯合送的禮金。」陸鹿一怔，隨便編了個藉口，怕她還問，伸脖子喊。「小青，進來。」

「來了。」小青推門進來，衛嬤嬤急忙將銀票收好，也不好當著小青的面接著盤問。

陸鹿招手笑。「過來看。」

小青莫名其妙進來，繡榻上扔滿衣襖褲襪，五顏六色的，極其悅目好看。

「瞧中哪件，只管拿走。」陸鹿豪氣地拍拍小青。

小青反應也是驚大於喜，呆呆看著笑語盈盈的陸鹿，見她催促。「挑呀！別客氣。」

小青呆怔完後，突然苦著臉小聲問：「姑娘是不是要把奴婢打發出去？」

「沒有呀。」陸鹿莫名其妙，道：「我這是賞妳們盡職盡責的服侍。大家都有分，只不過，妳先挑，挑剩下的就給其他丫頭們。」

「真的是這樣？」小青表示不敢相信，要知道陸大姑娘鬼名堂最多。

「真的。」陸鹿再三保證。

小青這才歡天喜地，左挑右挑的。隨後挑剩下的陸鹿便交由她去發配給二等、三等粗使丫頭，人人都有分。

還別說，皆大歡喜之中也有不高興的。春草和夏紋兩個就什麼都沒撈著。

春草還好，一向以姑娘為尊，姑娘說什麼就是什麼，倒是夏紋有小小的抱怨。「春草，妳說姑娘這是什麼意思？」

「可能上次咱們挨打，姑娘過意不去，如今按等級封賞吧？」春草替陸鹿找藉口。

夏紋更不明白了。「那咱們倆，怎麼沒有呢？」

春草抿嘴笑。「平時姑娘賞咱們還賞少了不成？妳還短那幾個錢、那幾件衣裳不成？」

夏紋面上訕訕，辯解說：「我並不是眼紅那些，只不過，滿院子就咱們兩個沒得，有些說不過去呀？這……我也是怕給姑娘平白添口舌是非呀！」

春草想了想，這也有道理。竹園從上到下人人都得了陸鹿不大不小的賞賜，獨她們兩個一等丫頭什麼都沒有？別人背地裡會怎麼議論暫且不說，只怕也要無端猜忌陸鹿不會做人、苛刻貼身丫頭，不是個好主子吧？

入夜，春草和夏紋服侍陸鹿梳洗去妝，準備歇息。夏紋頻頻向春草使眼色，示意她旁敲側擊問一問。春草輕輕搖頭皺眉，表示問不出口。

梳妝檯前的陸鹿把她們倆的小動作收入眼底，開頭還懶得管，實在看她們互動過分了，於是懶懶問：「妳們兩個眼皮抽筋呀？」

「嘿嘿，沒、沒有。」夏紋訕笑否認。

陸鹿撣撣衣襟，起身走到床沿坐下，似笑非笑。「想問什麼直接點，期限今晚，過時不候。」

春草再度與夏紋對視一眼，陪著笑上前。「姑娘，是這樣的，妳、妳今天不是賞了園子裡的婆子、丫頭們嗎？夏紋，她也想要姑娘的賞賜。」

「哎呀，春草妳……」夏紋大窘，沒想到老實巴交的春草臨時擺她一道，把她給推到前面去。

「哦，這件事呀……」陸鹿不在意，擺手。「是這樣的，正因為妳們兩個是我貼身大丫頭，所以，更大的賞賜還在後頭，不要急哈。」

「啊？」春草和夏紋兩個下巴一掉。

「先保密，反正好處少不了妳們的。」陸鹿擠擠眼，故作神秘的笑笑。

「哦！」兩個丫頭將信將疑。不過，姑娘竟然攤到明面上說，那她們自然也沒必要問到底，便忙碌著移燈出屋，闔窗歇息。

陸鹿喜孜孜地盤算。終於要跑路了！不是明天就是後天，再不跑就來不及了！

至於後果，她還沒想好。如果被抓回來，大不了被陸靖關小黑屋。要是中途遇匪，還比較麻煩。曾夫子會拳腳功夫，暗器也在行，本來想拉攏她的，只不過如今多個鄧夫子，陸鹿怕自己口才不夠，理由不充分，沒辦法同時爭取兩位先生的支持，遂作罷。

第二天，陸鹿早得了指示，去龐氏跟前晃一圈又回來，照常接受兩位先生密集的一對一教導。午時，得了點空，便讓小語去請陸度過來。

陸度捱到快未時才抽出時間匆匆過來。一問，沒什麼大事，陸鹿只是問他有沒有輿圖。

陸度起疑。「妳要輿圖做什麼？」

「沒什麼，我就想看看陸莊在哪裡？生母家鄉在哪裡而已？」

劉氏是獨女，其父在劉氏死後兩年也過世了，劉氏家族不是益城本地人，至於是哪個府縣，陸鹿也不知道。

陸度倒是知道一點，說：「據我所知，令外祖一族是隴山府人。」

「隴山府在哪裡呢？大哥哥，你就讓我親眼瞧瞧嘛。」陸鹿撒著嬌。

「輿圖，那可不是誰都可以收藏的，官府知道要殺頭的。妳說得倒輕巧，瞧瞧？」

陸鹿一愣，這年頭輿圖這般珍貴？「嘿嘿，我不信。大哥哥往日隨爹爹、叔父出門做生意，巡視商號，難道不配齊輿圖？那迷路怎麼辦？」

見她一肚子歪理，陸度氣笑了，虛空點她一下，磨牙道：「偏妳鬼精靈，這又是從哪裡知道的？」

「哦，我、我聽先生說的。說出門在外，要先學會認路，什麼東西南北要認得，不然，一步錯，步步錯，沒後悔藥買的。」

陸度翻白眼，咬牙。「哪個先生跟妳講這些不正經的東西？」

「甭管哪個先生，大哥哥，家裡到底有沒有呀？就是那種簡單的路線圖之類的，不用那種軍事打仗精細到每條河流都有的。」

陸度更好奇了。「路線圖？軍事打仗精細到每條河流都有？鹿姐，妳倒是說得頭頭是道，這可不像是咱家先生教的呀！」

陸鹿瞪他。「大哥哥，你別懷疑我行不？你只說有沒有吧？」

第六十章

「簡易的輿圖，倒是繪有一張。」陸度說實話了。出門在外，常年跑商號，認路是基本技能之一。當然，正規的輿圖他們不敢收，但自個兒憑經驗繪一張，總不為過吧？這差事，一般是交由門客主筆，然後由老爺、少爺們還有管事提供素材。

「給我看看。或者，給我手繪一張？」陸鹿大喜，她就只差地圖了。

手繪是沒有，但看是可以的。軟磨硬泡了一陣，陸鹿最終在陸度的書房看到了由陸府私自繪製的簡易地圖。確實粗糙，只有大致的路徑，以及東南西北，還有各地的危險地段。山勢繪得沒有起伏，河流也不大細密。

陸鹿直盯著江南方向猛看，有兩條下江南的路——水路和陸路。

水路不用說，益城向南有洪洲，便有漁港，常有河盜出沒。陸路的話，益城向東，有官道、小徑，曲曲折折，風險更大。除了官府設立的關卡，山林強盜更是一撥又一撥，專門攔路打劫。

「大哥，你們平日出門，除了帶家丁、護院，還請人保護嗎？」

陸度笑。「看情況。要是護送貨物什麼的，自然還要多請城裡鏢行的師傅們護送。」

「鏢行？」陸鹿皺眉嘆氣。她要秘密跑路，越少人知道越好，鏢行還是算了吧……謝過陸度，她轉回竹園去做最後的準備。

鄧夫子和曾夫子都等在偏廳。上課的同時，給她一則新鮮出爐的八卦——易姨娘被接回來了！才剛從側門進來，拜見龐氏後，就被龐氏趕去祠裡反省去了。

「是嗎？那我爹什麼態度？」陸鹿追問。

打聽消息的小青答：「老爺一直在外院，沒作聲。」

看來，陸靖雖然把易氏接回來，可也曉得不能縱著她，任由龐氏給下馬威呀！

「那陸明容兩姊妹呢？是不是又哭天抹地的鬧？」

小青嘴角抽抽，哂笑彙報。「二姑娘、四姑娘安安靜靜的在明園做針線活呢。」

「她們有這麼乖？」陸鹿震驚了。

小語抿嘴插話。「有姑太太，還有兩位表小姐陪著呢。」

「哦，看來先做了準備，不然，依這兩姊妹尿性，肯定會打滾撒嬌求爹爹去的。」陸鹿似乎很惋惜沒看成熱鬧。

「咳咳。」兩位先生不約而同發出乾咳。注意措辭好吧？尿性是什麼意思？這麼污穢的詞怎麼能從富家小姐嘴裡說出來？

「嘿嘿。」陸鹿裝傻樂呵。

「看來，光教大姑娘儀態舉止只怕不行，還得教教怎麼舌粲蓮花討長輩喜歡。」鄧夫子憂心地對曾夫子說。

曾夫子點頭。「沒錯。」

陸鹿在心裡大大翻個白眼，表面卻沒意見，虛心接受。「請兩位先生多多教導。」
反正明天跑路，表現乖巧點，麻木她們的監督，有利於出行。
戌時，陸鹿就回屋裡開始收拾包裹了。這事，陸鹿沒讓其他人插手，春草和夏紋都只能乾看著，瞧兩人呆站在一旁，她張口提醒了一聲。「妳們兩個，也整理整理呀。」
「姑娘，妳這是要出遠門嗎？」
「不是，就準備明天去常府找芳文玩。」
春草搔頭。「那也用不著帶這麼大包衣服呀？」
「先備著。對了，妳們兩個也收拾一下。」
春草被她催得沒辦法，隨意整理了一套換洗衣服。她想著，萬一去常府，不小心摔了、弄髒了衣物，也好隨時換上，不給姑娘丟臉。夏紋也一頭霧水的整理出包裹，就帶了件大毛外套、手爐、一雙靴子。檢查了一遍，陸鹿拍拍手，得意之色溢於言表。
稍晚，小青悄悄從外面回來。「姑娘，小懷方才帶信進來說，準備妥當了。」
「啊哈！」陸鹿鬱悶一掃而光，擊掌大喜。明天，她將開啟新篇章嘍。至於陸府這些破事，她騰不出手收拾，就由他去吧！頂多，等她在江南站穩腳跟，再想辦法嘍。
翌日，大風，天氣陰沈。陸鹿要去看望常芳文，得到了龐氏的批准。
馬車備妥了，由鄭坨駕駛，載著陸鹿、春草和夏紋向常府出發。
馬車內，夏紋左右摸尋，鬧得春草奇怪詢問：「夏紋，妳找什麼呢？」

「我們的包裹呢？不是送出來了嗎？」夏紋茫然。

經她提醒，春草也覺得不對勁，大早上的陸鹿就讓人把她們仨收拾的包裹一股腦兒先送了出來，難道不是放在馬車內等到常府好備換嗎？

陸鹿撐著腮，偷偷的掀簾瞧著大街上人來人往，暗暗竊喜。

「姑娘，有賊。」春草大驚小怪嚷。

陸鹿頭也不回。「哪裡呀？」

「咱們昨晚收拾的包裹不見了，不在馬車裡。」春草快急哭了。她的衣物倒沒什麼，丟就丟了，可姑娘那個大大的包裹也不見了。

「哦，我吩咐小懷放在別處了。」陸鹿輕描淡寫。

春草和夏紋對視一眼，異口同聲。「別處？」

「姑娘，別處是哪處呀？」春草急急追問。

「別問了，一會兒就知道了。」陸鹿神秘地笑著擺手。

春草心頭一緊。姑娘這又在搞什麼么蛾子？

「嘻嘻，春草別怕，是好事。」陸鹿伸手捏捏春草驚怕的臉，笑咪咪的安慰。「跟著我，不用慌。」

「……姑娘？」春草都快急壞了，聲音帶顫。

「噓，到了。」陸鹿放下簾子，示意別出聲。

馬車果然停下，小懷在車外輕聲喚。「姑娘，他們在那邊等著了。」

「來了。」陸鹿攏攏外套，第一個跳下馬車。

這兒是哪裡？春草和夏紋不安的跟著下車，舉目一望。好陌生的偏巷，沒什麼行人，只有西北風吹颳起地上垃圾。巷口靜靜候著一輛看起來嶄新的馬車，樣式普通，車身倒是寬大。

陸鹿快步過去，迎接的果然是毛賊四人組。孟大郎緊張的目光與隨後的小懷一錯，兩人心領神會地輕輕點頭。

「都準備好了嗎？」陸鹿笑嘻嘻問。

「回陸大姑娘，都備妥了。」

「那行，出發吧。」陸鹿上車先鑽了進去，春草和夏紋手足無措地嚷：「姑娘，這、這到底怎麼回事呀？」

「別問那麼多，上來。」陸鹿回身招手。

春草和夏紋看一眼整裝待發的毛賊四人組，心裡毛毛的，退也不是、進也不是。

小懷眼珠骨碌轉著，上前一步小聲對春草道：「春草姊姊，快跟上吧。姑娘是有主見的人，她這麼做，自有道理。」

「你、你知道？」

小懷忙搖頭，卻低聲。「別多問了，快上車吧。」

春草看他一眼，這小廝一向得姑娘重用，平時也機靈，跑腿勤快，只怕清楚發生了什麼事。只不過眼下情勢容不得她多問，只好深吸口氣，不甘不願的爬上車。

「姑娘坐穩嘍。」孟大郎抖抖韁繩，其他三小賊也窩在馬車外轅。

陸鹿挑起車簾，向孤零零的小懷囑咐。「我教你的話，都記住了嗎？」

「是，姑娘，小的都記著呢。」小懷恭恭敬敬回。

「很好。」陸鹿再無後顧之憂，安安心心的坐好。

馬車平穩的向前駛，把小懷的身影很快就拋得遠遠的。

「姑娘，妳這到底要幹麼呀？」春草抓狂了。

夏紋摸著寬大馬車內她們仨的包裹，也是疑慮重重。「姑娘，咱們不去常府了嗎？」

「不去了。」陸鹿大咧咧一擺手。

「啊？」兩個丫頭同時吃驚。

陸鹿斟酌了下腹稿，小心翼翼的說：「我、我想去另一個好地方，只帶著妳們倆。」

「哪裡？」春草心頭滑過一絲不妙。

「江、江南。」陸鹿吞吞吐吐。

「什麼？」春草這下真急了。她一挑簾子望外面，馬車正駛向城南。

夏紋也慌亂道：「姑娘……去江南？怎麼去呀？老爺、太太若知道了定是不依的！」

「對呀，所以沒讓老爺、太太知道嘛。」

「啊啊——」又是兩聲高分貝尖叫，外面趕車的毛賊四人組都聽到了，各自對視一眼，又若無其事繼續趕車。

「姑娘，妳、妳這是私自離家呀！」春草臉都綠了。

陸鹿安安穩穩攏著手爐，笑咪咪點頭。「是呀，春草，妳領悟得很快嘛。」

「不行！」春草一把推開車門，向四小車夫喊。「停車，回去！」

四人只看她一眼，就掉頭目視前方。

「你們聽到沒有！快點停車送姑娘回府。」春草大急。

李虎陪著笑，掉頭搭理一句。「這……小的作不了主呀！」

「姑娘胡鬧，你們也陪著胡鬧，成何體統？快點掉頭還來得及，否則老爺知道，你們一個個都不知怎麼死的！」春草放狠話了。

這話李虎等人都不愛聽，索性也不再搭理她，任憑春草氣急敗壞叫嚷，只管趕車出城。

拿人錢財，替人消災，何況，還是毛賊四人組這種純粹就是被陸鹿圈養的人，他們只認陸鹿，唯她的話是從。

春草想明白後，又縮回馬車內，看著氣定神閒的陸鹿，十分不解。「姑娘，妳為什麼偷偷摸摸私自離家？」

「逃命。」陸鹿把話說得嚴重點。

夏紋嘀咕。「府裡現在誰也不敢得罪姑娘呀！明明前兩天還特意辦了場成年禮，城裡大戶人家的太太、小姐們都來了，多長臉啊！」

「妳懂什麼？」陸鹿白她一眼。

春草嘆氣，放軟音調勸。「姑娘，別鬧了，快回去吧。」

「我呢，還覺得妳們兩個是貼身丫頭，去哪兒都不放心把妳們留下，特意帶上，沒想到妳們這麼牴觸，這樣吧，我讓人送妳們回府裡，可好？」陸鹿撐撐額，無奈吐口氣。

「別別別！」夏紋大驚，連連擺手。「姑娘，別送奴婢回去。」

「姑娘不回，我也不回。」春草搖頭。她們被單獨送回，陸靖還不打斷她們的腿才怪！

「既不肯回，那就乖乖閉嘴嘍。」陸鹿不耐煩道：「我這麼做，自有我的主意，妳們好生跟著就是。」

春草和夏紋苦著臉，這是把她們架在火上烤呀。如此胡天胡地的瞎鬧，她們身為貼身大丫頭還不能勸？還得跟著一塊兒瞎鬧才行？

「考慮好呀，不想跟著我去的，就直說，我會放人的。」

春草委委屈屈地低頭。「姑娘，奴婢是擔心姑娘惹禍呀！這一路上……還有老爺、太太知道了……」後果不堪設想。

「妳的擔心，難道我沒考慮進去嗎？我做事，有那麼不計後果嗎？妳也把我想得太蠢了吧？」陸鹿嗤之以鼻。

春草臉色一紅——也對呀，自家姑娘做事雖然手段出格了點，卻沒出過什麼大的樓子。

夏紋憂心忡忡道：「可這一路上凶險萬分，又近寒冬，只怕……」只怕能不能安全到達江南，還是個問題呢！

陸鹿不在意地擺手。「放心，一定能安全暢通的到達江南。」

她都這麼信心十足了，兩個被蒙在鼓裡的丫頭互視一眼，只得怏怏的答應。「那好吧，姑娘去哪裡，奴婢就跟著去哪裡。」

「哎呀，別苦著臉嘛，逃脫牢籠的好事，該高興才對嘛。來，笑一個。」陸鹿挺開心的逗著。春草和夏紋笑不出來，勉強擠了擠，卻是個比哭還難看的笑容。陸鹿搖搖頭。也不為難她們。「算了。」

馬車出了城南，行人漸少。

冷風寒凜，馬車內暫時沒有生火，因為陸鹿說：「先熬一熬，很快就換交通工具了。」

「交通工具？」這詞有些生偏，春草聽不大懂。

「嘿嘿，很快就知道了。」

「很快」指的是下午酉時兩刻。天氣陰沈得更可怕了，寒風呼嘯，吹在臉上生疼。春草和夏紋扶著陸鹿下馬車，望著旁邊一棟宅子發愣。

「姑娘，這兒是哪裡呀？」春草不解問。

陸鹿轉頭皺眉看向孟大郎。「怎麼停在這裡？不是訂好客棧了嗎？」

孟大郎陪著苦笑上前。「回大小姐，小懷說附近客棧已滿，滿鎮子找了找，只有這家宅子掛著出售的牌子，便找主人商量，可以短租給小姐一日。」

「小懷這麼說的？」陸鹿疑惑。

「是，小懷說，銀子都給了，小姐只管安心入住。也打聽好了，這家宅子在益城有商鋪，知根知底，小姐放心便是。」

陸鹿看看四周，景色不算多宜人，但地理位置挺不錯，宅門前一條道路直通官道，前後好像都有人家，不算獨門獨戶。

出門在外，最要緊是安全。但正規客棧客滿，便直接尋了處空宅子，這多少有些突然。小懷辦事，她一向放心，所以才沒多問，沒想臨到這裡，迎接自己的卻是這副局面。

孟大郎搓著手，小心試問：「大小姐，要不要先進去避避寒？」

「李虎、毛小四。」

「小的在。」

陸鹿想了想，對他們吩咐。「再去鎮上打聽可有上好客棧，這裡終究不夠安全。」

「是。」

孟大郎不解，小聲問：「大小姐，這宅子怎麼不安全呢？」

「太空曠太大，咱們一行人多是婦幼之輩，極易落入他人陷阱。等會兒小心，聽我眼色行事。」陸鹿神情嚴肅。

「是。」孟大郎張張嘴，苦笑。

宅子果然空曠無人，但好像有人打理，不見蕭條，不見灰塵，也不見破舊，這更引起陸鹿的滿腹懷疑。好在，她只歇一夜，明早就要租船出港。

「啊，姑娘要坐船下江南？」春草一驚一乍的。

陸鹿攏著手爐，把堂屋檢查一遍後，暫時歪坐在火盆前點頭。「正是，走水路。」

「水路？可是，奴婢聽說有河盜呢！」夏紋臉色又白了白。

陸鹿不在意。「走陸路，也可能遇到強盜、土匪。」

「那……姑娘，咱們回家吧？」

「已經走到這一步，想回也回不了頭了。」看看天色漸晚，陸鹿猜想，陸府現在肯定亂成一鍋粥了吧？都道她去了常府，就算常府留晚飯，此時也該是回陸府的時辰。嗯，就算小懷這小子被屈打成招，陸府再想追人，也不能夠吧？

「姑娘，這太瞎胡鬧了。」春草試圖再勸。

「不胡鬧，我都安排好了。明天大清早就坐船，水路暢通，很快到下一站，然後我們再換馬車，再換船，這樣，就能擺脫追兵，哈哈，不出多久，就能舒舒服服待在江南嘍。」

「江南有這麼好？姑娘幹麼非得偷偷摸摸去江南？」

陸鹿頓了頓，訕笑。「我也沒去過，不知好不好，不過，總歸比益城好吧。」

這麼不靠譜的回答，春草和夏紋心都涼了。

毛小四匆匆進來報。「大小姐，城裡客棧通通客滿了。」

「行了，今晚就在這裡將就一夜吧，你們多多提防一下。」

掌燈時，孟大郎等人從外面買了熟食進來，由春草和夏紋檢查過後，才端給陸鹿。

陸鹿不放心，又檢查一遍，吃畢，又在宅子裡四處走動，將每一扇門窗閂緊，還排了班次，二十四小時輪值。

正覺得稍稍寬心時，大門有人拍響。

陸鹿吃驚，令狗剩去瞧瞧看。很快，薄夜中，有重重的腳步聲踏進來。聽音辨人，如此沈重腳步，十之八九是男人的步調。陸鹿心一下揪緊，將手爐遞給旁邊的春草，去摸寬袖中的劍，精神集中，做好拚死一搏的準備。

腳步越來越近，夜色中影影綽綽的顯出不少高大身影，春草和夏紋兩個心也都提到嗓子眼了。人生地不熟的，夜晚忽然遇到一群身分不明的男子，凶多吉少啊！

近了！更近了！當先一人在薄夜中快步而來，他個子很高、身材修長，著黑色風衣，摘下連帽，抬眼看來。

這身影好眼熟啊！陸鹿擰眉思索。春草和夏紋互握雙手，認出了為首者的身分。

陸鹿原本站在廊前臺階上，瞪大眼注視著越走越近的來客，忽然脫口叫。「啊？怎麼是你？」

「是我！」聲音低沈而慍惱。

陸鹿後背一繃直，眼珠子都不會轉了，呆呆看著面前放大的臉，腦子一片混亂。他怎麼會在這裡？段勉為什麼會在這裡出現？

「呵呵，好、好巧呀！」陸鹿擠出絲苦笑。

段勉踏上臺階，深深看她一眼，眼神凌厲，語氣冷冷。「不巧，我特意的。」

「啊？什麼？」陸鹿一頭霧水。

段勉看著她，背對臺階下的人打了個手勢，然後一把攥住陸鹿的手。「跟我來。」

「哦？呃，去哪裡呀？段世子，男女授受不親，你先放開我……」陸鹿掙扎不肯。

段勉拖著她走進屋裡，還是最裡間，咣的一聲掩上門。

「有什麼話，外頭說吧。」陸鹿預感不妙，還想避開他。

段勉將屋裡燈全點起，一室光華。

「春草、夏紋……」陸鹿揚聲高叫。

外頭，春草和夏紋緊張不安。「姑娘，我、我們就在外面。」

「進來呀。」

「進、進不來。」

接著是鄧葉的聲音。「陸大姑娘放心，我們會好好照顧兩位姑娘的。」

春草和夏紋翻個白眼。照顧個屁，一夥兒精悍的傢伙把住門，她們只能乖乖的守在火盆旁聽裡間的動靜。不過，好在看到來人是段世子，她們的心算是放歸原位了。

陸鹿絞著手指，惴惴問：「段勉，你怎麼會到這裡來？」

「妳呢？妳怎麼會在這裡？」段勉含著怒氣的眼，直勾勾盯著她。

「我、我、我……不干你的事。」索性不編了，陸鹿直接不回答。

段勉走近一步，怒問：「妳想逃走？」

「不是。」陸鹿習慣性地否認。

「那這怎麼解釋？」

「你誰呀，我幹麼要跟你解釋？」陸鹿白他一眼。

段勉鼻出冷氣。「好呀，妳做什麼不用跟我解釋是吧？」

「沒錯。」

「那我做什麼，妳也不想知道是不是？」

陸鹿思索三秒。「對。」

「好，天一亮，我帶妳直接去京城。」

「什麼？」陸鹿跳腳。「你憑什麼呀？誰要跟你去京城呀？」

「不憑什麼？我樂意。」段勉勾出抹狡猾的笑。

陸鹿噎了一下，深呼吸，然後試圖勸解。「段世子，你不能這麼不講理。我跟你完全沒關係，所以，你不能無緣無故強迫我跟你走！」

「有緣故，只不過，我不想解釋，反正妳也不聽。」

「我聽我聽，你說。」陸鹿敗下陣來。

段勉笑容一斂，認真道：「妳是我認定非娶不可的女人，所以，我不能讓妳從我眼皮子底下溜走。」

這算什麼解釋？陸鹿的嘴角劇烈一抽。「我再三聲明，不會嫁給你！」

「哦，所以，妳寧可私自離家？」段勉表情帶著苦澀。

好吧，都這節骨眼了，大家都是聰明人，瞞也瞞不下去了。

陸鹿大方承認。「是的，我寧可冒著冷風跑路，也不想嫁入豪門世家，包括所有豪門世家，不只是你們段家。」

段勉抿緊唇，心口堵得慌。知道是一回事，聽她親口承認又是另一回事。他知道她很抗拒，但沒想到，她還真的付諸行動了。她不只是嘴上說不要，而是身體力行的表達，她是真的不要嫁他！太打擊人了！

「為什麼？我哪裡不好？」

「你很好，是我不配。」陸鹿心平氣和攤開說：「我最大優點，其實不是膽大，而是有自知之明。」

「配不配，是我說了算。」段勉臉色很不好看。

陸鹿只好挑明了說：「你看，什麼都是你說了算，那我算什麼？玩物？花瓶？」

「不是，我從來沒把妳當玩物或花瓶看待。」

「嗯，因為我不夠漂亮，玩物或花瓶都不夠格是吧？」

這是胡攪蠻纏吧？段勉快被她繞糊塗了，於是他回到話題。「別的我都依妳，只這件事，妳得聽我的。」

陸鹿冷笑。「那反過來，別的我都可以忍你，就這件事，你不能強迫我。」

段勉按下爆發的怒氣，進一步直視她。「休想！」

「那就沒得談嘍。行了，你走你的陽關道，我過我的獨木橋好啦。」

得，話題又拐歪了，好在段勉也不是個能輕易糊弄的主，他磨磨牙冷笑。「不可能。陽關道我一定會拉著妳陪我走。」

陸鹿重重垂頭，還真是油鹽不進啊！怎麼辦呢？別人她都三言兩語就糊弄過去了，偏段勉意志堅定，動搖不得他的決定，只得改變策略。「段勉，你人真的很好，各方面都非常非常不錯，但你可想過，為什麼我就是不喜歡你嗎？」

段勉聞言，倒起了興趣，輕聲問：「為什麼？」

「因為你根本不尊重我呀。沒錯，大多數齊國女人，前半生衣食無憂，嫁個好男人，後半生兒女繞膝，再博個封誥，這輩子就知足了。可是我不一樣，我胃口很大，除了希望衣食無憂，嫁個不納妾的好男人，兒女繞膝，一輩子富足幸福，還想得到最起碼的尊重——尊重我的意願，尊重我的決定，也尊重我的喜怒哀樂。」

畢竟是身在古代，陸鹿能說的只有這些，畢竟後世的理論太過驚世駭俗，可僅僅就是這樣，也夠驚世駭俗了。

尊重？這個詞，段勉有點陌生。在他十多年的人生中，尊重真的無關緊要。

君臣之間是服從、效忠；父子之間是聽從；母子之間是恭敬；長輩之間是孝順；同輩之間是友愛；將士之間是敬重。至於跟姊姊妹妹們之間，那就只能是疏離的親情。

而其他陌生女人，對他來說是避而遠之。

只有個例外，那就是陸鹿。

這個女人乖張又古怪，貪財粗俗又直接，對他不假辭色、呼來喝去，性情自然不做作，一點沒把他放在眼裡，無所不用其極的敲詐他，還不惜扮演兩個角色騙他。

越是這樣，越漸漸引起他的些許興趣，原以為只是對她的一點點好奇，沒想到卻一發不可收拾。到最後，段勉也就放任自己心底那點莫名的情愫瘋長，不想收拾了。

「聽明白沒有？」陸鹿見他呆怔著，好心又提醒一句。

「我要怎麼做？」段勉不由自主地虛心反問。

陸鹿內心樂開花。哎喲，孺子可教矣！

「很簡單，我說什麼，你照做就行了。」清清嗓子，陸鹿嚴肅正經起來。「從現在開始。」

段勉垂下眼，又抬眸糾正。「其他都可以，唯獨嫁我這件事，恕難從命。」

我靠！陸鹿齜牙，嘴都氣歪了。這不白說嗎？怎麼就這麼固執呢？

「早點休息吧，明早還要趕路。」段勉丟下這句話便欲轉身。

「等一下。」陸鹿伸手，沮喪道：「先說清楚，這個趕路是不是各走各的路？」

「不是，妳跟我回京城。」

陸鹿仰頭長嘆。「我不去！」

「由不得妳。」

「你剛才不是說其他都要聽我的嗎？」陸鹿興起最後一點希望。

段勉微笑。「是。」

「那我明天去江南，你不能攔我。」

「好，我跟妳一起去。」段勉果真沒攔她。

陸鹿呆了呆。「你也要去？」

「嗯。要麼妳跟我回京，要麼，我陪妳去江南。」

陸鹿弱弱問：「還有第三種選擇嗎？」

「暫時沒有。」

陸鹿呆呆瞪著他，段勉靜靜看著她。她完善的跑路計劃，就這麼半途而廢不成？她此生最大的心願就是不重蹈覆轍啊！為什麼，還是擺脫不了這個姓段的呢？

「想好沒有？」段勉挨近她，柔聲問。

「想好了！我先回益城陸府。」陸鹿堆起笑臉。

段勉知道她又在打鬼主意，笑笑。「好呀。」

咦？這麼爽快？「你，不強求我跟你上京城了？」

段勉搖頭，緩緩道：「不強求，反正過兩天，妳總會上京的。」

陸鹿眼珠一轉。好吧，過兩天是吧，大不了我過兩天再跑，就不信你還這麼巧趕來攔截我？

「哦，我忘了坦白一件事。」段勉好像忽然想起什麼，泰然自若道：「妳費盡心思培養的那四個小賊，都讓我給威脅了。」

「啊啊啊！」陸鹿一蹦三尺高的怪叫起來。

段勉摳摳耳朵，嘴角掛著奸詐的笑容看著她。

原來如此！怪不得啊！陸鹿自認計劃周密完美，怎麼可能就那麼巧，會在這偏僻的小鎮遇到段勉？原來他是有備而來！

「你、你、你太無恥了！你竟然……哎呀，氣死我了！」陸鹿原地團團轉，氣憤的握緊拳頭，幾乎氣出淚來。「那幫兔崽子，虧我對他們那麼好，竟然背叛我！氣死我了！」

——未完，待續，請看文創風550《斂財小淘氣》4（完結篇）

2017年7月出版

傲王馴嬌

文創風 535～537

她雖然爹爹不疼、繼母不愛，好在有個偏心的祖母護著，也算過著當家小姐的日子，只是自從某位王爺「大駕光臨」之後，她的舒心生活就沒了，還得應付這古裡古怪的端親王……

英雄折腰 百煉鋼也成繞指柔

筆下生花 精采紛呈／陸柒

娘親早逝、父親冷淡，繼母雖沒欺負，卻也不親近，
秦家四小姐秦若蕖只能孤單地在後宅數日子，
還好她性子單純乖巧，即使得守在祖母身邊，倒也自在平靜；
只是皇上最寵愛的么弟端親王奉旨巡視天下，巡到益安又借住秦府時，
她這軟綿綿的羊竟得應付王爺那隻假面虎，這日子還能過嗎……

為 

加油 和貓寶貝 狗寶貝

廝守終生(一定要終生喔！)的幸福機會

對人來說，貓寶貝狗寶貝只是生活的一部分，但妳（你）對牠們來說，卻是生活的全部，領養前請一定要考慮清楚——

▲ 等待幸福降臨的大男孩　LOKI

性　　別：男生

品　　種：米克斯，混哈士奇犬

年　　紀：約8～9歲

個　　性：親人、愛撒嬌、活潑

健康狀況：已結紮。打過狂犬病疫苗、驅蟲藥，
定期點蚤不到；曾有心絲蟲，但已治療。

目前住所：桃園市南崁

本期資料來源：台灣認養地圖

『LOKI』的故事：

中途是在桃園觀音區某小吃店對面和LOKI相遇。由於位處工業區，中途擔心LOKI在附近會遭遇危險，便展開對LOKI的救援行動。

這是中途首次的救援，就遇上大問題——LOKI感染了心絲蟲，以及齒槽膿漏導致臉部腫脹。中途陪著LOKI治療約半年的時間，如今所有疾病都已被妥善治療並痊癒，臉部的傷口也癒合的相當良好。除了心臟因心絲蟲造成的損傷無法修復，讓LOKI在激動時會咳嗽外，已經是一隻健康又活潑的可愛狗狗了。

LOKI非常聰明，能快速地學習指令，現在不論是坐下、趴下、臥倒，還是吃飯等待、隨側散步都難不倒牠。LOKI很親人又愛撒嬌，喜歡玩玩具，不會在家裡隨意大小便，都會等到被帶出門時才在外面解決；然而，或許是在外流浪太久，LOKI有點貪吃，且相當的護食，除了這點，LOKI都很乖巧。

LOKI在治療過程中從不放棄自己的生命，很有毅力地堅持著；中途見到如此也不願意放棄牠，同時也決定一定要幫牠找到一個適合牠的新家。對於米克斯大型犬來說，能被領養的機會不高，但LOKI仍然期待牠的幸福降臨。如果您願意給LOKI一輩子不離不棄的承諾，請來信chang.shrimp@gmail.com（張小姐）。若您想再多了解LOKI，請至FB收尋：Husky Loki 救援日記。

認養資格：

1. 認養者須年滿25歲，有穩定收入。
2. 若為男性需役畢，與家人同住者則需取得家人同意。
3. 須同意簽認養寵物切結書，並定期向中途回報LOKI的狀況。
4. 須定期讓LOKI施打年度預防針，每月除蚤、心絲蟲的預防。
5. 同意讓LOKI養於室內，且不關籠，以及不讓LOKI做看門狗，或是隨意放養，外出時則一律上牽繩。

來信請說明：

a. 個人基本資料：姓名、性別、年齡、居住地、同住者、 職業與經濟來源等。
b. 預定如何照顧LOKI，以及所能提供之環境和承諾（如：食物、飼養方式）。
c. 請簡述過去大型犬的經驗、所知的心絲蟲相關知識，及簡介您的飼養環境。
d. 若未來有結婚、懷孕、出國或搬家等計劃，將如何安置LOKI？
e. 是否同意中途作日後追蹤（家訪、以臉書提供照片）？

國家圖書館出版品預行編目資料

斂財小淘氣 / 涼月如眉著. --
初版. -- 臺北市 : 狗屋, 2017.08
冊 ; 公分. --（文創風）
ISBN 978-986-328-758-2（第3冊：平裝）. --

857.7 106009728

著作者	涼月如眉
編輯	林俐君
校對	黃亭蓁　周貝桂
發行所	狗屋出版社有限公司
地址	台北市104中山區龍江路71巷15號1樓
電話	02-2776-5889～0
發行字號	局版台業字845號
法律顧問	蕭雄淋律師
總經銷	知遠文化事業有限公司
電話	02-2664-8800
初版	2017年8月
國際書碼	ISBN-13　978-986-328-758-2

本著作物由起點中文網（www.qidian.com）授權出版

定價250元
狗屋劃撥帳號：19001626
網址：love.doghouse.com.tw　E-mail：love@doghouse.com.tw